KREIZKRUZEFIX

Monika Pfundmeier

KREIZKRUZEFIX

Ein Oberammergau-Krimi

FSC
www.fsc.org

MIX

Papier aus ver-
antwortungsvollen
Quellen

FSC® C014496

2. Auflage 2020
Copyright © 2020 by Monika Pfundmeier
Copyright Deutsche Erstausgabe © 2020 Servus Verlag bei
Benevento Publishing Salzburg – München, eine Marke der
Red Bull Media House GmbH, Wals bei Salzburg
Dieses Werk wurde vermittelt durch die Montasser Medienagentur, München.

Medieninhaber, Verleger und Herausgeber:
Red Bull Media House GmbH
Oberst-Lepperdinger-Straße 11–15
5071 Wals bei Salzburg, Österreich

Satz: MEDIA DESIGN: RIZNER.AT
Gesetzt aus der Palatino, Bauer Bodoni, Courier, Helvetica Neue,
Digital Numbers Regular
Umschlaggestaltung: www.b3k-design.de, Andrea Schneider, diceindustries
Umschlagmotiv: © plainpicture/BY, © Schuelke/Caro/picturedesk.com,
© jordachelr/istockphoto.com
Printed by GGP Media GmbH, Germany
ISBN: 978-3-7104-0236-4

Für die, die uns anstoßen,
uns zum Besseren zu ändern,
für die, die sich dem Wandel
mit offenem Geist stellen.

Personenverzeichnis

Theresa (Theres) Hack (39), geschieden, Ex-Eventmanagerin, Metzgerin und Jägerin mit Schweinefleischallergie. Nach Jahren in Wien ist sie zurück in Oberammergau und krempelt die väterliche Traditionsmetzgerei um: nachhaltig, modern, bio, hip. Nicht jeder ist davon begeistert.

Anton Sollinger (40), Hauptkommissar, Leiter der Polizeistation Oberammergau mit glänzender Verbrechensstatistik – bis Theres wieder im Ort auftaucht. Die Metzgerin und Jägerin hat ihm schon zur Schulzeit schlaflose Nächte bereitet. Privat kämpft er mit dem Scheitern seiner Ehe.

Anton (Toni) Baurieder (42), Kommissar, liebt Schiller, Shakespeare und Ruhe. In den Polizeiberichten lebt er seine schriftstellerische Begabung aus und treibt damit seinen Vorgesetzten Anton Sollinger zur Verzweiflung. Theres' Blick für die Details schätzt er wie ihren Wein und ihre Gesellschaft – was die Spannungen mit seinem Vorgesetzten nicht gerade mindert.

Floriane (Flo) Dinklmeier (29), Oberwachtmeisterin, ehrgeizig, schlagfertig und um keine Schlussfolgerung verlegen. Kämpft für Gerechtigkeit in gesellschaftlichen wie in juristischen Belangen und scheut nicht davor zurück, jeglichen Gender-Verstoß zu ahnden.

Josef Hack (65), Metzger im Unruhestand, hasst Veränderungen, liebt das kleine Mädchen, das seine Tochter einmal war. Den Weggang zum Studium nach

Wien hat er ihr so wenig verziehen wie die Umgestaltung seiner Traditionsmetzgerei. Theres' mangelndes Interesse am sonntäglichen Kirchgang und daran, eine Familie zu gründen, ist ihm so suspekt wie dem Rest Oberammergaus.

Paul Langer (39), Dorfpfarrer und Theres' bester Freund seit dem Kindergarten. Sofern neben seiner heimlichen Leidenschaft für Online-Gaming Zeit bleibt, kümmert er sich gern um seine Schäfchen. Was immer ihn in Gottes Arme getrieben hat, ist Theres ein Rätsel.

Marie Wengerle (26), Hauptdarstellerin der Passionsspiele Oberammergau, auf dem Sprung zur großen Karriere als Schauspielerin. Ihren Durchbruch will sie so schnell wie möglich erreichen. Für ihre Imagepflege nutzt sie jedes Mittel.

Alessia Forster (26), Influencerin und Bloggerin aus Hamburg. Das weltbekannte Ereignis der Passionsspiele will sie sich nicht entgehen lassen und bringt mit ihrer virtuellen Präsenz die Lokalprominenz in Aufruhr.

Chris Zentmayr (31), Co-Regisseur der Passionsspiele und zweiter Geschäftsführer der Marketingagentur *Zhoch2*, die nicht nur dem *KöniGin* der Thallers zum Durchbruch verhelfen soll, sondern auch die Ambitionen von Marie unterstützt. Dabei achtet er darauf, dass seine eigenen Ambitionen nicht zu kurz kommen.

Sonja (44) und **Franz** (45) **Thaller**, ehemals Landwirte, die ihren Hof dem Neid und den Anfeindungen zum Trotz in eine moderne, gewinnträchtige Produktion für ihren *KöniGin* umgewandelt haben.

4 TAGE · 17 STUNDEN
BIS ZUR PREMIERE

MONTAGABEND

1. Theres / Beute

Dorfrand, Thaller-Hof

Diese Montagnacht roch nicht wie immer. Nicht nach Glut und Wacholder. Und nicht nach nassem Hund. Theres schaute nach oben vorbei am Hausgiebel in den Nachthimmel. Hoch über ihr, weit droben haftete ihr Blick: am *Kofel*, dem Wächterberg. Tag für Tag wachte er über Oberammergau, Mondnacht für Mondnacht versilberte ein Schimmer seinen kantigen Zacken.

Die Klinge des Schlachtermessers unter ihren Fingern beruhigte ihren Puls. *Gut scharf hat noch niemandem geschadet ... Wahrscheinlich.* Was sie vor sich sah, gefiel ihr nicht: Die Eichenholztür mit ihren verwitterten, ineinander verkeilten Planken stand um einen Spalt offen, aus dem Haus auf die Treppe quoll Dunkelheit. Nichts hielt das Schwarz zurück.

»Ist das die Einladung für den Putzengel, der kommt und euren Saustall aufräumt? Ich würd ja glatt wieder beten, wenn's so wär.«

Hinten im Garten krächzte ein Vogel. *Verfluchte Krähe.*

Die Beute rutschte vor der Haustreppe des alten Bauernhauses von Theres' Schulter. Knirschend verschoben sich die Kiesel unter ihren Füßen. Rechts und links die Fenster, das ganze Thaller-Haus mit seinem abgeplatzten Putz starrte blind auf das Oval des Hofs. Theres' Blick stolperte am umgekippten Komposteimer neben dem Stall. Durch das Schiebetor dort hinten drang ebenso kein Lichtschein, keine Musik, kein singendes Krächzen. Licht, Leben, jegliche menschlichen Laute fehlten.

11

Sie drehte sich zum Haus, kaute auf ihrer Lippe.
Hier?
Drehte sich zur Tür.
In Oberammergau?, dachte sie, sah auf ihre Hand. *Es wäre nur ein kleiner Stoß. Ein Blick. Nur kurz*, dachte sie. *Aber hier? In Oberammergau …?* Erneut fand ihr Blick den schroffen Gipfel. Ein schlafender Wächterriese, der seinen Zinken in den Mond sticht. So hatte ihre Mutter den Kofel genannt und ihr eine Geschichte erzählt. Damals. Ihre Mutter hatte dabei gelacht. Springende Bergkristallperlen.

An jenem Tag hatte Theres die Bastelschere und den Handspiegel der Mutter entdeckt. Keiner der Buben würde sie mehr hänseln, ab sofort zählte es, wenn sie härter traf, öfter. Ihre Haare waren nicht länger die eines Mädchens, sondern wie die ihres besten Freundes. Endlich.

Die Zeit heilte aufgeschürfte Knie, die Haare wuchsen, die Jahre vergingen, die anderen Wunden nicht. Das Lachen war tot, die Mutter fort, kam nicht mehr zurück. *Schluss!* Sie ballte die Hand. *Ein Zurück gibt es nicht, erst recht nicht jetzt!* Sie rückte den Gurt des Gewehrs zurecht, sah die Beute zu ihren Füßen und wandte sich um. Eine dunkle Ahnung biss ihr in den Nacken. Sie fröstelte. *Kreizkruzefix!*

Das Hier, das Jetzt, alles war falsch am Thaller-Hof. In Oberammergau war das falsch. Die Dunkelheit und ein verlassener Hof, der nicht verlassen sein dürfte. Und das Gefühl, das war auch falsch.

Sie starrte auf das Haus von Sonja und Franzl Thaller. Wie dunkelgrüner Pelz überzog der Efeu die linke Seite. Am Oberschenkel spürte sie einen vertrauten

Druck, einen Stups. »Hast ja recht, Wolfin. Bringen wir's zu Ende«, flüsterte sie und kraulte die Irische Wolfshündin zwischen den Ohren, »wo ich schon mal hier bin.«

Der Bewegungsmelder sprang an. Mit der einen Hand suchte sie den Kolben ihrer Flinte, mit der anderen erspürte sie an ihrem Gürtel das Messer. Aus dem Efeu stob eine Maus, verschwand auf der anderen Seite der Tür. »Zefix!« Theres sah hinterher, ihr Puls trommelte lauter als jedes Rascheln in ihren Ohren. *Hat die Katz zu viel vom Gin erwischt, oder wo ist das Vieh, wenn man es mal braucht?*

Sie wies Wolfin den Platz neben ihrer Beute, nahm dann die zwei Stufen mit einem Schritt. Auf dem Weg zur Klingel stoppte ihre Hand. Über ihr Rückgrat jagte ein Kribbeln, Kälte. Der Lichtkegel, den der Bewegungsmelder um sie warf, beschränkte ihr Sichtfeld, sperrte alles außerhalb aus. Als machte das zugeschnittene Licht auch ihre Ohren taub.

Der abgestandene Muff alten Mauerwerks belegte ihre Nase. Und: Noch ein weiterer Geruch verzerrte die Luft. Sie kannte ihn. Am Boden ahnte sie unterschiedliche Schattierungen von Dunkel. Nur seitlich, im Lichtschein ... *Shit.* Sie trat einen Schritt zurück. Der Fleck blieb. Zäh, rötlich. Im Reflex schoss ihr Blick nach unten. Nichts hob sich im Halblicht ab von den dunklen Flechtmaschen ihres Pullis, von dem Olivgrün der Jagdjacke, von den Stiefeln. »Kein Blut.« Sie zuckte die Schultern. »Nicht von mir zumindest.«

Wieder die Krähe. Theres schrak zusammen, glitt am Messer ab. »Kreizkruzefix! Bist du still!«, knurrte sie und saugte das Blut aus dem Schnitt.

Nochmals linste sie hinüber zum ehemaligen Stall. Franzls Pick-up parkte im Verschlag daneben, die Laufleine davor hing träge zu Boden, ein dunkler Strich in der Dunkelheit. Kein Gebell. Sie stieg die Stufen hinab zu Wolfin, schickte die Hündin nach hinten in den Hof, zu der jetzigen Brennerei, beobachtete die Schnauze im Wind, die Haltung, den Schwanz. Ganz leicht wippte er, gemächlich. *Keiner da zum Spielen.* Zurück an ihrer Seite drückte Wolfin sich gegen ihr Bein, Theres ging in die Knie, lehnte sich gegen die Hündin. »Du bist dir sicher, was?« Die treue Begleiterin guckte auf. »Na dann!« Ihre Hand glitt durchs Fell. Wärme und Nähe blieben auf dem Weg zu dem beulenübersäten Familienerbstück ihres Geländewagens, das Eis in ihrem Bauch.

Sie holte die Taschenlampe aus dem Kofferraum, verstaute ihr Gewehr, zog ihr Handy aus der Jacke. »Jetzt?«, murmelte sie. »Später?« Drei Atemzüge, und sie steckte es zurück. Ihr Finger glitt über die Konturen des Smartphones. »Später.«

Falls es dein Stolz erlaubt, kratzte die Stimme ihres Vaters in ihrem Kopf. Sie schob die Ärmel hoch und war sicher, wenn Hunde Ärmel hätten, würde Wolfin dasselbe tun. »Die Tonis von der Polizei können noch früh genug gegeneinander arbeiten.«

Noch einmal schickte sie Wolfin zum Platz neben der Beute. Schwerer als zuvor stieg Theres die Stufen zum Bauernhaus wieder hinauf. Ein Schubs mit der Taschenlampe. Ächzend öffnete sich der Spalt ein Stück weiter, stoppte quietschend. »Noch ein wenig lauter vielleicht?« Ihre Augen wanderten in den dunklen Flur bis zu einem schwachen Lichtschein. Vom Türspalt in der Mitte des

Gangs kroch er hinein in die Dunkelheit, über granitgraue Fliesen und … anderes.

Theres schauderte, hob den Blick an, zwang ihn höher. »Sonja?« Sie rief, sie wartete. Keine Antwort. Kein anderes Geräusch. Der Lichtkegel ihrer Taschenlampe wanderte den äußeren Türstock ab. Nichts aufgestemmt, nichts beschädigt. Dann den Boden. *Der Putzengel war's nicht. Es sei denn, er putzt mit Blut.*

Mit einem Mal jagte Wolfin davon und riss Theres' Aufmerksamkeit mit sich und weg von dem Flur. Am Hauseck grub die Schnauze den Boden um. Aufgeregt wedelte die Hündin mit dem Schwanz, bellte, schaufelte den Kies mit den Vorderpfoten fort.

»Weg!«, zischte Theres und sprang zur Hündin, stieß sie zur Seite. Vor den Läufen entdeckte sie Fleisch. Das Maul der Hündin gepackt spreizte sie es auf, schnupperte. Nichts. Atmete tief ein.

Im Lichtschein ihrer Taschenlampe hoben sich die Fleischfasern voneinander ab – und von den zwei weißlichen Tabletten. Die Fleischstruktur kannte sie. Rind, aus der Hüfte. »Dich und deine Verwandtschaft hab ich letzte Woche verkauft wie geschnitten … Grillfleisch halt. Aber wo kommen diese zwei Pillen her?« Sie runzelte die Stirn, dann wickelte sie das Stück samt Tabletten in ein Taschentuch, tätschelte Wolfins Schnauze, die Zunge hing der Hündin aus dem Maul. Bevor sie das Köderstück aufs Autodach legte, befahl sie Wolfin Platz. Die Jagdbeute, das Rehkitz, lag noch da, ihre Begleiterin würde wachen.

Wieder stand Theres vor der Tür. Die Kälte war ebenfalls zurück, schabte von den Schultern zum Steiß. Sie schauderte. Dann trat sie ein. Erwischte den Schalter, Licht. »Jemand dah…« und würgte.

2. Andere Augen

Das mochte ich immer.

Leuchtend orange sticht die Flamme in die Dunkelheit rings um den Grill, leckt am Rost, durchzieht mit ihren flackernden Zungen das Schwarz. Um mich wird die Nacht heller, alles was mich umgibt. Den Berg, die schroffen Schatten, alles, was hinter dem Feuer liegt, überblenden die Flammen. Licht brennt in meinen Augen, blinzeln will ich nicht.

Rauch kriecht aus der Schale und befällt den Grill, ich bin nicht schnell genug. Der Spiritus ätzt in meiner Nase, meinem Rachen. Normalerweise grillt man so nicht. Spiritus. Ich kenne Menschen, die ihre Augenbrauen versengt haben. Mit Spiritus.

Zu spät weiche ich dem Qualm aus. Ich versuche, leise zu husten, und mein Blick schießt in die Dunkelheit neben mir.

Bei den Nachbarn bewegt sich nichts hinter dem Wohnzimmerfenster, nichts oben im Haus.

Alles still, alles im Schlaf, hoffe ich, atme klare Nachtluft.

Der Spieß passt genau zwischen die Lücke unter dem Rost, und mit zwei, drei Schubsen verteile ich die Kohlen gleichmäßiger. Die Flammen kämpfen mit den Kohlestücken, durchdringen, bezwingen sie, fressen sich satt am durchtränkten Stoff. Auch mit ihm kämpfen sie, aber der Spiritus macht es ihnen leichter. Der Geruch von verbranntem Gewebe überlagert die Holzkohle. Bald ist es vorbei.

Mein Magen knurrt. Die Kohlestückchen werden weiß.

Helle, feine Linien durchziehen das Fleischstück wie Marmor. Es ist perfekt, zwei Finger dick, saftig aus der Hüfte. Das letzte von drei. An meiner Hose wische ich mir die Hand noch mal ab, und noch mal. Gewaschen habe ich sie. Und frische Kleidung habe ich. Das Fleisch nehme ich mit meinen Fingern vom Teller. Fest, doch weich.

Sofort zischt es auf dem Rost, Flammen strecken sich nach dem Fleisch, schlingen das Fett auf, das heruntertropft. Die Glocke von St. Peter und Paul füllt die Nacht. Dreiviertel.

Spät.

3. Theres / Seile & Feuer

Dorfrand, Thaller-Hof

Bis ganz tief in ihre Lungen sog Theres die frische Nachtluft. Öffnete die Augen, fokussierte ihren Blick. Über den Boden verteilten sich Pfotenabdrücke, Spritzer – erst schlammig, dann braunrot, trocknend – zwischen auffallend sauberen Stellen. Einen Schritt hinter dem Eingang verlief an der Wand entlang bis zur Mitte des Flurs eine blutige Bahn auf Höhe ihres Oberschenkels. Sie endete in einer Lache aus Blut und Knochen und Fell.

Zertrümmert der Schädel, die Glieder verdreht, zerhackt. So lag er da. Ein paar Schritte nur. Sie beugte sich über den Kadaver, schluckte. »Bubi!« Dann fuhr sie durch das kratzige Fell über die starren Muskelstränge am Hals. »Wer zur Hölle macht so was?« Wie von selbst wanderte ihre Hand zum Messer an ihrem Gürtel. »Mit der Axt den Kopf aufreißen, dann den Brustkorb zerstückeln. Das ist ein Wachhund, kein Hackstock.«

Theres starrte die Türklinke an, ein verzerrtes Spiegelbild in Messing starrte zurück. Sie lauschte, rieb ihren Nacken. Dort hatte sich die dunkle Ahnung eingenistet. Ihr Kopfkino sprang an, ein Film mit verlassenem Autokino, ausgeweideten Rostlauben, aufgeribbelten Kabeln und verendeten Insekten. Sie schüttelte den Kopf gegen die Bilder.

»Hier sind nur wir. Nur wir! Ich und Wolfin – und der Tod«, murmelte sie. »Und der ist wahrscheinlich schon fertig hier.« *Hoffentlich.* Nach fünfzehn Sekunden Stille und einem Blick nach draußen – Wolfin wachte noch immer an ihrem Platz – packte sie den Messergriff fester. »Immerhin weiß ich, wo die Axt ist.« Theres stieg über Bubis Überreste, stieß die Küchentür auf. *Das Erbstück vom Opa im Flur aufzuhängen? Keine gute Idee.*

Kurz vor dem Lichtschalter stoppte ihre Hand. In der Dunkelheit außerhalb der Fenster tat sich nichts. Sie hielt einen Moment den Atem an. Immer noch nichts. Keine huschende Gestalt, keine Schritte, kein Motorjaulen. Nichts. *Nur wir!*, wiederholte ihr Kopf.

Sie kippte den Schalter um. Das Licht machte den Raum nicht schöner, nicht lebendiger. Auch nicht sauberer. Auf der Küchenanrichte zwölf Flaschen Gin mit Dornenkronen um den Hals und ein Karton boten am ehesten den besten Anblick.

Davor war Sonja. Vielmehr: hing Sonja. Von der Galerie oberhalb der Küche war ihr Körper einen halben Meter über den Dielen, das andere Ende des Seils berührte den Boden. Wie abgemessen.

Was hast du zuletzt gesehen, Thallerin? Oder wen? Und wie hast du geschafft, das Seil so genau auszutarieren? Fünf große Schritte in ihre Nähe machten Sonja nicht redseliger. Die Augen quollen heraus, an den Armen verdunkelten sich Hautstellen. Die Schnürung an Sonjas Hals erinnerte an die Rouladen in der Metzgerei. »Abhängen mit Gin stell ich mir anders vor.« *Nicht witzig.*

Schnitte, Risse waren in die Haut an ihren Händen eingegraben, das Fleisch an den Fingergliedern aufgescheuert. Theres schob einen Stuhl vor Sonja, erklomm ihn, einen mit Küchenrolle umwickelten Kochlöffel in der einen, ihre Taschenlampe in der anderen Hand. Unter dem Strick an Sonjas Hals waren dunkle Male, wie

Schatten. Theres streckte sich. Schatten auch oberhalb des Stricks. Würgemale?

Sie verlagerte ihr Gewicht. Zu schnell. Das vordere Stuhlbein knarzte, gab nach, kippte, und Theres ... ruderte, verlor ihren Stand. Die unrhythmische Gymnastik brachte die Schwerkraft gegen sie. Theres' Arme schossen nach vorn, stoppten im letzten Moment – vor Sonjas totem Körper. Den Stoff ahnte sie, die kalte Haut, sie schauderte.

Theres ächzte, zog die Finger weg von der Toten, gegen die Gravitation. Fand besseren Stand und atmete tief ein, aus.

Ein Knall, das Licht war weg. Sie biss sich in die Wange. Der Schmerz fraß sich bis in ihren Arm, die Dunkelheit in alles rundum. Theres klammerte sich an ihre Taschenlampe, an den verbleibenden Lichtstrahl.

In Theres' Brust donnernder Herzschlag, die Krähe im Garten. *Kein Stapfen, keine Kettensäge, keine schwingende Axt. Immerhin.* Still das Haus, still die Nacht. Wolfin war auch still. »Wär ich mein Schutzengel, ich würd umschulen.«

Erneut und diesmal besser fand ihr Fuß in der Sitzschale Halt und Theres sich jetzt auf Augenhöhe mit Sonjas Brüsten. Ihre Taschenlampe schickte Licht durch den Stoff. Kein BH, protokollierte der analytische Teil von Theres' Gehirn, der praktische koordinierte ihren Körper, der langsam herabstieg und festen Boden fand. *Iii...rrsinnig nervige schwedische Möbelhauskette,* setzte der zornige Teil dazu. *Fuck.*

Auf Puddingbeinen wackelte sie hinter dem Taschenlampenlicht zurück in den Flur, entdeckte den Sicherungskasten. Alles am Platz, abgesehen vom FI-Schalter.

Sie klappte ihn hoch und ... *Au! Verdammt.* Dunkelheit. Sie schüttelte den leichten Schmerz aus ihrem Zeigefinger, nahm alle Sicherungen raus. Eine nach der anderen – von der Küche bis zur Kammer – schaltete sie wieder ein, zuletzt den Stall. Wieder Dunkelheit, diesmal schnalzte der FI nicht gegen ihren Finger. *Kurzschluss im Stall.* Den Stall nahm sie vom Netz, den FI legte sie nochmals ein.

Zurück im Wohnraum schoss sie Fotos, vom Kühlschrank, von den Bildern und Karten, die dort hingen. »Mordsguter Gin.« *Mh. Sonja Thaller gäbe ein interessantes Instagram-Motiv.*

Am Küchentisch fein säuberlich aufgereiht lagen eine Drahtrolle, leeres Papier und ein Stift daneben. Und Paketaufkleber. »Ein Selbstmord und kein Abschiedsbrief?« Sie klopfte Sonjas Taschen ab. »Kein Handy. Aber der Geldbeutel.«

Und Franzl? Theres fluchte, überlegte einen Moment. *Wo ist der? Und ... will ich das wirklich wissen?* Sie stieg die Treppen in den ersten Stock hinauf und ergebnislos wieder hinab. *Schilder wären gut. Der Hof ist ja nicht grad klein. Als hätt ich nix anderes zu tun, bis ich die Polizei wirklich rufen muss.*

Die Tür des Büros neben der Küche lehnte nur an. Aus dem schmalen Spalt drang ein Rascheln in den Flur. Theres schluckte, fasste zum Messer und stieß die Tür auf. Unter Briefen, Schreiben, Papierkrumpeln, Stiften und Notizzetteln, Büroklammern und Chaos fanden ihre Füße den Boden. Sie sah sich um: kein Laptop, aber in der Schublade die externe Festplatte in Hosentaschengröße neben einem angetrockneten, angebissenen Schokoriegel.

In einem Stapel Papiere stöberte Theres mithilfe von Geodreieck und Brieföffner. Ganz oben das Liebesbriefchen der Stadtwerke und eine Arztrechnung. *Euer Lohn wartet im Jenseits – mitsamt der Schuldnerin.*

Auf dem nächsten Schreiben klebte eine Notiz:»Bild- und Veröffentlichungsrechte! Noch mal besprechen! Dringend!«, stand über der Mahnung. Der seit November ausstehende Betrag dürfte der Rechnungsstellerin schmerzhaft fehlen – einer selbstständigen Fotografin und jungen Mutter.»Aufm Land kennt man sich, da kann man sich aufeinander verlassen. So viel dazu! Kreizkruzefix.« Theres schabte die Zähne über ihre Unterlippe. »Dass ich mir mehr versprochen hab mit den Thallers ... geschenkt! Aber für Nayla ... schöner Mist. Und ich hab sie da auch noch mit reingezogen.«

An der Pinnwand über dem Schreibtisch entdeckte Theres Bilder. Manche Fotos hatten Klebestreifen über den Ecken, manche abgerissen, als ob sie schon woanders gehangen hätten. Post-its markierten die Aufnahmen:»Für Kampagne?« oder »X«.

Auf allen Bildern Marie. Aber warum ausgedruckt? Digital ist doch viel nützlicher. Beim nächsten Bild beugte sich Theres näher. *Schau einer an:* KöniGin *verbindet. Jedenfalls manche. Ziemlich eng und ziemlich verschlungen.* Sie schmunzelte und drückte auf den Auslöser der Handykamera.

Sie stöberte weiter durch den Schriftverkehr, einen lukrativen Gin-Deal mit den Passionsspielen und die Umsatzsteuervoranmeldung des Finanzamts. *Respekt!* Der Gedanke an die Bank- und Steuerunterlagen ihrer Metzgerei jagte ein Schaudern über ihren Rücken. *Bei den Thallers zücken Bank und Finanzamt Champagner, bei mir: Taschentücher.* Dann schluckte sie, ihr fiel Sonja in der Küche ein.

Beim nächsten Brief zuckte ihre Augenbraue: eine Vertragsvereinbarung mit einer Marketingagentur samt Rechnung. Neben dem roten Post-it das eingeprägte Logo im Kopfteil: *Zhoch2*. In ihrer Magengrube spürte Theres einen Stich. *Wie nett! Das Teuerste ist gut genug für* KöniGin. Sie schnaubte.

Weiter unten stapelten sich Ostergrüße, Postkarten, Dank für die Zusammenarbeit. Vorsichtig schob sie die Unterlagen zurück.

Vor dem Haus an der Treppe checkte Theres die Uhrzeit auf ihrem Smartphone. »Ich brauch eine verdammt gute Ausrede«, murmelte sie. »Eine verdammt gute für die Polizei.«

Den Hund an ihrer Seite und den Taschenlampenlichtkegel vor sich, steuerte sie auf Franz Thallers Pickup im Verschlag beim Stall zu. Unter der Matschschicht erholte sich das Auto vom letzten Einsatz, unverschlossen wie immer. Die Bordwand der Ladefläche war runtergeklappt. Daneben geschichtete Holzscheite bis unters Blechdach des Stadels.

Sicherheitshalber wuschelte Theres durch Wolfins Fell – die Hündin fühlte sich warm an, vertraut, nicht wie in einem düsteren Albtraum. »O Hund.« Aus wachen, dunklen Augen beobachtete Wolfin Theres, ließ sie keinen Moment außer Sicht. Zweimal wuffte sie. Was nur eines bedeuten konnte: alles Mögliche.

»Hab ich mir schon gedacht.«

Schließlich trabte Theres weiter.

Vor dem zur Brennerei umgebauten Stall hielt Wolfin inne, schnupperte. Über Theres' Nasenwand ätzte der nächste Atemzug, kratzte sich den Rachen hinab. Durch den Türspalt entdeckte sie ein Glimmen. *Kurzschluss im Stall wegen: Feuer.*

Theres hustete. »Zwei an einem Tag – der Boandlkramer und der Feierdeifi.« Die Axt neben den gestapelten Holzscheiten packte sie mit der einen Hand, mit der anderen fuhr sie sich übers Gesicht. »Kaum verändert jemand was im Dorf, stoppt der Sensenmann die Uhr.« Noch einmal ging ihr Blick zum Kofel. »Und du schläfst nur.« Sie seufzte.

4. Toni / Kohle

»Danke, ich weiß, dass die Passionsspiele verdammt bald beginnen.« Das Handy kratzte an seinem akkuraten Vollbart. Toni schaltete die Stereoanlage auf stumm, und auf der Leinwand ermittelte Miss Marple nun ohne Ton. Auf dem Couchtisch neben ihm stapelten sich Rushdie, George Orwell, Adler-Olsen, Donna Leon und Agatha Christie. Seine vielfältigen Begleiter durch die Nächte. »Am besten wär das ganze Theater längst vorbei und Oberammergau wieder ruhig. Weshalb bin ich denn aus München hierher?«

Auf seinen Oberschenkeln der Polizeibericht von vorgestern, seine Notizen dazwischen. Vom Garten vor dem Pilatushaus hatten sie ein paar Ginflaschen samt der jugendlichen Konsumenten aufsammeln und einige von ihnen ins Krankenhaus verlegen müssen. Und als wäre das einfach nur eine Sache von Gleichgewicht im Leben: Die Mägen der Jugendlichen waren bald darauf leer gepumpt wie die Flaschen, sein Schreibtisch dafür umso voller mit dem Papierkram, den das nach sich zog.

»Okay, Theresa!« Er nickte, schaltete den Beamer aus. »Und fass bloß nichts an! Bitte!« Er trennte sich von der Couch, tauschte Jogginghose und Shirt gegen Jeans und Hoodie. »Ich muss zusehen, wen ich als Erstes erwisch, den Chef oder die Flo. Aber: Wir sind unterwegs.«

Toni fuhr seinen Haaransatz entlang über die immer länger werdende Stirn. »Bleib im Auto, Theresa. Wenn auf dem Hof schon was passiert ist, ist der Täter vielleicht noch dort. Dann bist du die Nächste. Und wenn dir was passiert ...« Er hustete und griff nach den Zigaretten. »Nein, ist mir egal, ob du das denkst. Du bleibst in deinem Wagen!« Er schnaubte. »Zehn Minuten, fünfzehn höchstens!« Er steckte das Handy in die Tasche. »Sturschädel«, knurrte er.

Von seinem Haus bis zur Dienststelle war und blieb das Telefon von Anton Sollinger, dem Leiter der Oberammergauer Polizeistation, belegt. Im Gegensatz zu Kollegin Dinklmeier, wofür er sie zum Dank aus dem Feierabend riss. Als er seinen Hyundai parkte, wunderte er sich über das erleuchtete Fenster in der Polizeistation. Er ahnte den Grund.

Licht fiel auf die eine Hälfte von Sollingers Gesicht, Schatten verzerrten die andere. Der Hauptkommissar telefonierte und notierte. Immer noch. »Ja, was ein Hashtag ist, weiß ich«, hörte Toni ihn ins Telefon zischen. Immer wieder krampfte Sollinger die Finger in die vorderen Fransen seines Kurzhaarschnitts und zupfte daran. Wenn der Friseurbesuch ein paar Tage überfällig war, wirkte Sollinger mehr als nur zwei Jahre jünger als Toni, die angedeuteten Geheimratsecken fielen noch weniger auf. Es sei denn, die Anruferin hieß Christiane und war Chefredakteurin der lokalen Nachrichten.

Toni nahm sich den Dienstwagenschlüssel. Im selben Moment hörte er den alten 3er-BMW heranscheppern, Dinklmeiers BMW. Kurz warf er noch einen Gruß ins Büro seines Vorgesetzten. Bei Sollinger würde das Telefonat noch eine Weile dauern, er gestikulierte: zuckende Finger über einer imaginären Handytastatur. Er wollte per SMS auf dem Laufenden gehalten werden.

Die Spiegelreflex schnappte Toni sich noch aus der Schublade und anschließend direkt vom Parkplatz Floriane, die sich über den spontanen Einsatz freute wie auf kalten Rosenkohl. Er drückte ihr die Schlüssel in die Hand. Bis zum Dienstwagen schaffte er vier Züge am Nikotinstängel, schnippte dann seine Kippe durch die Luft und sah sie in der Pfütze verglühen. »Thaller-Hof«, brummte er. Die Beifahrertür knallte zu. »Über die Bahnhofstraße.«

Flo fuhr, Toni steuerte die Musik und schickte die ersten Infos an Sollinger. Kurz rutschte sein Blick am Passionstheater hoch zu dessen Glasdach, das ihn jedes Mal an einen dieser Kartoffelchips erinnerte. Pringles.

Als sie das Passionstheater passierten, hatte er die Spurensicherung bestellt. Auf dem Palmesel vom Brunnen blickte ihnen die Jesusstatue traurig hinterher, bevor sich der Trichter des freien Platzes wieder verengte und die Straße zurück in die kleine Ortschaft zwängte. Den Berg im Blick, lenkte Flo den Dienstwagen vorbei an den holzverkleideten Obergeschossen, den Fassadenmalereien, den bunten Fensterläden. Mitten durchs Idyll. Oder die Illusion davon. In der Dunkelheit wirkten die Geranienkissen an den Balkonen wie fleckige Beulen, manchmal wie blutige, wenn das Licht ungünstig fiel.

Toni öffnete den Chat auf seinem Smartphone und tippte. Der Streifenwagen kreuzte die Ammer.

»Doch keine ruhige Nacht, Chef?« Floriane gähnte.

»Nacht? Setz einen Haken dran für die ganze Woche. Das war's mit der Ruhe.« Auf Tonis Handy leuchtete in dem Moment Theresas Antwort auf. »Als ob es nicht reichen würde mit der Aufregung um die Premiere, und überhaupt dieses ganze Touristenspektakel.«

»Nicht dein Ernst? Aus der Großstadt hier reinschmecken und dann drauf schimpfen, was Oberammergau ausmacht.« Flo schaltete hoch. »Jeder hier ist stolz darauf, Teil von der Passion zu sein.«

»Erzähl mir, was du willst!« Toni starrte in die Nacht, fixierte den Bergzinken. »Alle sind überdreht und gestresst – neben ihren Jobs müssen sie ja auch noch ständig proben, und mit dem Fell im Gesicht glauben manche vielleicht, sie sind jetzt den Bären näher oder unseren Verwandten im Neandertal.«

»Hier geht's um die Gemeinschaft. Und: Die Passion ist Tradition! Dafür lässt man sich halt auch die Haare und den Bart wachsen.« Flo beschleunigte.

»Tradition?« Er verdrehte die Augen. »Anderen möglichst viel Geld aus der Tasche zu ziehen ist also Tradition. Erzähl mir nicht, dass das die Liebe zur Tradition ist und Ausdruck der Verbundenheit mit eurem Glauben. Es sind der Wahnsinn und die Gier, die Oberammergau mit Touristen überschwemmen. In den Lokalen klingelt die Kasse, und die Hotels vermieten die letzte Besenkammer.«

»Netter Nebeneffekt.« Floriane zuckte mit den Schultern. »Apropos Besenkammer: Der Chef bezieht sein Lager jetzt direkt in der Station, hab ich das richtig gesehen? Er ist doch schon längst ausgezogen und wohnt allein. Ist die neue Wohnung so furchtbar?«

»Ach, frag mich ...« Er zuckte mit den Schultern.

»Verstehen muss man's nicht«, seufzte Flo und gähnte. »Aber mal zum Punkt: Was ist schon wieder los auf dem Thaller-Hof?«

Toni schüttelte den Kopf. »Die Spurensicherung ist in einer guten Stunde da. Kein Einbruch. Die Thallers ...« Er zögerte.

»Sonja und Franz heißen die, Chef«, sagte sie.

»Sag zu mir nicht immer Chef, Flo, sonst kriegt unser Chef irgendwann die Krise.«

»Baurieder, stell dich nicht so an.« Flo lachte. »Chef sagt man halt, Chef. Das darfst nicht so eng sehen.«

»Ach, Flo. Sag halt einfach zum Chef: Chef, und zu mir: Toni. Oder Baurieder. Münchner Gscheidhammel, meinetwegen. Dann weiß jeder, wer gemeint ist. Das ist effizienter. Und außerdem ist Anton schon länger hier als ich.« Er zog die Augenbraue hoch. »Oder: immer noch.«

»Aber er ist jünger, und er sieht das auch nicht so eng, Chef.«

»Nur, weil er vierzig ist. Zwei Jahre machen keinen großen Unterschied.«

»Stell dich halt an, Prinzessin!« Sie zuckte mit den Schultern. »Jeder weiß, wer der Chef ist. Und dem ist das grad wurscht, ob wir ihn Chef, Sollinger oder Dipferlscheißer heißen. Bloß: Anton – das mag er nicht auf der Arbeit.« Ihr Blick streifte ihn. »So hat ihn die Christiane immer genannt. Hast das in dem letzten Jahr immer noch nicht mitgekriegt?«

Toni winkte ab. »Anton und dir war ein Ausflug in die große Welt nach gut zwei Jahren vielleicht genug. Zu Sherlock und Watson macht euch die Ortskenntnis hier aber noch lange nicht.« Im Chat tippte er die nächste Nachricht. »Und jetzt Klappe, Oberwachtmeister Dinklmeier. Wir haben zwei Tote. Sonja und Franz Thaller.«

»Oberwachtmeisterin, gefälligst! Hast das noch nicht mitgekriegt, wie wichtig es ist, richtig zu gendern?« Flo schaltete runter. »Wer hat's gemeldet?«

»Theresa.«

»Die Theresaaa? Willst dich bei ihr einschleimen?«
Flo streckte die Zunge gegen ihn. »Theres heißt die.
Theres Hack. Wir sind hier nicht in München bei den
Geschniegelten.«

»Depp.«

»Deppin, bittschön! So viel Zeit muss sein. Bei meinen Eltern hat's bei der Taufe freilich auch zur Floriane
gereicht.« Sie strubbelte durch ihr Haar. »Florian wäre
schon nicht so gut gewesen.«

»Klappe! Autofahren! Jetzt!«

»Theresaaa«, äffte sie ihn nach und schnalzte mit der
Zunge. »Eventmanagerin, Metzgerin, Jägerin, Toten-
finderin«, zählte sie auf. »Das ist eine beachtliche Menge
an Titeln. Da ist schon klar, dass die Straßenschluchten
in Wien zu klein geworden sind und sie wieder zurück
ist zu uns nach Oberammergau.«

»In Wien hatte sie ihre eigene Agentur, mit über
zwanzig Angestellten …« Toni erinnerte sich an den
Umbau der Fleischerei Hack, an das Gerede der Leute.
»… und dann schmeißt sie alles hin – für eine moderne
Metzgerei ohne Schweinefleisch. Schon verrückt, oder?
Was ist da wohl passiert?«

»Metzgerei?« Flo lachte. »Eigentlich darf man das
doch gar nicht so nennen, oder? Was ist das für eine
Metzgerei ganz ohne Sau und nur bio und regional und
mit Wild. Ein bissl spinnert ist das schon. Aber trotzdem:
mutig. Und wer Mut hat, der verdient Respekt. Auch
wenn sie vielleicht nicht lange über die Runden kommt
damit.«

»Aber es ist doch nicht neu, was die Theresa macht.
Abgesehen von der Sache mit ohne Sau. Eigentlich
eher alt.«

»Es ist halt nicht Aldi und nicht Media Markt. Kein: *Geiz ist geil*«, sagte Flo, setzte den Blinker und bog auf die Zufahrtsstraße zum Hof. »Und jetzt hat's die Thallers erwischt. Schade um den guten Gin.«

»Das Kloster Ettal produziert auch Gin.« Er runzelte die Stirn. »Waren die nicht Konkurrenten?« Er musterte Flo. »Haben die Thallers selbst gebrannt auf dem Hof?«

»Mei, du Baumschüler. Was meinst du, was du in den ganzen Wirtschaften trinkst? Sicher nicht die Milch von den Thaller'schen Kuhherden.« Sie hob den Zeigefinger. »Und glaub nicht, du kriegst Beifall, wenn du jetzt sagst: Die Thallers haben ja gar keine Kuhherden. Dir ist klar, dass eine Maß Bier mehr kostet, als man für ein Kälbchen gezahlt bekommt?«

»Ach, Flo! Das ist bloß das Gejammer der Landwirte.«

»Als Bauer kannst du nur ganz groß überleben, wenn du die ganzen Vorschriften um der Vorschriften willen einhalten willst. Oder ganz dreckig. Oder beides – also groß und dreckig. Der alte Hof von Franzls Eltern war zwar runtergewirtschaftet und dreckig, aber zu klein. Also haben Sonja und Franz das bissl Vieh verkauft, die Felder verpachtet.«

Toni hakte ein. »Die Staatsregierung hat schon ihre Gründe, weshalb sie die Vorschriften erlässt.«

Die Kollegin zuckte mit den Schultern. »Erzähl, was du willst. Gründe vielleicht, aber am Ende interessiert sich keiner für die Viecher oder die Menschen. Verdienen tun die Bauunternehmen, die Industrie, die Konzerne.« Kopfschüttelnd fuhr sie fort. »Für mehr Profit fressen wir am Ende den größten Müll. Jedenfalls: Das wollten die Thallers nicht. Und eine Bio-Metzger-Theres gab's vor drei Jahren auch nicht, um vielleicht gemeinsam ein anderes Konzept aufzuziehen – bio, nachhaltig und so. Also haben sie sich die Lizenz für die Brennerei geholt und das alte Geraffel komplett auf den Kopf gestellt.« Unter den Reifen knirschte und gnazte der Schotter, als sie in die Stichstraße einbogen.

Toni runzelte die Stirn. Flos Bremsmanöver direkt vor dem Wohnhaus presste ihn gegen den Gurt. Er knurrte. »Und was soll das?« Erst auf das Haus, dann auf die Motorhaube deutete seine Geste. »Zurück. Wir sind nicht bei der Führerscheinprüfung, sondern bei der Ermittlung. Glaubst du, ich will im Scheinwerferlicht den Rauputz vom Haus studieren?« Er deutete über die Schulter. »Ab in die Mitte vom Hof, mit Abstand zum Stall, und dann lass die Scheinwerfer brennen.«

»Und den Motor an?«

Toni musterte Flo. »Wir sind in den Bergen, mitten in der Natur! Motor aus, Herrgott! Deine Ausscheidungen gräbst ja auch nicht bei deinen Pflanzen daheim ein, oder?«

»Pups-Logik? Ernsthaft? Tsss. Und das von einem geleckten Großstädter wie dir ...«

»Wenn's hilft.« Sein Sicherheitsgurt sprang auf. »Falls es die Batterie nicht packt, überbrücken wir.« Er deutete auf Theresas Geländewagen.

»Die Metzger-Res kriegt alles hin. Na dann, Chef«, schnappte Flo.

»Klappe! Hol den großen Strahler und die Extra-Batterie aus dem Kofferraum. Beim Stall fangen wir an. Und Absperrband ...«

»Und Absperrband und Absperrband und Absperrband. Und Handschuhe. Verstanden, Chef.«

»Toni«, knurrte er und warf die Beifahrertür zu. »Depp ... Deppin, halt dann.«

Beinah verdeckte das alte Bauernhaus den Zinken des Kofel, aber selbst aus der Perspektive stieß er noch über das Dach hinweg in den Himmel. Toni schloss die Lider und atmete die Frühlingsluft ein. Er schmeckte die Blüten, die Birken. Pfingstrosen mussten irgendwo in der Nähe sein. Tonis Hand glitt zu der Zigarettenschachtel, stoppte, öffnete die Augen.

Er öffnete die Augen. Ein Riss in der Nacht, an den die Schatten sich nicht wagten, dunkel von Fuß bis Hals, das Haar zum losen Zopf. Sie. Er zog seine Hand zurück.

»Überraschend nah am Auto.« Toni lächelte. »Also, du.«

Sie lehnte an der Beifahrertür, die Beine locker gekreuzt, die eine Hand in der Tasche der Jeans, das Messer an ihrer Seite, die andere um den Stiel einer Axt. Die Lider halb gesenkt, den Blick klar und wach und forschend. Nur ein $M\mu$ hob sich ihre Braue, ihr rechter Mundwinkel. Ein Lächeln.

»Theres…« Mit Blick auf seine Kollegin schluckte er den letzten Buchstaben, stoppte einen Schritt entfernt. Jasmin, Zimt, Rose, Iris, Vanille, roch er. Und Hund. Wolfin wachte zu ihren Füßen. Und wie zur Bestätigung der Anwesenheit einer weiteren Person warf Oberwachtmeisterin Dinklmeier den Kofferraumdeckel des Dienstwagens zu. Theres' Mundwinkel schob sich höher.

»Den Scheinwerfer kannst gleich stehen lassen«, rief er über die Schulter zu Flo. »Ich bin sofort da.«

»Wir«, sagte Theres.

Er deutete auf die Axt. »Vielleicht ohne die?«

Theres' Augen funkelten. »Eine Axt mehr oder weniger …« Sie zuckte die Schultern, ihre Stimme rieb durch die Dunkelheit. Im nächsten Moment griff sie etwas vom

Autodach, trat auf ihn zu und legte es ihm in die Hand. »Vorsichtig damit.«

»Was ist das?« Nachgiebig schmatzte ein in Plastik gewickeltes Päckchen unter dem Druck seiner Finger. »Hast du noch ein, zwei Worte dazu, oder ist Schweige-Montag?«

»Fürs Labor. Giftköder, vermutlich.«

»Für den Hofhund?«

Sie nickte.

»Mit Wolfin ist alles okay?« Toni legte den Giftköder aufs Dach des Dienstwagens. »Und danke, dass du nicht einfach einen ihrer Kot-Beutelchen genommen hast.«

»War mein erster Gedanke. Aber für die Jagd hab ich ja auch andere Plastikbeutel dabei.«

Er rollte mit den Augen. Dann übertrieb er eine Verbeugung. »Danke auch.«

Sie nickte. Einmal. »Hat Anton heut keinen Dienst?«

Toni räusperte sich. »Ich bin hier und Flo. Das sollte reichen«, sagte er. »Du warst zur Jagd?«

Sie deutete mit dem Daumen über die Schulter. »Rehkitz, vor der Stiege.«

»Res, servus!« Floriane kehrte zurück, ihre Hand fand die Stelle zwischen Wolfins Ohren, Wolfin hielt still und …. Hätte nicht ein kalbgroßer Hund neben ihm gestanden, Toni hätte geschworen, Wolfin schnurrte.

»Flo.« Theres hob ihr Kinn zum Gruß. Dann setzten sich die drei in Bewegung, Richtung Stall. Kiesel knirschten unter ihren Schritten. Über ihnen zogen sich nachtdunkle Schatten wie ein Band aus dunkelstem Grün am Kofel von seiner Mitte bis zur Schulter.

»Ah, mei«, sagte Flo. »Nach den Jugendtagen und den ausgepumpten Mägen vom Wochenende hab ich echt gedacht, es wird ruhiger vor der Passion. Alkoholvergiftungen und Ruhestörung waren genau das Richtige für unseren Großstadtschriftsteller hier.«

»Klappe, Dinklmeier!« Tonis Blick schweifte über den Hof vom Haus zum Stall.

Floriane ignorierte ihn. »Aber wenigstens war's nicht ganz schlecht für deine Metzgerei, oder, Res?«

Die Jägerin nickte. »Leberkässemmeln gehen immer, selbst von der Wildsau.«

»Das glaub ich«, antwortete Flo.

Toni schnitt dazwischen. »Theres, am Telefon hieß es: zwei Tote.«

Sie deutete zum ehemaligen Stall. »Da war Feuer, das hab ich gelöscht. Und die Tür von der Brennerei aufgebrochen. Von innen.«

»Von Feuer und Türen aufbrechen war am Telefon keine Rede!« Sein Blick hinderte Dinklmeier daran näher zu treten. »Das geht so nicht! Du kannst dich nicht …«

»Brikett ist so wenig aussagekräftig, find ich.« Theres' Finger malten Flammen in die Luft. »Aber vermutlich macht das bei einer Obduktion keinen Unterschied, oder? Brikett oder unverbrannte Überreste?« Sie drehte sich zu Flo, überlegte es sich dann anders. »Gut, nächstes Mal weiß ich Bescheid.«

»Gscheidhaferl.« Toni sah Flos Mundwinkel zucken, sie drehte sich zu spät ab und konnte ihr Grinsen nur halb verbergen. Er atmete aus. »Also gut, erzähl! Was war das mit dem Feuer? Wir können auch raten, aber …« Er sah sie an, sah auf die Uhr seines Telefons, sah zur Kollegin. »… irgendwann würd ich gern ins Bett. Und die Dinklmeierin muss auch heim zu ihrem Mann.«

»Freund«, warf Flo ein. »Und müssen tu ich gar nix. Du hast mitgekriegt, dass wir im einundzwanzigsten Jahrhundert leben, du Macho?«

Theres räusperte sich. »Die Tür war verriegelt, der Schlüssel fort, das Licht aus. Montags ist das falsch.« Im Mondlicht wirkte sie silberkalt wie die höchste Kante des Berges.

»Weil?« Tonis Hand wanderte zur Zigarettenpackung in seiner Jackentasche, die Finger berührten die Kanten.

Theres verlagerte das Gewicht auf den anderen Fuß. »Montag ist immer Gin-Tag.«

»Und?«

»Musik im ganzen Hof, offene Türen, Licht.« Sie verschränkte die Arme vor der Brust. »Egal. Ich bin hintenrum rein zu der kleinen Tür …«

»Woher …?«

»Letzten November hab ich das Catering für die Allerheili-Gin-Party der Thallers organisiert. Da hilft es, das Gelände und die Gebäude zu kennen und zu wissen, wo es Strom gibt.« Sie winkte ab. »Das Feuer hab ich gelöscht. Zur Sicherheit. Gebrannt hätte das vermutlich nie. Frag mich nicht, was der Mörder wollte. Um Beweise zu verbrennen, war er zu … sagen wir: untalentiert. Der Franzl liegt bei seiner Destille mit Kopfwunde, kein Lebenszeichen mehr. Der Hammer daneben ist nicht von mir.«

Flo kratzte sich am Kopf. »Wie hast du das überprüft?«

»Den Franzl?« Unter halb gesenkten Lidern glühte Theres' Blick, Wolfin drückte sich an ihr Bein und lehnte sich vor. »Als Jägerin oder als Metzgerin, oder was meinst du genau?« Sie stemmte die Hand in die Hüfte.

Im letzten Moment klappte ihr Mund wieder zu. Sie zuckte die Achseln. »Atmung«, antwortete sie.

»Ein unglücklicher Unfall vielleicht?« Toni musterte ihr Gesicht.

Theres fixierte ihn, wartete. »Klar«, sagte sie dann. Sie zuckte die Schultern. »Drin im Hausflur ist der Bubi auch ganz blöd erst mit dem Kopf, dann mit der Brust in die Axt gesprungen, die normalerweise an der Wand hängt, und Sonja von der Galerie in einen Strick. Unglücklich.« Nickend wandte sie sich ab. »Manchmal ist das Hirn im Weg, manchmal das Herz.«

»Ist ja schon gut. Dürfen wir?« Toni deutete auf Theres' Land Rover. »Dinklmeierin, du beginnst vorne mit der Durchsuchung, ich im Kofferraum.« Zu Theres hin zuckte er die Achseln. »Vorschriften.« Er nickte. »Du warst die Erste am Tatort, und wir müssen sichergehen …«

»… dass ich neben Jagd und Schlachtung nicht ein neues Hobby hab.« Theres legte den Kopf schief.

Er deutete auf sie. »Wir haben hier eher nicht mit einer natürlichen Todesursache zu tun und müssen nach Protokoll vorgehen. Erst Durchsuchung und dann Vernehmung, Theres. Erst mal ist jeder verdächtig.«

»Ich dachte: Erst mal ist jeder unschuldig, bis die Schuld bewiesen ist.« Theres trat zurück. Selbst im Gegenlicht erfasste Toni ihre Augen, den kritischen Ausdruck darin. Die Augen einer Jägerin. Auf halber Strecke stoppte seine Hand. Er zögerte, blinzelte gegen den Lampenschein.

Dann schob sich Flo vor ihn. »Verdächtig ist ja nicht gleich schuldig. Passt schon, Chef.«

Theres' Augenlider verengten sich stark. »Die Dinklmeierin schafft mich schon allein.« Schwarz brannte das

Mondlicht Theres' Umriss in die Nacht. »Fürs Vorgehen nach Protokoll.«

Nach der Durchsuchung schickte Toni die Kollegin voraus in den Stall. Theres trat neben ihn, deutete über den Hof in die Nacht. »Frühling.« Der Frühlingswind schickte eine Böe hinterher. »Aufbruch zu Neuem, mh? Sonja und Franz würden das anders sehen. Der Frühling ist nicht mehr, was er war.«

»Theres, noch eins: Behalt das hier bitte für dich! Kurz vor der Passion helfen Spekulationen bei den Ermittlungen so wenig wie ein zusätzlicher Ansturm. Es sind immer genug hier, die auf die nächste Sensation gieren.«

»Ein bisschen Skandal, ein wenig Blut – das war schon immer das beste Mittel, um die Leut anzulocken.« Theres verschränkte die Arme. »Fehlt nur noch Sex und Erpressung.« Die Abendluft brach sich an ihrem Lachen. »Jedenfalls … die Thallers hatten mit *KöniGin* seit Kurzem einen exklusiven Deal mit den Passionsspielen Oberammergau. Perfektes Timing, also.«

»Brauch ich dir nicht zu erzählen, was für eine Hölle da losbricht, als frühere Eventmanagerin.« Er zog die Zigarettenschachtel aus der Tasche, bot ihr eine an, sie zuckte zurück.

»Ein Mord passt ans Kreuz und auf die Bühne, aber bitte nicht in die Kulisse rundum.«

»Wir brauchen noch deine Aussage fürs Protokoll, Theres.«

»Ja, ja. Das Protokoll.« Sie dämpfte ihre Stimme, sah ihn nicht an.

Toni wischte sich übers Gesicht. »Ich mein's ernst!«

»Nach so einer Nacht wird der Anton seine Freude haben an deinem Bericht … Aber vielleicht bleibt dir ja noch ein wenig Zeit im Bett.« Ganz leicht nur boxte ihre Hand seinen Oberarm, sie schnitt ein schiefes Lächeln, drehte sich um.

An ihrem Rover war sie, noch ehe ihm eine Erwiderung einfiel. Er sah sie das Rehkitz einladen, sah Wolfin auf ihren Platz springen, sah Theres winken und den Rover wegfahren.

Er zog eine Zigarette aus der Schachtel. Dann fiel es ihm auf, er fluchte. *Shit.* Er riss sein Handy aus der Tasche und tippte, schickte Theres die Nachricht hinterher. *Deine Aussage fürs Vernehmungsprotokoll!!! Was hast du gemacht am Thaller-Hof? Heute? Du kommst nicht drum herum!*

Nach einer weiteren Nachricht an Sollinger trabte Toni in den Stall und hörte Dinklmeier fluchen. »Atmung. Witzig!« Sie fluchte weiter. »Manchmal ist das Hirn im Weg, manchmal das Herz. Total witzig.«

Und im nächsten Moment sah er, was sie meinte, würgte.

»Ich weiß, Bier ist nicht deins, und spät genug ist es eh, aber ein Feierabend-Bier hätten wir uns mehr als verdient. Ein Fass am besten«, hörte er seine Kollegin. »So eine Sauerei!«

Er fixierte den Bildschirm des Telefons, hoffte auf Theres' Antwort, vergeblich. Aber selbst das leere Display mit der Digitaluhr war hundert Mal schöner als das, was vor ihm lag. *Ein knappes Jahr hier, Idylle statt Großstadt.* Er sah sich um. *Kaum denkt man, die Leute wissen zu schätzen, was sie haben, dreht einer durch. Immer.*

5. Andere Augen

Im Takt des alten Doors-Klassikers stupst mein Finger gegen den Bierdeckel.

Light My Fire.

Gedimmtes Gelbgold schimmert in den aufgereihten Flaschen und Gläsern hinten an der Wand, glänzt in Lichtpunkten, verliert sich im Holz des Tresens. In die riesigen Fenster malt es die Schemen der Trinkenden, der Lachenden, der Schweigenden. Das Draußen blendet es aus – alles außerhalb der Bar. Die Kastanie, die Klappstühle, die Straße. Gebirgsfalten zingeln diesen Ort ein, Wald bewuchert eingemeißelte Traditionen und Seelen.

Pflichten ketten mich an das Steingerümpel der Oberammergauer Alpen. Hin und wieder gestohlene Momente, um mich davon zu befreien. Zeitsplitter. Wenn keiner mich verrät. Für meine Zukunft liegt ein Bild vor mir. Es wirkt schön, geordnet. Ich präsentiere es, natürlich. Wie es sich gehört. Hinter dem Bild ist Raum, solange ihn niemand bemerkt. Dorthin stehle ich mich. Ein Teil von mir bleibt zurück. Gebunden, festgezurrt durch so viel mehr als nur einen Arbeitsvertrag. Am Hier.

Mein Weinglas, das leere, mein Finger schiebt es weg von mir.

Ich sehe die anderen auf der anderen Seite der Bar. Leute von hier. Sie leben hier, viele schon immer. Sie verlassen es nie, ihr *Hier*. Vielleicht für zwei Wochen Club-Urlaub, all-inclusive, fünf Sterne, Nebensaison, versteht sich – derselbe Luxus, günstiger Preis. Ihr *Hier* klebt in jeder ihrer sparsamen Fasern. Bleibt. Sie tragen es in sich, sie dünsten es aus.

Sie wachsen auf, gehen zur Schule. Hier. Sie schließen Freundschaften und sperren sich erst in ihre Berufe, dann in ihre Ehen, ihre Häuschen, die sie miteinander bauen.

Elektriker, Schreiner, Arbeiter, Verkäufer. Mit immer gleichen Tagen.

Hier setzen sie die kleinen Kopien von sich in die Welt, wiederholen das immer gleiche Leben. Hier.

Protzen damit, zufrieden zu sein. Wer erträgt das – jeden Tag dasselbe, dieselben Menschen, Familie, Partner?

Und gelegentlich erlauben sie sich zu spielen. Aufregendes. Abwechslung. Leidenschaft. Passion.

Laienschauspielerinnen und -schauspieler, Sängerinnen. Sänger. Helfer. Innen. Statis…tiken.

Der letzte Schluck Wein. Er ist warm geworden in meinem Mund. Die Packung Zigaretten schiebe ich hin, her, dann in meine Jackentasche, meinen Blick durch die Bar.

Lacht! Feiert den Abend eurer Arbeitstage in eurem Leben. Trinkt euer Bier, wie man schon immer Bier trinkt. Hier. Trinkt Wein, trinkt Gin.

Die Tür fliegt auf, der Schwung trägt Schauspieler herein und Schauspielerinnen, kurz darauf irgendwelche anderen, die irgendwelche anderen Aufgaben haben. Sie winken zu mir her. Nichts wird von all dem bleiben. In einem halben Jahr ist alles vorbei.

Ein neues Glas. Ich trinke.

Seid wichtig, und jeden Tag noch wichtiger! Tut, was ihr immer tut: nichts.

Sie hat auch nichts getan. Nichts. Nichts gesagt. Nicht gehört. Sie feiert den Schein. Spielt, was andere vorgeben. Vorleben.

Aber das Leben spielt nicht. Nichts spielt. Nichts Wichtiges findet auf einer Bühne statt.

Nicht der Tod.

Nicht das Leben.

Was wisst ihr schon?

Und wieder: Die Tür fliegt auf. Sie tritt ein. Sie löst den Knoten, und Haar fließt um ihre Schultern, den Rücken hinab bis über die Hüften. Ich kenne das. Dunkle, glänzende Seide. Beinahe kann ich es unter meinen Fingern spüren. Ich kenne den Geruch. Sie nickt mir zu und geht zu den anderen. Ich spüre den Pulsschlag an meinem Hals. Schneller.

Es war nicht das Gleiche. Ähnlich war es.

Ich lächle zurück. In meinen Gedanken koste ich ihren Namen auf der Zunge.

Marie. Die perfekte Maria. Passend. So talentiert. Freundlich, lächelnd, stets, und perfekt. Mit ihrem hübschen Leben auf Facebook und Instagram. Aus gutem Hause. Keine Leichen im Keller. Keine Hindernisse für die Zukunft. So wie sie jeder sieht.

Die Musik wird lauter, das Licht dunkler. Ich bedeute dem Barmann, Wein nachzuschenken. Ich ziehe mein Notizbuch näher, beobachte das Lachen und Sprechen mit gesenktem Kopf.

Eine große Familie, denke ich, *so scheint es,* und verziehe das Gesicht wie bei schlechtem Essen.

Nach und nach verschwinden sie. Schauspieler, Schauspielerinnen, kurz darauf irgendwelche anderen, die irgendwelche anderen Aufgaben haben. Jeder, der sich verabschiedet, sich auf den Heimweg macht, grüßt mich, saugt an meiner Zeit, meiner Aufmerksamkeit.

Respekt oder Schmeichelei oder weil es die gute, alte Tradition so will? Wer von euch kennt wen – wirklich?

In meinem Buch sammeln sich die ersten Zeilen.

Wenn ihr wüsstet, wie schnell was schiefgeht. Würdet ihr besser aufpassen dann? Würdet ihr ehrlicher sein, dann?

6. Anton / Fleisch an den Knochen

Metzgerei & Tages-Bar Hack

Er konnte sie sehen. Selbst in der Dunkelheit. Wie sie die Augen rollte, wie sie am Lenkrad kurbelte und in die Einfahrt neben der Metzgerei bog.

Sie war wie früher, und auch wieder nicht. Dieses halbe Leben in Wien hatte ihre Kanten schärfer gemacht, ihre Schale glatter. Nach der Schulzeit hatte er sie aus den Augen verloren, hatte Oberammergau zu seinem Lebensentwurf gestaltet, gebettet in ewige Berge und Wälder, gleich dichte Teppiche aller Grünschattierungen über Tälern und Hängen, schnörkelbemalte Fassaden. An seiner Hand fand sich eine andere. Scheiterte.

Seit beinahe einem Jahr war Theres zurück. Ob allein das Alter ihres Vaters und die Metzgerei Schuld daran trugen … Das bezweifelte er.

Vor dem Schlachthaus parkte sie und wartete nicht den kleinsten Moment, bis er bei ihr war. Von ihrem Kofferraum sah sie ihm über die Schulter zu, wie er ausstieg, drehte sich ab, schulterte ein totes Tier, marschierte los. Wolfin voraus, wartete bei den Treppen, wachte.

Am Eingang holte er sie ein.

»Sonderermittlung, Anton?« Sie räusperte sich. »Magst nicht auf den Polizeibericht von deinem Kollegen warten?«

Kurz vor seinem Gesicht stoppte der Schwung der Tür. »Dir auch einen schönen Abend, Theres.«

»Mh.« Sie wandte den Kopf lang genug, um ihm ein Nicken zu gönnen, dann verschwand sie durch die Tür.

»Eimerweise Blut, haufenweise Tod. Der feuchte Traum einer jeden Metzgerin.« Mit der freien Hand öffnete sie die Schleuse zum Schlachtraum. »Toni hat sich schon um die Durchsuchung gekümmert – das Auto und mich«, knurrte sie.

»Hat er?« Ein Ziehen wie Säure brannte durch seinen Bauch. »Toni? Dich? An die Durchsuchung hat er also gedacht.«

»Toni: das Auto. Mich: die Flo.« Sie schnaubte.

Anton räusperte sich und zog seine Dienstmiene übers Gesicht. Die Klinkerfliesen an Wänden und Boden warfen die Schritte als fahles Echo zurück. Jedes Geräusch klang wie durchzogen von Metall. Im Weiß der Kacheln, in jedem einzelnen der zehn aufgereihten Messer und Beile glänzte das Licht der Neonröhren. Theres legte ihre Beute auf den Metalltisch.

Zum hinteren Rand des Tisches streckte sie sich, und wie von selbst glitten ihre Finger in Richtung der Klingen, ihr Blick darüber hinweg zu Anton, aus ihrer Miene schwand jede Regung. Für einen Moment. Dann hielt sie inne. Mit beiden Händen stützte sie sich auf der Metallplatte auf, beugte sich vor, als erinnerte sie sich, nicht allein zu sein.

»Essen?« Sie richtete sich auf. Noch einmal betrachtete sie die Beute. Durch das Fell zwischen den Ohren strich ihre Hand ganz langsam. Anton blinzelte. Mit einem Wurf hing das Rehkitz am Haken, der an einer Eisenkette von der Decke hing. Geführt von ihr, ratterte es über die Schienen in die Kühlung.

»Essen? Welch … naheliegender Gedanke.« Anton sah ihr hinterher. »Japp, Essen«, antwortete er, als sie zurückkam. »Pasta oder Pizza? Was hast daheim?«

Theres sah vom Schlachthaus, zur Metzgerei, zu ihm. »Pizza. Den Teig schlachte ich jeden Tag selber, ganz gleich wie sehr er sich wehrt.«

»Lachst wenigstens du über deine Scherze?«

»Warum bist du hier, Anton?«

Er hielt Theres die Tür auf und wartete, bis sie abgesperrt hatte. »Wenn ich dir erzähl, dass die Polizei in Oberammergau über Handys verfügt und Baurieder und ich uns auch unterhalten – ist dein Weltbild dann zerstört?«

»Das Vernehmungsprotokoll?«

Er nickte. »Vor dem du geflüchtet bist. Recht flott, wie ich gehört habe.«

Sie legte den Kopf schief, das Lächeln in ihrem Profil konnte er nicht deuten. »Geschickt, würde ich das nennen.«

»Aber erfolglos.« Anton deutete auf das Schlachthaus hinter ihnen. »Bist du die Einzige mit einem Schlüssel?«

Ihr Gesicht drehte sich ihm zu, nicht für das kleinste Zucken verschwendete sie Energie, nur ein Seufzen. »Eins ist sicher, Anton: Messer waren am Ende nicht das Problem bei den Thallers.«

Auf dem Untersetzer bildete sich ein roter Rand um die Flasche. Theres nahm ihr Glas und stieß an seines an. »Sag, Anton: der Tod der Thallers oder deiner Ehe. Weshalb bist du hier?«

Den letzten Bissen Hüftsteak bestrich er mit Kräuterbutter, führte ihn in seinen Mund, das Besteck legte er in den Teller. »Keiner kriegt das so perfekt medium. Rind, oder? Hüfte würd ich sagen.«

Sie nickte. »Nicht schwer zu erkennen«, zischte sie. »Also?«

Zerbrechlich fühlte sich der Glasstiel zwischen seinen Fingern an. Das Rot lief ölig im Kelch, schimmerte wie Blut, rollte über seine Zunge in seine Kehle hinab. Erdige Schwere schmeckte er, dunkle Beeren und Sehnsucht, die wie die Dämmerung an ihm riss.

»Der Baurieder und die Flo haben den Tatort im Griff, Toni hält mich auf dem Laufenden. Und ich protokolliere für die Weilheimer Kollegen deine Aussage so frisch wie möglich. Arbeitsteilung.« Anton stellte das Weinglas in der Mitte des Holztischs ab. »Also. Dein Jagdgebiet ist am Berg, vor dem Kolben. Du musst mit deiner Beute über die Bundesstraße.« Die Serviette legte er hinter das Glas, den Teller platzierte er vor sich. »Du warst die Erste am Tatort, Theres. Messer, Wunden, die den Tod verursachen – damit kennst du dich aus. Und du hast Kraft.«

Sie verdrehte die Augen. »Wenn's dein Gewissen leichter macht: Verhafte mich einfach!« Ihr fiel noch etwas ein. »Sofern du dem Babba beibringst, dass er den Laden allein schmeißen muss und die Tages-Bar …«

»Ouh.« Er schüttelte den Kopf. »Lieber nicht.« Lehnte sich ein wenig vor. »Wann warst du auf dem Thaller-Hof, was hast gemacht, wen hast gesehen?«

»Auf deinen Lieblingskollegen und seinen Bericht magst wirklich nicht warten? Toni hat ohnehin dasselbe gefragt.«

»Ich bin mir nicht so sicher, ob du ihm wirklich alles erzählt hast. Außerdem: Protokoll und Bericht sind nicht dasselbe. Und Tonis Berichte …« Anton winkte ab. »Der

Bericht ... Da sagt er immer: Fachliches soll den Leser genauso unterhalten wie informieren. Aber wir sind bei der Polizei, nicht beim Verlag. Fakten – keine Prosa. Für die Kollegen von der Kripo und für uns. Klar und nüchtern. Fehlt nur noch, dass er seine Berichte zwischen zwei Buchdeckel klemmt.«

Theres schwenkte den Wein im Glas. »Du könntest einfach mit Toni reden. Hast du selbst vorhin erklärt. Unterhaltung und so. Kommunikation.«

»Der gschniegelte Gscheidhammel«, zischte er. »Nur weil er aus München kommt, glaubt er sowieso, er weiß alles.«

Den Daumen gestreckt hielt Theres die Faust vor sich in die Luft, kippelte sie, wie um Maß zu nehmen. »Bei mindestens zwei Sätzen von dir lass ich das bei euch als Unterhaltung durchgehen. Pi mal Daumen.«

Er schnappte sich ihren Teller und löste das Landschaftsmodell ihres Jagdgebiets auf, steckte alles in die Spülmaschine und blieb am Kochblock in der Raummitte stehen. »Ach weißt, dann fängt er wieder an und erzählt und erzählt und erzählt. Wie wenn er immer noch bei den Großkopferten wär. Meinst, der kommt auf den Punkt? Stattdessen ist immer alles wichtig. Staubkörner und Atome von Staubkörnern.« Anton stützte die Arme hinter sich ab.

Die Mundwinkel zu einem schiefen Lächeln verzogen, fuhr Theres sich durchs Haar. »Er beobachtet, und ihm fällt vieles auf. Muss man nur noch zuhören.«

»Wie meinst das jetzt?«

Sie schenkte ihm Wein nach, fixierte ihn. »Vielleicht magst deine Ex mal fragen, wie das ist mit dem Zuhören. Oder die Kollegen.« Sie grinste. »Oder soll ich ...?«

Er rieb sich mit der Hand übers Gesicht. »Passt schon, sonst ist noch dein Wochenpensum an Worten aufgebraucht, Frau Vier-Silben-reichen-pro-Tag.«

»Ich muss schlachten, nicht sprechen. Ab und zu jagen. Andernfalls wär ich noch Eventmanagerin in Wien. Und wenn ich reden will, hört Wolfin zu.«

»Ohne Widerworte. Freiwillig.« Mit zwei Wassergläsern kehrte er zurück an den langen Holztisch, ging dann zur Kaffeemaschine. »Im Übrigen: Zuhören kann ich auch. Also: Wie war das jetzt auf dem Thaller-Hof?«

Theres trank, gähnte, hob ihr Rotweinglas. »Macht müd.«

»Netter Versuch«, konterte er. Begleitet vom Geruch frisch gemahlener Bohnen platzierte er einen Espresso vor ihr, zog den Stuhl umgekehrt zu sich, setzte sich, stützte Arme und Kinn auf die Lehne. Dann schaltete er die Sprachaufzeichnung an. »Also?«

»Also.« Sie nippte, dann stand sie auf und wanderte durch den Raum. »Auf die Jagd geh ich allein.«

Er nickte. »O Wunder.«

Wie einen Schild verschränkte sie die Arme vor der Brust. »Was glaubst, warum dann mein Auto bei den Thallers steht?«

Mit hochgezogenen Augenbrauen klappte er eine Hand hoch. »Wird das *Wer wird Millionär*? Dann krieg ich mindestens vier Möglichkeiten zur Auswahl.« Er grinste. »Oder willst du's mit Pantomime versuchen?«

»Zwei Alternativen«, bot sie ihm. »Erstens: besserer Parkplatz als am Wald. Zweitens: Pragmatismus.«

»Beides?«

Sie spielte eine Verbeugung. »Wenn ich nicht spätestens halb zwölf zurück bin von der Jagd oder mich bei

Sonja gemeldet habe«, löste sie und zielte mit der Hand in seine Richtung, »dann ...«

»Rufen sie mich?«

»Mei, Anton!«

Er grinste. »Die Polizei.«

Erneut füllte sie ihr Glas, fuhr fort. »Ab vier macht der Babba am Montag die letzten zwei Stunden immer allein im Geschäft. Und ich kann in den Wald. Immer montags, seit wir die Metzgerei umgebaut haben. Montags ...« Sie schluckte. Rau blieb ihre Stimme und dunkel. »... ist bei den Thallers immer Licht, Bubi rennt einen halb um, weil er jemanden hat zum Spielen, und der Franz verhunzt mit seiner Singerei die Songs von früher. Aber dunkel war's Montagabend noch nie. Nicht im Hof, nicht im Stall, nicht im Haus.« Irgendwo außerhalb des Fensters verfing sich ihr Blick in der Ferne oder in einer Erinnerung. »Sonja war in der Küche.« Wein schwappte im Glas und über ihre Lippen, dann erzählte sie von ihrem Weg in den Stall, dem kleinen Brand. »Da lag der Franz – offener Bruch, Oberschenkel, durch seine Jeans. Vor dem Podest bei seiner Brennanlage, neben den Treppen. Ausgerutscht oder geschubst oder ... gefallen«, sagte sie, schluckte. »Der Zimmermannshammer steht sonst neben seiner Destille, falls was klemmt.« Theres räusperte sich. »Und nicht in seinem Gesicht.«

In Antons Gedanken vervollständigte sich ein Bild, über seinen Rücken jagte ein Schauer bis in die Beine.

»Das Feuer: Ich schätze, ein Kurzer. Wer immer das war: Entweder war er zu blöd oder in Eile oder so sakrisch wutig, dass er nicht mehr kapiert hat, was er tut.«

»Oder sie.«

»Ja, freilich.« Theres verdrehte die Augen. »Mit Hammer und Axt und dann auch noch einen guten Zentner Tod mit dem Seil über Treppen und eine Galerie hieven. Klingt nicht nach einer *Sie*.« Sie nickte und blickte zur Leiste mit ihren Küchenmessern, grübelte. »Null.«

»Für dich aber kein Problem – weder das Gewicht noch die Werkzeuge«, warf er ein.

»Nutz deine Chance.« Sie überkreuzte die Handgelenke, streckte sie ihm hin, nickte in Richtung der Wand zum Nachbarhaus ihres Vaters und grinste. Anton winkte ab.

Theres zuckte die Schultern, dann senkte sie die Arme. »Am ehesten noch: beide.«

»Du denkst, es waren zwei?«

Sie nickte.

»Warum?«

»Arbeitsteilung? Keine Ahnung. Im Stadel hinter der Brennerei sah es recht wild aus, wie nach einer Party. Vielleicht gab's am Wochenende eine mit den Schauspielern, vielleicht waren ein paar von den Jugendlichen zu einer inoffiziellen Gin-Verkostung da. Vielleicht gab's da mit irgendwem Ärger. Was weiß denn ich!« Ihre Schultern zuckten. »Anton: Heut war's genug vom Boandlkramer für mich. Bestimmt findest im Bericht vom Toni neben literarischen Highlights auch ein paar wichtige Hinweise.«

Anton sagte nichts, und Theres gähnte. Er konzentrierte sich auf ihre Hand. Die langen schlanken Finger fuhren die Maserung des Holztisches nach, die Narben, die Struktur. Sanft.

Er presste die Lippen aufeinander, dann sah er sie an. »Theres«, begann er. »Bis die Spurensicherung am Tatort

war und das Gegenteil beweist, bist du unter Verdacht.«
Sie schnaubte, er kam ihrem Einwand zuvor. »Tu mir
den Gefallen und mach keinen Schmarrn.« Er musterte
sie. »Ernsthaft.«

»Herr Hauptkommissar, jawoll.« Sie stieß ihn an.
»Und kein Wort zu irgendwem, nicht dass eine bestimmte
Journalistin davon Wind kriegt …«

Anton winkte ab, spürte die Müdigkeit noch stärker
in seinen Gliedern. »Erinnere mich bloß nicht daran.«

»Ein ungelöster Mord ist nicht die Publicity, mit der
du als Chef der Polizeistation Punkte sammelst.«

»Sagt die Frau, die predigt, Leben und Zukunft nicht
auf der Meinung anderer aufzubauen.« Anton stand auf.

»Gerüchteweise könnte man vermuten: Das Leben
und die Zukunft anderer baut auf deiner Arbeit auf – zu
mehr oder weniger großen Teilen.« Theres begleitete ihn
zur Tür. »Wenn du Glück hast, hat der Baurieder dran-
gedacht, nicht nur den Bericht zu erstellen, sondern
auch Beweise zu konfiszieren: Gin zum Beispiel. Den
letzten vom Thaller-Hof.« Selbst im Schatten schimmerten ihre Lippen. »Damit lassen sich wenigstens zeitweise
die anderen und deren Meinungen ausblenden!«

3 TAGE · 4 $\frac{1}{4}$ STUNDEN
BIS ZUR PREMIERE

DIENSTAG

7. Marie / Heiligenschein

Passionstheater

Ein Seitenblick nach rechts, einer nach links – keiner sah im Moment zu ihr. In der Mitte der Bühne vor dem großen Tor dirigierte Konrad jeden an seinen Platz für die Probe der nächsten Szene. Selbst bis in die Spitzen der graumelierten Haare spannte sich die Konzentration des Regisseurs und übertrug sich auf die Schauspieler.

Marie drückte sich an den Rand der Kulisse, beobachtete. Aus der Tasche zog sie ihr Handy, verbarg es zwischen ihren Händen. Von der frischen Brise, die sich unter das Glasdach der Freilichtbühne räuberte, sog sie einen tiefen Zug in ihre Lungen, bevor der lange, dunkle Vorhang ihrer Haare wieder über ihr Gesicht fiel und ihre Regungen versteckte.

Ja, ja, dachte sie und las noch mal die Nachricht ihrer Mutter im Sperrbildschirm ihres Smartphones.

> Gib dir einen Ruck. Du fehlst uns.

Sie spürte, wie ihr Augenlid zuckte, ihr Kiefer sich spannte.

> Ich hab eine Kerze angezündet in der Kirche. Gott wird unsere Gebete erhören und deine Verirrung zum Guten wenden. Jesus ist für uns alle am Kreuz gestorben und hat uns von der Sünde und unseren Irrwegen erlöst. Das gilt für dich und für uns alle als Familie. Es gibt Therapien.

Marie verdrehte die Augen. *Irrwege?* Ihr Finger fuhr über das Display, darin spiegelten sich die dunklen Schatten auf ihrem Gesicht. *Hättet ihr euch mal überlegt, worum es wirklich geht, verflucht.* Ganz leicht senkte sie den Kopf. Sie klemmte das Seufzen fest in ihrer Brust, drückte sich den Daumennagel in die Kuppe des Zeigefingers. Sie checkte erneut die Nachrichten auf ihrem Handy. Sah wieder zu Konrad und den anderen, dem diesjährigen Jesus, mit dem lang gezüchteten Blondhaar, dem Bart, dem leidenden Blick, der in Jeans und Shirt die Bühne betrat. Bei der Premiere würde das weiße Leinenkleid die Rolle vervollständigen.

Ihr Blick wanderte weiter über die anderen Apostel und blieb neben Konrad hängen, beim Co-Regisseur. Ihre Hand schnellte vor den Mund, im nächsten Moment schlüpfte sie am Torbogen vorbei und versuchte, nicht durch die Gänge zu rennen. Dann drückte sie mit beiden Händen den Riegel hinunter und stieß die Seitentür auf. Niemand zu sehen. Sie trat neben den Pfeiler unter der Führung des Glasdachs. Die Metallschiene hielt den Niesel nicht ab. Die Augen geschlossen, die Arme nach hinten ausgebreitet, sog sie die regennasse Kälte in ihren Mund. Unter ihren Lidern milderte sich das Brennen. *Arsch,* atmete sie aus. Sein Anblick verursachte ihr mit jeder Stunde mehr Übelkeit.

»Hey, Marie.«

Sie zuckte zusammen, ihre Hand krallte sich ums Telefon. *Nein,* dachte sie.

»Du bist gleich dran.« Chris postierte sich neben sie. Die eine Hand in der Hosentasche zog er mit der anderen die Zigaretten aus seiner Jeans und mit den Lippen gespielt lässig eine aus dem Softpack. »Eine für mich, keine für dich«, grinste er, und die Kippe hüpfte in seinen Mundwinkel. »Schlecht für die Stimme.« Er schnippte das Feuerzeug an und blies den Rauch in den Frühlingsregen.

Ihre Lippen bebten, sie presste sie aufeinander.

»Geht's dir gut, Marie? Wir können gern noch mal drüber reden, was dir im Magen liegt. Ich weiß, unser letztes Gespräch am Freitag lief nicht so gut.« Er fuhr sich durch das Haar. »O Mann, ich schaff es grad nicht mal zum Friseur. Dabei bin ich ja nur zweite Geige als Co-Regisseur. Wenigstens falle ich etwas weniger auf unter all den Langbärten und Zottelhaaren.« Rot glühte die Zigarettenspitze auf, knisternd störte sie die Regenruhe.

Halt doch einfach den Rand. Tief in ihrer Brust grollten die Worte. Marie ballte die Hand, presste die Lippen fester aufeinander. *Krieg ich denn nicht mal fünf Minuten Ruhe?*

Chris zerschnitt ihre Gedanken. »Das Regenwetter hier ist ja beinahe wie in Hamburg, erinnerst du dich? Der Samstag vergangenen Herbst war mindestens so eklig wie heute.«

Marie trat zur Seite, aus den Augenwinkeln beobachtete sie ihn. Eigentlich war er nicht viel größer als sie, aber irgendwie gelang es ihm, so zu wirken. Groß, weltmännisch, anziehend. Sie drehte sich weg, er redete weiter.

»Und dann hätten sie uns beinah nicht reingelassen in Hamburg bei dem Gin-Festival.« Er knallte die Handfläche auf seine Faust. »Wir haben die Thallers extra dahin geschleppt. Das wäre ein ziemlich fettes, rotes *End-of-Story* gleich zu Beginn gewesen.« Er lachte. »Dabei hat unsere Agentur sich so für die Thallers ins Zeug gelegt. Schon witzig, oder?« Mit der freien Hand strich er das etwas längere Haar aus der Stirn. »Aber dann hat doch noch alles geklappt. Am Ende klappt immer alles.« Die andere Hand hielt seine ganze Coolness und Lässigkeit an der Hosentasche fest. Chris sog an seiner Zigarette, blies den Rauch in die Luft. »Damals war alles …«

»Was willst du denn, Chris? Ich bin hier raus, um ein paar Minuten Ruhe zu haben! Du hast es vergeigt mit *Zhoch2*! Steck dir die guten alten Zeiten sonst wohin, oder lass dir was einfallen. Noch mal: Wir haben einen Vertrag, verdammt! Ihr schuldet mir was, sonst …« Marie hustete, wandte sich zur Seitentür, die erneut aufging.

Gelächter polterte aus der Tür, zwei der Chorsängerinnen. »… ihr Gesicht gesehen?« Sie erstarrten kurz. Zwischen den beiden blitzte ein Blick, grüßend nickten sie zu Marie, setzten ein neues Lächeln auf, eines, das nicht saß. Marie ignorierte den Kieselklumpen in ihrem Magen, die Hitze, die in ihre Wangen schoss, seit ihre Mitschüler sie in der ersten Klasse für ihren Rucksack ausgelacht hatten. Marie entging nicht, wie die Augen der beiden Chorsängerinnen sich Chris zuwandten. Seine Statur absuchten, das V von seinen Schultern zu den Hüften. Den Po.

»Deinen Einsatz bei den Jugendtagen gut überstanden, Chris?« Die eine holte das geglättete, strohige Blond nach vorn. »Hast du da nicht auch eine der Podiumsdiskussionen geleitet?«

»Klar! Lief prima!« Sein Mundwinkel schob sich hoch. »Gute Gelegenheit, anderen zu begegnen. Austausch ist wichtiger denn je in unserer Zeit. Netzwerken und so.«

Unter ihren verlängerten Wimpern blinzelte sie ihn an. »Austausch – auf jeden Fall. Das ist ja wichtig für uns alle, nicht? Aber bei der Party der Thallers warst du diesmal nicht, oder? Jedenfalls ...« Sie zwinkerte ihm zu, Marie ballte die Hand. »Ich finde, dieses Austauschen könnte durchaus öfter sein, meinst du nicht?« Mit glitzernden Kunstnägeln streifte sie wie zufällig ihre Brust, deutete auf die Zigarette. Sie trug keinen BH. »Hast du eine für uns, Chris? Coole neue Jacke, übrigens! Steht dir voll gut.«

Die Packung hielt Chris hoch wie eine Möhre, zwinkerte den beiden zu.

Würg. Läuft hier grad Der Bachelor *live und mit versteckter Kamera?* Marie rollte mit den Augen. *Als störte es nicht das kleinste bisschen, dass dieser Bachelor längst verlobt ist.*

»Die nächste Packung geht auf uns«, stellte die Blonde in Aussicht mit einer Stimme, die vier Tonlagen über ihrem eigentlichen Timbre lag. »Versprochen.« Sie blinzelte noch schneller und reckte die Schultern nach hinten.

Die andere hustete. »Gut, dass wir jetzt erst gemeinsam proben – der Chor und die Schauspieler«, raunte sie. »All die Zigaretten ...«

»Oder eigentlich schade, findest du nicht, Chris?« Die Blonde stupste ihren Ellbogen gegen seinen Unterarm, und er zuckte von ihr weg, das Gesicht kurz verzerrt.

Bevor die Tür hinter Marie zuglitt, betrachtete sie die drei noch einmal, dann eilte sie durch den Gang zurück in den Saal.

Konrad dirigierte von der Bühne aus die Techniker, die Statisten. Die Schauspieler warteten an der Seite. Weiter hinten, in der Mitte der Zuschauerreihen, gestikulierte einer der Jungs inmitten seines Chor-Grüppchens. Marie rätselte wegen seines Namens und gab auf. Wie die meisten anderen kannte sie ihn vom Sehen. Erst seit Kurzem probte der Chor mit ihnen gemeinsam im Passionstheater.

Marie kletterte an der Seite auf die Bühne. Im Schneidersitz lauschte sie dem Geschehen, starrte hin, starrte hindurch.

Nach dem großen Sterben gab es das große Feilschen mit Gott, überlegte sie. *Gott?* Sie schüttelte kaum merklich den Kopf. *Seit fast 400 Jahren gibt es die Spiele, alle zehn Jahre groß und größer. Theater.* Sie sog die Mundwinkel ein. *Vom größten Leid zum größten Gewinn.*

Neben ihr bewegte Nasri seine Lippen, der glücklichste Petrus der Passionsspiele. Wenn das Theater von einem Abgrund verschlungen würde, er sähe nicht auf. Vor zwei Jahren brachte er nach seiner Zuweisung nach Oberammergau nur Wortfetzen über die Lippen, duckte sich, zuckte beim kleinsten Geräusch zusammen. Jetzt strahlte er auf der Bühne, lebte seine Rolle, seinen Text, akzentfrei und sogar ein Lachen wagte er abseits der Bühne in der Runde mit den Schauspielerinnen und Schauspielern. *Eine Geschichte bringt alle zusammen. Kaum mehr als ein Märchen. Die einen machen Schauermärchen daraus, drohen mit der Hölle und lassen sich die Opferstöcke füllen. Die anderen ...* Sie musterte Nasri weiter unter halb gesenkten Lidern.

An die Sitzungen des Gemeinderats und die Besprechungen im Vorfeld der Passion erinnerte sie sich zu gut, an die Stimmen gegen Nasris Besetzung und daran, wie er in kürzester Zeit Fortschritte in Sprache und Ausdruck gemacht hatte. Mittlerweile verstand er sogar den hiesigen Dialekt.

Marie kaute auf ihrer Unterlippe. *Selbst Traditionen können sich weiterentwickeln, oder nicht? Kann es bei Ansichten so schwer sein?* Und checkte wieder ihr Handy. Der Nachrichteneingang blieb leer. *Fuck. Und in der Zeitung: nichts! Nicht das Geringste. Nichts bei Facebook, Instagram. Hat Sonja vielleicht doch …* Ihr Stichwort fiel. Marie spannte sich, atmete tief durch und marschierte in die Mitte der Bühne, öffnete den Mund.

»Das wird schon, Marie«, rief Chris von hinten.

»Ruhe, Zentmayr! Zwischenrufe nur zum Stück.« Der Regisseur schickte Marie weiter nach vorn und fuhr sich über den stoppelkurzen Kranz seiner schwindenden Haare. Nur mit Mühe hörte sie, was Konrad zu seinem Assistenten sagte. Wie einem Sohn oder Enkel stupste er Chris den Ellbogen in die Seite. »Nächstes Mal stellst du das allein auf die Beine.«

Chris winkte ab. »In der Agentur hab ich genug zu tun.«

»Ach, geh!« Konrad hob das Kinn, schlug ihm auf die Schulter. »Mehr Verantwortung hat noch keinem geschadet. Besonders nicht, wenn man bald in den Hafen der Ehe einläuft.« Dann drehte er sich wieder zu Marie.

Die Tür am Ende des Saals schepperte, krachte in die Angeln. Die Pressesprecherin eilte vorbei an der Endloskette von Stühlen an Konrads Seite. Die Augen aufgerissen, die Lippen beinahe farblos flüsterte sie ihm ins Ohr. So oft Marie versuchte, dem Blick der Pressesprecherin zu begegnen, huschte er fort. Marie rollte ihre Schultern und trat von einem Fuß auf den anderen. Tausend Augenpaare glaubte sie auf sich gerichtet, dabei waren es nur zwei, die Sprecherin und Konrad. Er wandte den Blick kurz ab, dann winkte er Marie von der Bühne zu sich.

Unter halb gesenkten Lidern, durch ihre Wimpern warf sie einen Seitenblick auf Konrads Assistenten, schluckte. *Egal wo du überall gute Kontakte hast – Berlin, New York, Hamburg. Wie konnte ich je so dumm sein, dir zu vertrauen?*

8. Theres / Offene Herzen

Metzgerei & Tages-Bar Hack

Die Stimmen übertönten beinah das Knurren. Vorsichtshalber nahm Theres die Finger von der Aufschneidemaschine, stellte sie ab und legte die Hirschsalami zur Seite. Wolfin lag vor dem Fenster zwischen der Metzgerei und dem Eingang zur angrenzenden Tages-Bar, an ihr musste die Kundschaft als Erstes vorbei.

Du musst sie alle nehmen, wie sie sind. Deine Kunden, deine Einnahmen, ermahnte sie sich und dachte an den letzten Liebesbrief der Bank. Der Standardsatz ihres Vaters kam ihr in den Sinn: »Stolz begleicht keinen Kredit.« Dann dachte sie an ihre Zeit in Wien, als sie Teilhaberin der Eventagentur war. Sie entspannte sich. *Hier zu sein hat auch was Gutes.*

Sie hörte die Absätze auf den Stufen. *Polizeiliche Geheimhaltung hin oder her. Vielleicht gibt der Dorftratsch zum Thaller-Mord schon irgendwas her.* Von über der Tür durch den Raum bimmelte die Glocke: Kundschaft.

»Grüß Gott, miteinander!«

Am Lappen, der in ihrer Schürze steckte, wischte Theres sich die Hände ab. Sie klemmte sich ihr bestes Lächeln ins Gesicht für Melanie Huber und den pensionierten Religionslehrer Rieger. Trotz seines schlohweißen Haars und der Runzeln um die Augen sah ihr Lieblingslehrer noch aus wie damals, als sie in der vierten Klasse war.

Den Redefluss der Huberin schränkte weder das Grüß Gott noch das Bimmeln ein. »... euch das vorstellen: Jetzt heiratet die den noch, dabei ist der Bub nicht mal von ihm. In der Kirche sogar. Bloß weil er die in

München auf so einer Messe aufgegabelt hat, schwanger von einem ganz anderen. Heim- und Handwerk. Als Fotografin war sie angeblich da, so ein Schmarrn. Als ganz was anderes wird die auf der Messe gewesen sein.«

»Was darf's denn heute sein?«

Als existierten Theres samt Metzgerei nicht, gackerte die Huberin weiter. »Katholisch. Als ob die jemals katholisch war, da, wo die herkommt. Nayla.« Sie fuchtelte vielsagend mit ihren Händen in der Luft, richtete den Schal mit dem Leopardenmuster am Kragen ihrer Outdoor-Jacke, strich ihren mahagoniroten Pagenschnitt glatt.

»Aus München, soweit ich weiß«, warf Theres ein.

Melanie beeindruckte der Einwurf nicht. »Nayla. Das ist doch kein anständiger Name, ganz egal ob sie jetzt schon ein halbes Jahr hier in Oberammergau lebt. Und kaum war ihr Kind auf der Welt, war sie bei diesen Orgien am Thaller-Hof auch immer dabei.«

»Orgien? In Oberammergau? Ich weiß ja nicht!« Der alte Rieger hustete.

»Nayla!« Die Huberin blies die Backen auf und starrte irgendwohin an Theres vorbei. Der Ausdruck auf ihrer Miene war noch derselbe wie damals, als Theres beim Handballspiel für die C-Jugend den Siegtreffer machte. Der Ausdruck, als Melanie ihr kurz darauf den Daumen als Revanche brach und sie am Boden festhielt, war ein anderer. Theres erinnerte sich daran gut.

»Darf's ein wenig vom Aufschnitt sein oder lieber was für den Grill?«, startete Theres einen neuen Versuch, ihre Waren durch den Tratsch zu bringen.

Der alte Rieger musterte sie, runzelte die Stirn, dann warf er einen Seitenblick auf Melanie. Schließlich nickte er wie jemand, den zu viel Schlamm auf einem Weg nicht vom Wandern abhält. Er trat einen großen Schritt nach vorn. »Also weißt, Theres, was ich dir schon eine ganze Weile sagen wollt ...« Er beugte sich vor, die Huberin näherte sich und spitzte die Ohren. »Was du dir hast einfallen lassen mit dem Laden von deinem Vater – so ein neumodisches Zeugs!«

Theres schluckte, sie ballte die Hand. *Eine ganz neue Schallplatte. Die Kritik hab ich noch nicht schon hundertmal gehört.*

Er richtete sich auf und streckte die Schultern nach hinten. »Jetzt haben die Thallers schon so einen Schmarrn gemacht mit dem Bauernhof. Und dann auch noch du!«

Kreizkruzefix! Theres versuchte nicht zu zucken. *Hat er das von den Thallers schon gehört?*

Der alte Rieger verzog die Mundwinkel nach unten. »Erst dachte ich, du bist so vernünftig! Du kommst zurück von diesen Schluchtenscheißern und übernimmst die Familien-Metzgerei. Machst weiter in der Tradition, eben nicht so wie die Thallers halt. Die haben alles auf den Kopf gedreht, alles weggebaut, und wofür? Für Alkohol!« Er seufzte. »Wenn sich das nicht noch rächt. Die Landwirtschaft ist hier bei uns doch auch Brauchtum, und den Thaller-Hof gibt's seit Generationen.«

»Hah«, mischte sich die Huberin ein. »Bis der Franz mit dieser übergeschnappten Sonja daherkam. Was Normales war ja nie gut genug für den.«

»Wie meinst du das jetzt, Melanie?«, hakte Theres nach.

Die Huberin schüttelte den Kopf, zog ihr T-Shirt unter ihrer Outdoor-Jacke glatt. Für einen Moment entkamen die Buchstaben den Dellen zwischen ihren Rettungsringen. *All for Love* vervollständigte sich der Spruch auf ihrem Shirt. »So wie ich's gesagt hab. Das ist schon so. Ausgeflippt.«

Keine Ahnung von nix, aber für alles ein und denselben Kamm. Theres zog die Augenbrauen hoch und wandte sich wieder an ihren ehemaligen Lehrer. »Aber Sie müssen zugeben, dass die Thallers sehr erfolgreich … sind.« Gerade noch verbiss sich Theres die Vergangenheitsform. »Und um ehrlich zu sein: Wenn hundert Gramm Filet beim Discounter selten mehr als neunundneunzig Cent kosten – was muss man einem solchen Vieh dann füttern, damit für den Landwirt noch was bleibt? Oder bei der Milch: Wie viel muss man wegschütten, weil das rentabler ist, als sie zu verkaufen? Wie kann man sich mit irgendeinem Hof für die Zukunft noch Arbeit und Einkommen sichern?«

»Arbeit?« Die Huberin simulierte ein Lachen. »Ständig reisen die Thallers irgendwohin, Hamburg, Frankfurt, Berlin. Vertriebsnetz ausbauen. Dass ich nicht lache. Sogar geflogen sind sie zu irgendwelchen Schickimicki-Veranstaltungen – Mr. und Mrs. Wichtig. Und noch dazu ziehen die Thallers immer irgendwelche Fremden von irgendwo her. Am Thaller-Hof treffen sich doch sogar die …« Räuspern. »… Schauspieler. Zum Saufen. Und zum …« Melanies Augen wurden schmal. »Zum Schnackseln. Die haben doch alle nur noch ihren Spaß im Kopf. Das halbe Dorf haben die Thallers verdorben. Und letztens sogar Minderjährige! Verboten gehört das!«

Der alte Rieger musterte Melanie. »Du warst auch mal jung«, erinnerte er. »Und ich hab bis jetzt nur von einer Party bei den Thallers gehört, nach Allerheiligen.«

»So was hab ich nie gemacht, Herr Rieger!« Melanie verschränkte die Arme vor der Brust. »Diese Treffen waren sicher nicht offiziell. Und dann die ganzen Künstler! Die haben eh nur so Schmarrn im Kopf. Das weiß man doch!«

»Stimmt, du hast früher schon gepetzt, wenn wer was angestellt hat in seinem Rausch.« Der alte Rieger zwinkerte Theres zu, drehte sich ab von Melanie, die wie ein Fisch an Land nach Luft schnappte. »Jedenfalls, Theres, mit deinem Laden: Das soll eine Metzgerei sein, und dann hat die nicht das kleinste bisschen Schweinefleisch, und die Auslagen sind halb leer. Das geht doch nicht, hab ich gedacht.« Sein Finger tockte gegen das Thekenglas. Die Huberin neben ihm nickte eifrig. »Da gehen wir doch lieber zum Discounter, hat meine Frau gesagt. Und dann der Firlefanz mit bio und regional und mit dem Wein und diesem …« Der Pensionist wedelte mit der Hand, als ob er eine lästige Fliege vertreiben wollte, in Richtung der Tages-Bar. »… saisonaler Bio-Feinkost.« Aus seinem Mund fiel das Wort auf den Boden und schien zu einem Nichts zu zersplittern. »Aber ich hab gesagt zu meiner Frau: Wenn das eine Schülerin von mir macht, dann schauen wir uns das mal an. Die Theres kenn ich, den Discounter kenn ich nicht.«

Auf dem Holzbrettl in der Theke platzierte Theres die aufgeschnittenen Scheiben der Hirschsalami und legte den Rest der Stange daneben, ohne die Kundschaft aus den Augen zu lassen. *Und nicht mal Kuhmilch zum Kaffee*, dachte sie und behielt den Gedanken für sich.

Der Alte hob den Lehrerfinger. »Und weißt du, wie ich das jetzt finde: gut!« Melanie Hubers Unterkiefer klappte nach unten. Er deutete auf die Wurst. »Uns schmeckt das. Wir essen jetzt weniger, weil es schon teurer ist, aber …« Er neigte sich noch ein wenig näher, senkte die Stimme. »… ich glaube, mir geht es sogar besser ganz ohne Schwein und mit weniger Wurst.« Flach schlug er die Hand auf die Brust, auf die Stelle über dem Herzen, nickte. »Aber verrat das nicht meiner Frau«, zwinkerte er ihr zu. »Diese Veränderung war mal eine gute.«

Theres musterte sein Gesicht, konnte keinen Spott erkennen. »Danke schön.« Sie zögerte. »Herr Rieger!«

Er nickte, dann zuckte er mit den Schultern. »Und mit der Landwirtschaft hast du freilich recht, Theres. Wenn die Milch aus dem Tetrapak kommt und das Fleisch aus der Plastikverpackung, verliert sich der Bezug. Aber ob Alkohol die Lösung ist?«

Theres schluckte. »Zumindest haben die Thallers Erfolg mit ihrer Gin-Brennerei und immer wieder Aufträge im Dorf vergeben. Sozial engagiert haben sie sich auch, und vor Kurzem hatten sie sogar eine Stelle ausgeschrieben.«

Melanie sah durch sie hindurch, runzelte die Stirn. »Die Nayla hat bei denen gearbeitet, Bilder hat sie gemacht von diesen Partys.« Melanie verdrehte die Augen. »Dann haben die Thallers sie rausgeschmissen, alleinerziehend mit kleinem Kind. Da wär ich ziemlich sauer gewesen – Dorf hin oder her«, schnarrte sie. »Andererseits hat sie sich ja den Schreiner-Hannes geangelt.«

Nun zuckte doch noch einmal der Blick des Alten zur Seite. »War der nicht mit deiner jüngeren Schwester zusammen?«

»Bloß kurz.«

Theres biss sich in die Wange und seufzte. *Ist auch klar, warum. So wie bei dir der Thaller Franz recht bald gemerkt hat, dass kurz schon viel zu lang sein kann.*

Melanies Redefluss strömte weiter. »Da muss doch was vorgefallen sein, wenn man jemanden rausschmeißt in ihrer Situation.«

Der alte Rieger runzelte die Stirn. »Und das waren noch mal welche Spatzen, die dir das zugeflötet haben, Melanie?«

»Das kann man sich doch denken«, blaffte Melanie zurück. Sie verschränkte die Arme vor der Brust und plusterte die Backen. »Das ist doch immer so. Mich wundert jedenfalls gar nichts.«

»Nayla ist selbstständig und hat bei den Thallers nur ab und an fotografiert. Sie war nicht angestellt bei denen«, schaltete Theres sich ein.

»Ist doch alles das Gleiche.« Melanie winkte ab. »Jedenfalls hat man sie schon lang nicht mehr gesehen bei den Thallers.«

»Theres?« Vom Büro bis nach vorn schallte Josef Hacks Stimme.

»Alles gut, Babba!«, rief sie über die Schulter nach hinten zu ihm. Dann räusperte sie sich, drehte sich zu Melanie. »Was darf es denn heute sein? Herz, Hirn, Hals- oder Rückgrat?«

Als wäre sie aufgewacht, blinzelte Melanie und starrte erst Theres an, dann die Wurst. Dann war mit einem Mal Theres' Vater hinter der Theke. Neben seiner Tochter stützte er die Hand auf die Hüften und brummte etwas wie einen Gruß.

Melanie wandte sich ihm sofort zu. »Grüß Gott, Herr Metzger.«

Mit der Vorlegegabel fuhr ihr Vater über die Wurst, sein Fuß tippte mit den Sekunden im Takt. Er lächelte nicht. Der alte Lehrer orderte augenzwinkernd bei Theres.

Von hinten beim Eingang der Tages-Bar bimmelte die Glocke über der Tür. »Hallo und guten Tag zusammen!« Das perfekte Lächeln strahlte bis in die Metzgerei und – getragen von einem perfekt gestylten Outfit – trat es ein. »Entschuldigen Sie bitte! Wo geht es denn hier zum Thaller-Hof?«

Das Glöckchen verstummte, alle anderen in der Metzgerei auch. Nur die Jazzmusik tönte weiter im Hintergrund der Tages-Bar. Silberne Birkenstocks floppten im Takt dazu an den Second-Hand-Tischen vorbei, den Bänken und Stühlen im Shabby Chic und an dem chromglänzenden Kaffeemaschinenmonster auf dem Holztresen. Kofferrollen holperten näher.

Theres setzte die Wildsau-Ripperln zurück auf das foliengeschützte Holzbrett, wischte sich ihre Hände ab. *Das wird interessant.* Sogar das Gebirgsmassiv gegenüber der Metzgerei beugte sich interessiert zum Fenster herein. Die Fremde trug ein Seidenband im Haar und ihr Leben in der Spiegelreflexkamera vor ihrer Brust.

Im nächsten Moment schmiss Pavel die Tür auf, klopfte an der Schwelle zur Metzgerei seinen Blaumann ab und stapfte seinem »Servus« hinterher.

Theres atmete und setzte ein Lächeln auf. »Pünktlich wie immer!« Sie langte zur heißen Theke und legte ihm fünf vorbereitete Semmeln mit Wildschwein-Rollbraten auf die Ablage.

Die Fremde stellte sich ein bisschen aufrechter hin, räusperte sich. »Entschuldigen Sie die Störung, bitte!« Jede Silbe betonend drehte sie sich Theres' Vater zu. Pavel hielt mitten in seiner Bewegung inne.

Das wird gleich noch interessanter.

»Herr Metzger: Könnten Sie mir bitte sagen, wie ich den Weg zu Fuß zu dem Thaller-Hof finde?« Mit der einen Hand klopfte sie auf den Teleskopgriff ihres rollbaren Kofferschranks, in der anderen hielt sie an einem Teleskopstiel das neueste Smartphone.

Josef Hack überkreuzte die behaarten Arme vor der Brust und musterte die Fremde. Abgesehen von den Augen und der Schlagader, bewegte sich keine Falte in seinem Gesicht.

Von einem zum nächsten wanderte Pavels Blick, dann beeilte er sich, die Wildsau-Semmeln für die Brotzeit seiner Elektriker-Kollegen in den mitgebrachten Wärmebehälter zu packen. In den Geldteller ließ er einen Schein und ein paar Münzen rieseln. Alle anderen hielten sich in ihrer Starre.

Dorf-Mikado. Wer sich zuerst bewegt, verliert. Ich tippe auf …

»Entschuldigung, Herr Metzger, Sie sind doch der Chef hier, nicht wahr?«, versuchte die Fremde es lauter, eindringlicher.

Bitte friss sie nicht, Babba.

Josef Hack lehnte sich nach vorn. Die zum Leben erwachte Fotografie schob ihren Koffer ein Stück zurück, mehr Richtung Ausgang. »Sie, Sie …«, lächelte sie noch strahlender, aber sank ein wenig zusammen.

»*Grüß Gott!*, sagt man bei uns, wenn man wo hineinkommt!«

Unter den bleistiftlangen Wimpern traten die Augen riesig hervor. »Grüß Gott, ja …« Sie sah sich um. »Oh, rightiii! Grüß Gott!«

Er machte einen Schritt zur Seite. »Da!« Sein Daumen deutete auf Theres. »Chefin.«

»Oh.« Die Fremde richtete ihre Lederjacke. »Du bist die Chefin? Geiles Deli!« Sie deutete auf die gestapelten Weinkisten an der Wand. »Hipper Style! Und feine Weine, wie ich sehe.«

»Metzgerei und Tages-Bar.« Theres wog ihr Beil in der Hand. »Also?«

»Freut mich, dich kennenzulernen. Sehr cool! Ein Traditionsbetrieb auf dem Land in weiblicher Hand.« Die Fremde schob ihre Locken über die Schulter.

»Wir haben sogar fließend Wasser, auf dem Land«, zischte die Huberin dazwischen.

»Was kann ich für dich tun?«, überging Theres den Kommentar.

»Keines der Taxis fährt mich zum Thaller-Hof«, erklärte sie. »Ich bin seit heute Morgen sechs Uhr schon unterwegs und habe kaum noch Akku für Google-Maps. Sonst hätte ich den Weg selbst gefunden.« Sie schüttelte den Kopf.

Theres beugte sich ein wenig nach vorn, musterte die andere genauer. »Was willst du am Thaller-Hof?«

»Ähm …« Der Blick wanderte von Theres zu Melanie und zurück, Theres sah, wie sie schluckte, zögerte. »Für die Festspiele habe ich mir über AirBnB wieder ein Zimmer dort gebucht. Diese Internet-Plattform für außergewöhnliche Unterkünfte oder Zimmer bei Privatleuten, kennt ihr, oder?« Die Endzwanzigerin hob ihre Kamera. »Und ein Shooting machen wir auch. Das ist so aufregend, o mein Gott«, plauderte sie. »Das wird mein Highlight diese Woche auf Instagram.« Sie zog ihr Handy und hielt das Display in ihre Richtung. »@alessiastylepassion. Dort präsentiere ich die besten Events auf Instagram, auf YouTube natürlich auch. Ein paar tolle Bilder konnte ich sogar schon für meine Insta-Stories schießen.«

Die Huberin hustete. »Ich glaub's ja nicht.«

»Passion, heißt das! Herrschaftszeiten«, knurrte Theres' Vater.

»Ja, ja, genau«, stimmte Alessia zu, lächelte noch mehr.

Passionsspiele go Instagram. Da freuen sich bestimmt ganz viele.

»Ich finde es so aufregend, gerade jetzt hier zu sein! Unglaublich, o mein Gott. Ich bin immer noch ein wenig überrascht, wie gut das mit dem Zug vom Norden bis hierher geklappt hat. Und so schön ist das immer hier. Aber jetzt bin ich erst mal todmüde und brauche ein Bett.«

Pavel wischte sich erst die Hände an seinem Blaumann ab, dann mit zwei Fingern den Gruß von der Stirn und trabte davon. »Habe die Ehre, und euch: viel Spaß!«

»Warte, junger Mann, nimmst mich mit bis zur Bahnhofstraße?« Der alte Rieger tappte Pavel hinterher und balancierte an seinem Arm die Treppen hinab.

»Alessia, also?« Theres lehnte sich vor, die andere nickte hastig. »Das ...«

»Schleichst dich wieder zu die Fischköpf oder kannst schauen, wo du bleibst«, giftete die Huberin. »Die Brücke an der Ammer wär sicher noch frei.« Ihr Blick zielte auf die Brüste der anderen. »Von den Mannsbildern nimmt dich bestimmt auch einer mit.«

Unter dem Schlag von Theres' Faust vibrierte die Theke, die Huberin verstummte. »Alessia.« Theres räusperte sich, überlegte einen kurzen Moment. »Auf dem Thaller-Hof gibt es im Moment Probleme mit Ratten. Die

Polizei hat den Hof gesperrt. Da kannst du nicht bleiben.« Sie biss sich auf die Unterlippe. »Und der Hof liegt außerhalb. Das wäre zum Laufen viel zu weit.«

»Oh, Ratten?«, sagte Alessia. »Deswegen habe ich nichts mehr von ihnen gehört. Ich hatte mich schon gewundert.« Die Schultern sanken. »Was mach ich denn jetzt?«

Theres deutete auf Alessias Smartphone, dann auf die Straße. »Ein paar Hundert Meter in die Richtung ist das Hotel Rose, die Alte Post oder das Hotel Wolf. Kurzfristig sagen immer Gäste ab, und Zimmer werden frei.«

Alessia blinzelte. »Ja, aber …« Sie klappte den Mund zu, nickte. »Ich versuch's.« Die Enttäuschung übertönte das perfekte Make-up. »Danke! Auf Wiedersehen, Frau Metzgerin, und einen schönen Tag zusammen.«

Hinter ihrem Koffer schwang die Tür zu. Das Glöckchen schickte ein Bimmeln zum Abschied hinterher.

»Angschmierte Preißen-Trutschen«, knurrte Josef Hack.

»Ganz genau! Schleich dich hin, wo du herkommst mit deine Giggerla-Schuh.« Im Lächeln der Huberin steckte nicht ein Gramm Freundlichkeit. »Ratten, also. Das hab ich mir schon immer gedacht bei dem Saustall. Seit die Sonja da ist, haben die nichts als Chaos. Und jetzt kriegen's den Hals nicht voll und vermieten auch noch Zimmer.« Melanie schnappte nach Luft.

»Huberin, es langt!« Zwischen die Augenbrauen presste Theres die Finger, ihre Stimme ein Flüstern. »Hier hast du deine Rindswurst und dein Wildbret, zweihundert Gramm. Die Wildsau-Ripperl kannst du garen oder auf den Grill legen. Und wenn noch was übrig ist von deinem Herz, dann leg's mit dazu. Vielleicht wird's dann endlich warm.«

»Theresa Hack!«, bellte ihr Vater.

»Babba.« Auf der anderen Seite vor der Theke baute sie sich vor der Huberin auf. »Stell dir vor: Du bist was-weiß-ich-wie-lang unterwegs, aufgepackt wie ein Muli, allein, musst umsteigen, wach bleiben, damit du deine Anschlüsse nicht verpasst, Bahnsteig rauf, Bahnsteig runter. Zumindest wartet auf dich ein Bett, in einer halb-wegs annehmbaren Unterkunft. Hoffst du. Bezahlt hast du alles schon. Dann kommst du an. Du kennst keine Sau und verstehst nicht mal, was die reden.« Ihr Blick wanderte über die Apfelbacken und das restliche, rund-liche Huber-Gesicht. *Lachfalten sind da keine zu finden.* »Du kennst dich nicht aus, und es gibt nichts, wo du hin kannst, gar nichts. Und deinen Zwei-Zentner-Koffer kannst auch noch weiterschleppen. Wie wär's mit ein bisserl Mitgefühl?«

Die Huberin schob ihr Kinn vor. »Wär's halt daheim blieben. Im Übrigen hätt dir das auch nicht geschadet: daheim zu bleiben, du ungehobeltes Mensch. Schau dich doch an: Da warst in Wien, hoch wichtig, Ma-na-ger-in …« Die Silben zog Melanie besonders lang. »… von so einer E-vent-agen-tur. Aber heim bringst kei-nen Kerl, kein Kind, nur wilde Ideen.« Ihre Geste um-fasste die Metzgerei und die Tages-Bar. »Gut, so eine wie dich will auch keiner. Oder so eine bunt gescheckte Trulla wie die da.«

Theres nickte. »Stimmt. Nur zu Hause ist alles rosig. Sieht man an dem zufriedenen Lächeln in deinem Ge-sicht und dem Frohsinn, den du verbreitest. Pass auf, dass du nicht mal drauftrittst, Huberin. Grad dann, wenn du die Fehler der anderen Leut durch die Straßen kehrst.« Theres stemmte die Hände in die Hüften und beugte sich nach vorn.

Melanie auch. Ein Fingerbreit Luft trennte sie. »Wie gut, dass du anderweitig beschäftigt bist, Frau Metzgerin. Oder bist du jetzt dann auch bald Sonderermittlerin – so wichtig, wie du's mit den Kommissaren hast? Da können wir bloß hoffen, dass nichts weiter passiert, hier in Oberammergau.« Einen Atemzug später winkte sie ab. »Dafür hat unsere Polizei nämlich gar keine Zeit. Der eine: ein Alkoholiker, der die meiste Zeit bei dir in der Bar rumlungert oder beim Unterwirt, der andere: ein Ehebrecher.«

Ihr Vater brummte. Theres spürte Hitze in ihren Wangen. Die Huberin lachte auf, stoppte abrupt. Ihr Blick wanderte am Schaufenster entlang und folgte der Dunkelhaarigen mit dem Baby auf dem Arm. »Ach, und wenn man schon vom Teufel spricht ...«

Einen Moment später schwang die Tür auf. »Mei, ein so ein netter Bub«, schmetterte Melanie, komplett verwandelt. Theres würgte innerlich über dieses Schauspiel, Nayla trat ein. Noch schmaler als sonst wirkte sie, Schatten unter den Augen.

Melanie beugte sich näher. Nayla verstaute das Mützlein in der Tasche, fuhr über das schwarz beflaumte Köpflein. Ihr Blick huschte durch den Raum, sie nickte Theres zu und steuerte auf einen der Tische in der Tages-Bar zu, richtete sich das Lammfell auf dem Stuhl zurecht.

»So süß«, säuselte Melanie. »Und das ist hier geboren?«

»In München, wie ich«, antwortete Nayla.

»Ganz liab! Mei … schad, dass ich's so eilig hab.«
Melanie drehte sich um, schnappte sich von der Theke
das Fleischpaket, fischte einen Schein aus ihrem Geldbeutel und stapfte hinaus zur Tür ohne Gruß.

»Dir auch noch einen schönen Tag und bis nächste
Woche, Melanie!«, rief Theres hinterher. Zu ihrem Vater
feuerte sie einen Blick. »Ich will's nicht hören.« Sie
schüttelte den Kopf. »Ehebrecher? Dummes Geschwätz!
Ich hab's satt, das Gelästere und die ewige Schlecht-
macherei.«

Josef Hack stierte zurück. »Wennst alles immer besser
weißt. So kannst nicht reden mit den Leuten vom Dorf.«

»Einen Milchkaffee, bitte, mit Hafermilch«, meldete
sich Nayla von hinten.

Theres zwinkerte ihr zu. »Kommt gleich, gell, Babba?
Den Milchschaum … So wie er schäumt keiner.«

»Kreizkruze-Wammerl. Du und dein ewiger Sturschädel.« Er hackte auf die Knöpfe und Hebel der Kaffeemaschine ein. Theres glaubte, etwas wie ein Schmunzeln
gesehen zu haben, doch vielleicht hatte sie sich getäuscht.
Das Mahlwerk ratterte, häckselte Bohnen zu dunklem
Pulver.

»Theres, die andere, die hier eben raus ist … also nicht
Melanie, sondern die Hübsche. Die kommt mir so bekannt vor, als hätte ich sie schon mal irgendwo gesehen.«

»Schaut aus wie die vom Wengerle, die die Maria
spielt«, brummte ihr Vater.

Nayla nickte, runzelte die Stirn. »Stimmt, wie die
Marie. Vielleicht die Ähnlichkeit …«

Josef Hack schlurfte zum Tisch, stellte die Milchkaf-
feetasse vor Nayla, stapfte wieder hinaus. »Weißt ja, wo
du mich findest«, nuschelte er. »Immer reden's, die

Leut«, brummte er weiter. »Immer über das vor und hinter den Haustüren der anderen. Als würd keiner hören, wenn man über sie herzieht. Als hätt das keine Konsequenzen. Aber du warst ja nicht da, hast nix mitbekommen. Spüren musst's nur ich.«

Theres' Gedanken klebten an den Worten ihres Vaters, sie wusste, dass sich hinter dem Gesagten noch mehr verbarg.

Nayla räusperte sich. »... irgendwas gehört, Theres?«

Sie wandte den Kopf, starrte Nayla an. »Was meinst du?«

»Hier kriegst du doch einiges mit. Hast du was Ungewöhnliches gehört in Bezug auf die Thallers? Sonja hat sich seit gestern Abend nicht auf meine Nachricht gemeldet, und ich kann sie nicht erreichen. Heute sollte auf dem Thaller-Hof noch ein Shooting sein.«

»Ich ...« Theres erinnerte sich an die Notiz und die unbezahlte Rechnung. »Dann arbeitest du doch noch für die Thallers?«

»Das war der Plan«, sagte Nayla.

Theres bückte sich aus Naylas Blickfeld und richtete die Holzbretter mit der Wurst zurecht, Antons Bitte vom Vorabend im Hinterkopf, sich rauszuhalten. »Also, ich war auf der Jagd gestern Abend, wie jede Woche. Und vorher hab ich Sonja noch das wöchentliche Wurstpaket übergeben ...« Sie biss sich auf die Lippen, schindete Zeit. Sie fuhr sich übers Gesicht. *Wer nicht fragt, bleibt dumm.* »Mit den Passionsspielen hatten sie in letzter Zeit sicher einiges zu tun«, setzte sie an. »Aber irgendwas ist unrund. Sollte es nicht eine große Onlinekampagne geben, die schon lange geplant war? Eigentlich ging das ganze Marketing doch schon im November los – damals, mit der Allerheili-Gin-Party, für die ich dich als Fotografin dazugeholt hab? Hätte die Onlinekampagne nicht längst starten sollen? Ist das nicht seltsam?« Sie ließ die junge Mutter nicht aus den Augen.

Etwas blitzte über Naylas Gesicht. Enttäuschung, Verzweiflung, beides vielleicht. »Seltsam? Hör mir auf.« Sie schüttelte den Kopf. »Erst hieß es: Die Kampagne läuft mit meinen Bildern von der Party. Ab Januar stand alles auf Stopp. Sonja hat mich vertröstet, die Rechnung nicht bezahlt. Geplant war ein neues Konzept.« Sie seufzte. »Aber neue Termine für ein Shooting gab es erst mal keine. Letzte Woche hat sich Sonja schließlich bei mir gemeldet, leicht panisch, weil die Zeit verrinnt. Plötzlich wollte sie unbedingt mit mir noch mal wegen der Bilder vom November sprechen und über die Bildrechte. Und am Freitag kam noch mal ein Anruf, plötzlich wegen eines neuen Shootings für heute. Mehr Details dazu wollte sie mir am Montagabend durchgeben. Seit gestern dann Funkstille. Keiner meldet sich mehr.« Nayla streichelte den Kopf ihres Babys, ihr Blick verlor sich irgendwo.

»Nervig, so ein Hin und Her.« Theres nickte, fuhr sich über das Gesicht, trat einen Schritt auf die Mutter mit ihrem Kind zu. »Ich weiß, wie das ist. Als Einzelkämpferin, als Selbstständige, als Frau. Falls du was brauchst ...« Theres zuckte mit den Schultern. Ihr Blick fiel auf den Kleinen, glitt über die Schulter, dann grinste sie. »Also, zur Not, wenn du babyfrei brauchst für einen Auftrag – dann binden wir dem Babba das Kleine einfach vor den Bauch. Dann sieht er mal, dass einer mit weniger Falten noch mehr grummeln und granteln kann.«

Naylas Mundwinkel zuckten, sie ließ sich beinahe anstecken vom Lächeln, schüttelte dann den Kopf. »Danke, das ist nett, aber ...«

»Na, groß gebracht hat er mich immerhin auch.«

Nayla guckte sie verständnislos an. Theres räusperte sich. »Aufgezogen«, verbesserte sie sich. »Bis ich alt genug war, mein Essen selbst zu schlachten.«

Die Dunkelhaarige richtete sich auf. »Da bin ich mir sicher. Aber es geht schon. Danke.« Nayla blickte von ihr zum Kind, zu ihr zurück, nagte an ihrer Unterlippe. »Ich hab einen Deal mit den Passionsspielen. Das bringt mich über die Runden.« Sie seufzte. »Und Hannes.«

Bimmelnd schwang die Tür auf, und ein Rücken schob sich herein.

»Servus, Bäck! Du kommst genau zur richtigen Zeit mit deiner Lieferung.« Theres winkte ihm.

»Timing ist alles«, brummte der Bäcker. An seiner Schürze wischte er sich die Hände ab. »Merci, dass du meine Sachen mit reinnimmst in deine Tages-Bar.« Kisten mit Semmeln und Brot landeten mit einem Rumms auf dem Boden, ein Grinsen auf seinem Gesicht. »Gibt's neuen Tratsch über die Schauspieler oder wenigstens was über dein Liebesleben? Momentan ist alles nur mit der Premiere beschäftigt. Davon bluten mir langsam die Ohren.«

»Ja«, schaltete sich Nayla zwinkernd ein. »Bei den Theorien zu deinem Liebesleben könntest du zur Abwechslung selber ein wenig beitragen. Dann muss sich das ganze Dorf nicht so abmühen.«

»Mh hm«, unkte er. »Gleich drei fesche Burschen, die mit dir ...« Der Bäcker räusperte sich. »Theorien ... äh, Brötchen austauschen wollen.«

»O mei! Ihr Tratschweiber.« Theres winkte ab, dann schrak sie zusammen. Die Kühltruhe war angesprungen, ganz leicht bebte der Boden von ihrem Surren. Theres räusperte sich. »Manchmal sind Theorien auch nichts anderes und bleiben Theorien.«

»Freilich«, murmelte Nayla und strich dem Baby über die Stirn. »Und manchmal ist die Praxis auch nichts anderes als eine Theorie, die sich geändert hat.«

9. Toni / Wein mit Sti[e]l

Metzgerei & Tages-Bar Hack

DIENSTAG, 12. MAI. 18.03 UHR

Tonis Armbanduhr zeigte: »Offiziell Feierabend.« Ihm gegenüber in den gestapelten Holzkisten von Theresas Tages-Bar starrte ihm so schick wie stumm der Wein entgegen, als würden sich die Flaschen für die laufenden Ermittlungen nicht interessieren. Toni schob seinen Hemdsärmel über die Uhr. »Es hätte so schön sein können mit uns«, murmelte er in Richtung Regal. Theresa hörte er irgendwo in der Kühlung oder im Büro im Anbau rumpeln. Ihr Vater, der alte Metzger, warf ihm von der Theke aus Blicke zu, angereichert mit Pfund um Pfund Missbilligung.

»Feierabend, wenn es so einfach wäre«, murmelte er. Er starrte auf die Datei auf seinem Dienstlaptop und fuhr sich mit beiden Händen übers Gesicht. Er drehte sich in die Richtung, in der er Theresa vermutete. »Einen schlechteren Zeitpunkt als direkt vor den Passionsspielen gibt es kaum für Ermittlungen«, lamentierte er etwas lauter. »Und Weilheim hat ausgerechnet jetzt Personalmangel.«

»Schick deine Beschwerde doch an es-passt-nie@ leben.tod. Auf die Antwort bin ich gespannt«, rief Theresa von irgendwo hinten.

»Wohl eher: augen-auf-bei-der-berufswahl@leben. org. Nach nur vier Stunden Schlaf lese ich mich seit heute Morgen um sieben Uhr durch die Chats und E-Mails von Sonjas Smartphone. Mir fallen bald die Augen raus.«

Der alte Metzger räusperte sich. »Wer vernünftig arbeitet, braucht keine Überstunden.«

»Babba! Sagt dir das deine Expertise nach dem wöchentlichen Sonntagabend-Tatort?« Theresas Stimme näherte sich. Mit einem Stapel Kisten schritt sie durch die Tür zur Theke und nickte Toni zu. »Mir wäre es aber schon ganz recht, wenn der Fall vor dem Beginn der Passion gelöst ist.«

»Natürlich! Wenn's Madam beliebt! Streu gern noch Salz in meine wunden Augen, kein Problem! Aber bitte stell dich hinten an.« Toni winkte ab. »Warum ist ausgerechnet dir das so wichtig?«

Kurz blieb sie bei ihm stehen. »Die nächste Zeit dürften hier mehr Menschen in Oberammergau sein, die laufen durch die Straßen, müssen essen.« Ihr Blick fixierte seinen. »Wenn die lieber in den Hotelzimmern bleiben – aus Angst, weil …« Sie räusperte sich, und er sah ihren Blick in Richtung ihres Vaters schwenken. »Jedenfalls hab ich dann nicht viel davon.« Tonis Augenbraue wanderte hoch. Er betrachtete sie, den Laden.

»Und was wird jetzt schon wieder ermittelt?«, knurrte der alte Metzger von der Theke.

Toni zuckte mit den Schultern. »Ist noch unter Verschluss.«

»Anfangen und dann nicht mal einen Satz zu Ende bringen … Das haben wir gern«, grummelte der Alte weiter vor sich hin.

»Sollinger hat mir die Überarbeitung meines Polizeiberichts aufgebrummt.« Im nächsten Moment schrammte etwas über den Boden. Theresas Miene konnte Toni nicht ausmachen, sie räumte weiter an der Theke um.

»Ober sticht Unter«, knurrte der Metzger. »Hörst, Res?«

Toni schüttelte den Kopf, starrte auf das Display des Smartphones, das an seinem Laptop hing, sah zum Wein. Über die grobe Holzplatte lehnte er sich zur Tischmitte und wählte einen der vier Glaskelche, fasste den langen, feinen Stiel zwischen Daumen und Zeigefinger, nicht zu fest.

Vor dem Regal begutachtete er die Flaschen mit den Rebsorten, den Namen der Weingüter, den Grauburgunder vom letzten Mal. Schließlich lud er einen Blanc de Noir zu sich ein. Theres rauschte an ihm vorbei nach hinten zur Kühlung.

»In vino veritas – so heißt es doch! Wenn schon überarbeiten, dann wenigstens entspannt bei einem Glas Wein. Ich weiß eh nicht, was Sollinger gegen meinen Bericht einzuwenden hat.«

Polizeibericht (Entwurf)
11. Mai 2020
Verfasser: Kommissar Anton Baurieder

Als wären die kommenden Ereignisse zu ahnen gewesen, verdüsterte sich der Himmel. Es war Montag, jener vor der Premiere der diesjährigen Passionsspiele.
Seit geraumer Zeit pendelte das Schwert des Schicksals über Sonja und Franz Thaller und ihrem Hof am Rande Oberammergaus (Abzweig Kofelauweg, Oberammergau).

Vor einigen Jahren begann die Zeit der Veränderung. Was immer schon war, kämpfte sich ab am Wandel der Region. Die traditionelle, bäuerliche Landwirtschaft darbte und konnte jene nicht mehr ernähren, die sich um sie sorgten und ihre Aufgabe darin sahen, Grundnahrungsmittel zu ernten und zu verteilen. Gewinnmaximierung trat in den Vordergrund und verdrängte die herkömmliche Viehhaltung. Massenproduktion stand über einem nachhaltigen Umgang mit den Gegebenheiten, Vorschriften stachen gesunden Verstand und Liebe zu Mensch und Vieh.

Eine Entscheidung war zu treffen von jeder und jedem, dessen Leben und Lebensunterhalt sich begründete auf der Bewirtschaftung von Land und Vieh.

Diese Entscheidung war es letztlich – nicht mehr als eine kleine, rostige Weiche –, die die Bahn des Schicksals für Sonja und Franz Thaller änderte. Am Rande des Ruins entschlossen sie sich zu einem radikalen Schritt. Sie wendeten das Verhängnis eines Bankrotts ab, mussten sich aber noch weiter verschulden. Mithilfe eines Kredits der hiesigen Raiffeisenbank (Bahnhofstraße, Oberammergau) sanierten sie die ausgedienten Stallungen. Sie stellten um von landwirtschaftlicher auf trendorientierte Produktion (Gin/Markenbezeichnung: *KöniGin*). Damit traten sie in Konkurrenz zu der nahe gelegenen Traditionsbrennerei im Kloster Ettal und deren Erzeugnis *Ettaler Gin 1596*.

Um *KöniGin* den Weg in die Welt zu bereiten und um das Geschäftsgebiet zu erweitern, beauftragten sie die Marketingagentur *Zhoch2* (gültige Vertragsdokumente liegen vor). Wie ein Schriftwechsel belegt, waren zum Vertrieb von *KöniGin* verschiedene Vermarktungskampagnen geplant – offline und in den sozialen Netzwerken. Die Umsetzung der geplanten Onlinekampagne fand nach derzeitigem Recherche-Stand nicht statt. Die künstlerische Mitarbeit der Fotografin Nayla Sevim, Oberammergau, war dagegen bereits erfolgt. Dies veranschaulicht am Tatort sichergestelltes Bildmaterial. Die Fotografien zeigen unter anderem einzelne Personen, aber auch Schnappschüsse einer Party, inszeniert mit den lokal bekannten Schauspielern und Akteuren der Passionsspiele in atmosphärischer Szenerie.

Weiterhin besteht eine geschäftliche Verbindung mit der hiesigen »Metzgerei & Tages-Bar Hack« (Inhaberin Theresa Hack, Dorfstraße, Oberammergau).

Theresa Hack meldete schließlich an jenem Montag, welche Grausamkeiten das Schicksal den Thallers beschert hatte. Sie gab ihre Aussage gegenüber Hauptkommissar Anton Sollinger zu Protokoll (siehe Anhang).

Ein Fremder war der Tod für Sonja und Franz Thaller allen Anzeichen nach nicht, ihre Tür stand offen. Spuren eines Einbruchs wurden vergeblich gesucht. Allerdings wurde der Hund der Thallers mit Betäubungsmitteln teilweise ruhiggestellt, bevor auch er ein grausames Ende fand.

[…]

»Als ob ein Text zu literarisch sein kann«, raunzte Toni. »Spießer!« Kurz glitt seine Hand zur Zigarettenpackung in der Jacke, stattdessen entschied er sich doch für das Glas. Ölig-silbern floss der Weißwein durch den Kelch, fruchtig-trocken entfaltete sich das Aroma an den Seiten seiner Zunge.

»Shit! Schon wieder gesperrt.« Toni schraubte die Flasche auf, ohne das Handy vom Tatort aus den Augen zu lassen. »Herrgottnochmal.« Ein Schluck milderte seinen Ärger, ein weiterer dimmte ihn noch mehr und lenkte ihn ab vom Nikotin.

»An den glaubst du doch ohnehin nicht.« Theresa kam wieder herein, legte ein Messer ins Waschbecken und wischte die rötlichen Tropfen und Haarreste vorsichtig mit einem Papiertuch von der Klinge. Sie drückte ihre Hände in den Rücken und streckte sich.

Von der anderen Ecke der Theke bellte Josef Hack durch den Raum: »Du ja auch nicht!«

Sie seufzte. »Das …«

Tonis Blick wanderte vom einen zur anderen. *Ernsthaft? Grundsatzdiskussion?* »Der Wein ist sehr gut«, versuchte er abzulenken und füllte sein Glas mit Blick auf die beiden nach. Sein linker Zeigefinger schob das Handy auf dem Holztisch hin und her, die rechte Hand hob sein Glas. »Besser als in München.«

»Und in der Kirche bist auch nie zum Gottesdienst!« Der Grimm auf Josef Hacks Gesicht galt Theresa, soweit Toni vorbei am Weinregal und dem Kaffeemonster sehen konnte. »Oder zum Beichten. Wie deine Mutter.«

»Passt schon, Babba. Brauch ich nicht – bin ja mit ohne Sünde. Und außerdem: Ich bekomme persönliche Audienz.«

Mit wenigen Schritten stiefelte der ergraute Metzger zu seiner Tochter hinüber. »Bloß, weil sich der Pfarrers-Paul jeden Abend einen einstellt in deiner …«, er holte tief Luft und spie das Wort aus, »*Tages-Bar*?! Erzähl mir nix von Audienz. Deine Mutter wusste auch immer alles besser.«

»Was ist denn jetzt los?« Theresa verengte die Augen und musterte ihren Vater. Toni sah, wie ihr Brustkorb sich hob, wie ganz leicht ihre Lippen bebten. Toni schwenkte seinen Blick zu Theresas Vater.

»In der Kirche vorbeizuschauen würd dir mal nicht schaden.«

»Babba, das Kitz in der Kühlung ... das wartet. Gehäutet ist es bereits.« Sie drehte sich noch mal um und hob die Hände auffordernd, nickte zum Schlachthaus. »Danke!«

Josef Hack riss die Schürze von sich und warf sie auf die Anrichte. »Für die Arbeit bin ich schon recht, aber meine Meinung hören willst nicht!«

»Babba«, knurrte sie, deutete mit dem Kopf in Tonis Richtung. »Gäste. Weißt schon.« Sie räusperte sich. »Von der Polizei.«

»Du brauchst gar nicht so besonders tun.« Er verzog das Gesicht. »In meiner eigenen Metzgerei darf ich noch immer sagen, was ich will.«

»Meine Metzgerei.«

»Und genieren tust dich doch eh schon lang nicht mehr – weder vor dem ...« Er deutete auf Toni. »Nix für ungut, Herr Wachtmeister ...«

»Kommissar, ist die korrekte Bezeichnung.« *Als ob es dir nicht mehr als gleich wäre, Metzger.* »Zum Wohl, Hacks!« Toni beugte sich vor und schüttete den Wein in seine Kehle.

»Kommissar, mh hm. Pardong.« Josef Hack wandte sich wieder seiner Tochter zu. »Noch bei irgendwem oder irgendwas. Was haben wir dir eigentlich gelernt?«

»Das Kitz, Babba.« Die Arme verschränkt, nickte sie zur Tür. »Der Kommissar ermittelt. Weißt schon.«

Am Ausgang drehte Josef Hack sich noch einmal um. »Und was musst deine Nase da wieder reinstecken? Statt dich um dein eigenes Zeug zu kümmern.«

Sie hob die Arme und deutete schweigend in den Raum. Toni musste sie nicht ansehen, um zu wissen, was ihre Miene sagte. *Was, glaubst du, hab ich nicht im Griff?*

»Ach, rutsch mir doch den Buckl ...« Josef Hack stampfte hinaus.

Mit zwei frisch gemahlenen und geschäumten Milchkaffees setzte Theresa sich neben Toni, tippte das Handy an. »Was gefunden?« Sie krauste die Nase. »Sonja wurde erwürgt, oder?«

Er musterte sie, zögerte, deutete auf die Tassen. »Ich hab ja nicht gedacht, dass ich so einen Mist freiwillig mal trinke. Aber ...« Am Henkel zog er die Tasse zu sich, nickte. »Hafermilch. Verrückt.«

Sie stemmte die Hände in die Hüften, ließ ihn nicht aus den Augen, blinzeln sah er sie nicht. »Na gut!«, gab er auf. »Aufgehängt posthum.« Dann wandte er den Blick ab, zog das Handy heran. »Das haben wir unter der Anrichte gefunden. Die SpuSi hat es für mich entsperrt, aber jedes Mal haut es die Sperre wieder rein.«

Um den Code erneut einzugeben, suchte er die Notiz der Kollegen auf seinem Laptop, tippte die Zahlenfolge ins Handy. »Die letzten WhatsApp-Nachrichten sind schon recht interessant.« Er klopfte mit dem Zeigefinger auf das Display, beobachtete Theresas Reaktion. »Von dir sind auch welche dabei. Und viele E-Mails von Marie.« Maries Bild in den Kontaktinfos vergrößerte er. »Sie ist wirklich hübsch. In München würde sie gut reinpassen. Ich versteh nicht, weshalb sie hier bleibt. So viel tut sich nun auch nicht in Oberammergau – wenn man von den Passionsspielen mal absieht. Und Maries Erfolg zeichnet sich doch jetzt schon ab.«

»Weshalb bist du gleich noch mal aus dem fancy München in dieses fade Oberammergau?«, zog sie ihn auf.

»Ach«, sagte er, legte das Handy beiseite und winkte ab. »In einer ruhigen Minute langweile ich dich mal damit.«

»Ja, ja.« Sie verdrehte die Augen. »An Sankt Nimmerlein hab ich leider schon was vor. Übrigens: In den Einstellungen könntest du das Handy dauerhaft freischalten. Und du könntest auch die Desktop-Variante von WhatsApp installieren, um die Gefahr einer sich noch verstärkenden Blindheit zu vermeiden.«

Seine Hand zuckte zum Weinglas, so trocken klang ihre Bemerkung.

»Worauf du natürlich schon viel früher gekommen bist«, schob sie hinterher, runzelte dann die Stirn. »Mh. Wahrscheinlich bin ich sogar eine der Letzten am Montag – Sonjas Wurstbestellung.« Sie fasste sich an den Kopf. »Shit, das muss noch bei denen im Kühlschrank sein. Zu schade zum Wegwerfen. Und bezahlt ist es auch noch nicht.«

Toni schüttelte den Kopf.

»Nicht im Kühlschrank?« Theresa krauste die Nase.

»Keine Ahnung. Aber das war nicht der letzte Eintrag im Chat. Zehn Kilo Braten von der Wildsau hat Sonja bei dir noch bestellt, für Samstag. Als hätte es was zum Feiern gegeben. Geburtstag vielleicht?«

Theresa nickte. »Stimmt, hab ich verdrängt. Und nein: kein Geburtstag.« Sie beugte sich über das Handy. »Geburtstag hat Sonja im August und der Franzl im November.«

»Hatten.«

»Hatten.«

»Und sonst sind noch alle möglichen Nachrichten dabei: die Wirte der Umgebung, der Pfarrer, die Marketingagentur. Im E-Mail-Eingang: Bestellungen, irgendwelche Absprachen zu einer Onlinekampagne. Das einzig Auffällige kam vom Unterwirt – von wegen Undank und mehr Rabatt, weil er einer der ersten Unterstützer war.«

»Interessant.« Ihre rechte Augenbraue wanderte hoch. »Schon vernommen?«

»Japp.«

»Gier?«

»Gier, Neid …« Toni legte den Kopf schief, wackelte mit seiner gestreckten Hand in der Luft. »Ein Motiv – möglicherweise. Jetzt, wo *KöniGin* immer gefragter wird. Es ist Wahnsinn, wie viele Bestellungen jeden Tag eingehen per E-Mail.«

»Und montags hat der Unterwirt seine Wirtschaft immer geschlossen.« Sie stupste das Handy an, zog es zu sich.

»Trotzdem: Sackgasse. Die Aussage ist unauffällig, sein Alibi vom Kloster Ettal bestätigt«, seufzte Toni.

»Wäre auch zu einfach. So funktioniert das nicht mal in Büchern.« Auf dem Holztisch trommelten Theresas Finger zur Hintergrundmusik. »Und weiter?«

Die Lippen aufeinandergepresst, hob Toni die Augenbrauen. »Mehr Auffälliges war nicht in den E-Mails. Allerdings: Sonjas Postausgang hab ich noch nicht durch. Vielleicht ist da noch was dabei.«

»Und was ist mit Franz?«

»Seine E-Mails bearbeitet Oberwachtmeisterin Dinklmeier, die Anruflisten von den beiden auch. Sie wird schon was finden.« Er fuhr sich über den Mund. »Sag mal: die Party zu Allerheiligen ...«

Theresa ignorierte ihn, wechselte zur Foto-App auf Sonjas Handy und scrollte durch die Galerie. Toni beobachtete, wie konzentriert ihre Miene war. Ein Bild betrachtete sie länger, stirnrunzelnd. »Ein ähnliches hab ich ...« Sie biss sich auf die Lippen. »... schon mal gesehen.«

Er hätte schwören können, ihr lag etwas anderes auf den Lippen. »Also die Party, hast du die damals nicht organisiert?«

»Allerheili-Gin?« Sie nickte. »Nicht ganz, nur das Catering. Events waren zwar mal mein Job, in Wien. Bei der Party war ich aber raus, dank *Zhoch2*.«

»Die Party war aber nicht wirklich am 1. November? Die Kirchgänger in Oberammergau hätten euch doch lebendig gegrillt. Ein Affront an einem Kirchenfeiertag, an dem man doch aller Toten zu gedenken hat und still sein soll.«

»Ach, hör mir auf ...« Sie seufzte. »Alles recht, wenn die Menschen der verstorbenen Angehörigen gedenken wollen und auf den Friedhof rennen. Ist ja auch wichtig, und schon klar: Tradition. Aber bei all den Toten: Ich finde, es ist auch wichtig, sich um die Lebenden zu kümmern. Jedenfalls: Die Party fand am 2. November statt.«

»Und auch sonst hast du nichts mehr für die Thallers organisiert?«

»Sie haben mich nicht mehr angefragt, lief alles über *Zhoch2*. Ich glaube, der Kontakt kam über Chris Zentmayr zustande. Seine Mutter leitet die Agentur, und er ist mit drin. Und als Co-Regisseur hängt er ja immer mit den Schauspielern ab – und zack!« Sie schlug die flache Hand auf den Tisch. »Perfekte Kombi! Er hat seine Chance genutzt. Denke ich.«

Toni entzog ihr das Handy. »Du weißt, wie das ist, Theresa: Das ist Beweismaterial. Damit kann ich dich nicht rumspielen lassen.«

Ohne die Miene zu verziehen, lehnte sie sich zurück. »Nicht.« Ihre Stimme kroch durch das Wein-Kribbeln in seinen Kopf.

»Wegen Grippewelle in Weilheim bleibt alles bei uns hängen. Da können wir uns keine Schnitzer erlauben.«

Sein Blick schwenkte wieder auf den Bildschirm seines Laptops. Aus dem Augenwinkel bemerkte er, wie sie ein Bein nach dem anderen über die Bank schwang, aufstand.

Sie runzelte die Stirn. »Fingerabdrücke?«

»Nada. Weggewischt. Holz ist schwierig, was Fingerabdrücke angeht. Die Spurensicherung konnte im ersten Moment nur noch Rückstände eines Desinfektionsmittels finden. Nicht mal mehr Franzls Fingerabdrücke. Der Mörder hat mitgedacht …«

»Mörder?«

»Oder Mörderin. Oder wir sagen einfach Mördy, solang wir nix wissen.«

»Gendergerecht! Chapeau, Herr Großstadtkommissar!« Sie grinste, besonders nett sah sie dabei nicht aus. »Oder ist das Florianes Einfluss?«

Toni seufzte, streckte die Zunge gegen sie.

»Er – oder sie – scheitert beim Feuer, aber sauber machen läuft.« Theresa klopfte auf den Tisch. »Die perfekte Reinigungskraft.«

10. Marie / Alte Wäsche

Wohnung, In der Furch

»Als müsste man mich mit Samthandschuhen anfassen!«
Bevor die Wohnungstür zuknallte, erwischte Marie ge-
rade noch den Türgriff, drückte sie stattdessen leise ins
Schloss, horchte. In der Etage unter ihr regte sich nichts.
Der schmale Streifen Abendlicht, der durch das Glas der
Küchentür fiel, verbarg in seinen Schatten mehr, als er
preisgab. Sie schlüpfte aus ihren Schuhen und schleuderte sie mitsamt Rucksack gegen das Regal, wo sie
neben den schlammverkrusteten Sneakern von gestern
Abend liegen blieben. Mit dem nächsten Schritt stolperte sie über das daneben aufragende Miniaturgebirge aus
Stiefeletten, Budapestern, Ballerinas und rutschte in
einer Ansammlung Dreckklümpchen und Kiesel beinahe aus. »Shit.«

»Die zarte Marie«, äffte sie und stapfte zum Kühlschrank. »Als ob ich mich nicht selbst um meine Sachen
kümmern könnte.« Aus dem Gemüsefach griff sie Fenchel
und Karotten, packte beides mitsamt Bio-Frischkäse auf
die Anrichte daneben und schluckte, als sie die Zitrone
entdeckte. Ein grünlicher Pelz mit weißen Rändern überzog die eine Hälfte der Frucht. »Fuck.« Die Kühlschranktür
rumste zu, und mit ihrem Gemüse und den letzten
Scheiben Brot verzog Marie sich ins Wohnzimmer.

»Marie?« Durch das ganze Treppenhaus hallte der
Ruf und vermutlich bis zum Kofel.

Marie stürzte zur Wohnungstür, drehte den Schlüssel um. Die Schritte über die Stufen, das Rütteln an der
Tür ignorierte sie. »Marie, lass uns reden!«

Sie schlich ins Wohnzimmer und schloss die Zimmertür. Irgendwann verstummte der Ruf, verschwanden die Schritte ihrer Mutter nach unten. Marie klappte ihren Laptop auf und starrte auf ihr E-Mail-Postfach. *Warum?* Ohne hinzusehen, fischte sie nach dem Fenchel und zerteilte ihn. *Warum musste ich Sonja noch unbedingt eine E-Mail schreiben?* Über das Suchfeld rief sie den Nachrichten-Verlauf mit den Thallers auf. *Als ob das nicht übers Telefon genügt hätte.* Das nächstbeste Kissen knetete sie vor ihrer Brust und kaute auf ihrer Unterlippe. Sie stierte auf den Bildschirm, als könnte sie die gesamten Nachrichten durch Willenskraft eliminieren. Für einen Moment schloss sie die Augen und schickte ihre Erinnerung noch einmal durch den gestrigen Tag.

Marie fuhr sich über die Stirn und furchte den Frischkäse mit einer Karotte. *Verdammt. Irgendjemand von den anderen hat gestern bestimmt mitbekommen, wo ich war. Und gewusst, dass ich Stress hab mit den Thallers, hat auch jeder.* Zwischen ihren Zähnen zerkrachte der erste Bissen. Ihr Blick verlor sich hinter ihrem Fernseher, an einem Punkt hinter der Wand. *Dass sich das noch nicht weiter rumgesprochen hat.* Wieder fuhr sie sich über die Stirn, schüttelte den Kopf.

Die Telefonklingel schreckte sie auf und hoch von der Couch. Beim zweiten Klingeln war sie im Flur, beim dritten an ihrem Rucksack. Erst suchten ihre Hände im vorderen Teil, beim fünften Klingeln lag das Handy in ihrer Hand. Die Nummer. Sie starrte sie an, bis das Klingeln endete.

Zwei Minuten später leuchtete eine Nachricht auf und beschleunigte ihren Puls.

> Hey, Marie, meld dich doch. Dringend! Bitte!
> Ich erreich dich nicht.

Ausgerechnet jetzt? Fuck! Muss ich mich um dich jetzt auch noch kümmern? Marie schlurfte zurück zu ihrer Couch. Überall an den Wänden schimmerten nur noch ahnungsweise die Schriftzüge vom Bücherstapel durch den Staub, unter ihren Barfüßen knirschten Krümel. Vor den Fenstern lauerten die Augen der Nachbarn, neugierig auf ihr Licht, auf ihre Gäste, mit denen sie auf dem Balkon aß und trank und grillte, darauf, wen sie küsste, wen sie liebte. Über den Wäscheknäueln auf dem Boden hing der Geruch welker, trüber Tage. Ihre Arbeit die einzige Möglichkeit der Flucht – ihr Schlüssel zur Großstadt. Zum Leben.

Marie öffnete die Balkontür, trat hinaus. Und fluchte. Hastig zerrte sie ihren Grill unters Vordach und ignorierte die breiige Suppe in der Schale. Aufs Balkongeländer gestützt stemmte sie sich hoch, legte den Kopf in den Nacken und genoss den Schleier, den der Regen über sie zog. Vor ihr breitete sich an den Bergketten das Waldgrün aus, reckte sich mit den Hängen und Felskanten gegen den Himmel Oberammergaus, als wollte es daran zerschellen und sie unter sich begraben. Zur Strafe für ihr verirrtes Herz.

Marie starrte auf ihren Laptop. *Zu spät. Selbst wenn ich die E-Mails lösche.*

Vom Dielenboden fischte sie das Kissen und klemmte es vor ihre Brust. »Und was beweist das schon? Unterschiedliche Meinungen. Mehr nicht.« In ihren Kontakten suchte sie die Nummer der Marketingagentur und wählte. Nach dem zehnten Rufton legte sie auf. 20.30 Uhr. *Verdammt noch mal – ich muss aus der Sache raus! Letzten Juli hieß es: Tag und Nacht, alles für mich, twentyfourseven – der Star für die Staragentur! Bis die Thallers vor euch auf dem Silbertablett lagen. Dann war ich nur noch Mittel zum Zweck.* Sie schleuderte das Handy auf die Couch. *Und jetzt? Alles nur, weil ich meine Meinung geändert habe. Klar wäre mit der Gin-Kampagne für mich alles schneller gegangen. Aber einfach nur schnell berühmt zu werden, ist nicht genug!* Auf dem Display hing ihr Blick fest. »Danke auch – für nichts!«, knurrte sie und biss sich auf die Unterlippe. »Als ob Alkohol eine nachhaltige Lösung ist. Und ich Depp löse dann auch noch das Problem für die Thallers und für *Zhoch2.* Wie bescheuert muss man sein?«

Erneut leuchtete eine Nachricht auf. »Wenn man vom Teufel spricht«, zischte sie. *Auf gar keinen Fall kommst du hierher.*

Auf dem Weg zum Bad klappte Marie den Laptop zu. Sie warf ihre Klamotten auf einen der Kleidertürme, zog sich um, machte sich frisch und schnappte sich ihre Jacke. *Falls du klingelst, bin ich nicht daheim.*

»Der Pfarrer.« Theres stieß sich von der Anrichte ab, weckte das Kaffeemonster und folgte Paul zu einem der Tische in ihrer Tages-Bar. »Der Letzte. Immer.«

»Mei, Res, es ist, wie's ist und wie's der Herrgott gibt.« Entlang des Kragens seines grauen Collarhemdes fuhr sein Finger und lockerte ihn.

»Amen.« Sie überdehnte die Silben. Langte nach seinem Lieblingswein, nach seinem Glas, seinem Schüsselchen und füllte Oliven ein. »Der Herrgott ist für die Wege und Taten verantwortlich, andernfalls müsst jeder für sich selbst die Verantwortung übernehmen.« Theres schüttelte den Kopf. »Erzählst du das echt noch jeden Sonntag in der Kirche?«

»Predigt, heißt das.«

»Trotzdem: Schön, dass da bist, Pauli.«

»Weil du es in diesen aufregenden Zeiten nicht in die Kirche zur Beichte schaffst?«

Vor ihm dotzte das Olivenschälchen auf den Tisch. »An meinen Sünden hab ich allein genug Spaß, bleibt dir mehr Zeit für *Call of Duty*. Heute Nacht wieder Einsatz?«

In seine Wangen schoss Rot, er senkte den Blick.

Sie simulierte einen imaginären Controller und drückte erst die Knöpfe in der Luft, dann an der Kaffeemaschine. »Milchkaffe, doppelter Espresso? Mich wundert's immer noch, dass durch all die Berge rundum genug Signal hier ankommt.«

Er nickte hastig, sah sich im Laden noch mal um. »Glasfaser.«

»Keiner da, HolyDevil666, keine Angst.«

»Theres! Außer dir kennt keiner meinen Spielernamen! Wenn das irgendwann der Bischof spitzkriegt … Ich verlass mich auf dich!?« Ein Blick von Theres genügte, er nickte. »Okay, danke.«

»Du weißt, was dich das kostet?« Wie ein Gangster stützte sie sich auf ihre Hüfte und fixierte seinen Blick.

»Ja, ja, irgendwann erzähl ich dir, weshalb ich am Ende doch Pfarrer geworden bin. Aber bittschön nicht heut.«

Unter ihren Augen zeichnete sie seine Ringe nach, deutete auf ihn. »Gestern spät geworden?«

Gähnend fuhr sich Paul übers Gesicht. »Bis drei. Ich dachte, im Beichtstuhl hol ich den Schlaf nach. Kommt ja keiner zurzeit. Alle proben. Aber …« Er winkte ab, pickte mit dem Zahnstocher nach einer Olive und gönnte sich einen Schluck. »Ich sag dir: das reinste Theater.« Er wartete, warf seinen Blick auf sie, dann grunzte er. »Kannst nicht wenigstens so tun, wie die anderen auch? Gespielte Höflichkeit, soziale Interaktion, ein gefaktes Lachen?« Schnaubend schob er sich eine Olive in den Mund und demonstrierte Enttäuschung.

Extra langsam drehte sie den Kopf, zog ihr Gesicht lang. »Ha, ha, lustig. Theater zu den Passionsspielen.« Sie zwinkerte und hielt sich die Hand vors Herz. »Und vergib mir vielmals, Herr Hochwürden, wenn meine Nicht-Reaktion deine Erwartungen enttäuscht. Kommt nicht wieder vor. Wahrscheinlich. Gut so?«

»Weib!« Er patschte die Hand über die Augen. »Bist sicher, dass deine Leut dich im Krankenhaus abgeholt haben und nicht dein Vater dich aus einem der Steinquader beim Kofel rausgeschlagen hat?«

»Depp!« Die Mühle ratterte die Bohnen durchs Mahlwerk, Theres schäumte Hafermilch auf. »Also: Theater im Beichtstuhl?«

»In der Kirche«, korrigierte er. »Zum einen die Chorproben …«

»Stimmt«, fiel sie ihm ins Wort. »Das Theater ist ja den Schauspielern vorbehalten. Und die Sänger dürfen erst ganz zum Schluss zu den Proben mit dazu.«

Paul nickte. »Ja, die sind recht dankbar, wenn sie in der Kirche ein Plätzchen zum Proben finden. Zum anderen kommen aber auch ständig welche vorbei, die Inspiration suchen, zur Meditation oder einfach einen weniger überfüllten Ort. Sänger, Schauspieler, Touristen. Ständig.«

Übertrieben empört legte sie die Hand vor den Mund. »Die ganze Ruhe fort.«

»Und die Regisseure solltest du mal hören, wenn sie glauben, sie sind unter sich.« Paul leerte sein Glas, grinste sein Lausbubengrinsen, und sie schenkte nach. »Letzte Woche war sogar die Marie da.«

»Marie? Ich dacht, die hätte einen festen Platz zum Proben im Passionstheater?« Theres runzelte die Stirn. »Sonst was Spannendes, ein paar Anekdoten aus dem Beichtstuhl?«

Paul winkte ab. »Das kannst vergessen. Zur Beichte kommen die Leut nur, um die extra Packung Schokolade, Steak oder den Kirschenraub in Nachbars Garten zu bedauern. Das Gewissen erleichtern. Und dann geht's weiter wie davor.«

»Wo sind nur die guten alten Zeiten?«, grinste sie. »Hast du was vom Babba gehört, zufällig? So halb außerhalb vom Beichtstuhl?«

Paul richtete sich auf. »Tut mir leid, Res!« Sein Finger rieb über die Maserung des Tischs. »Du weißt, wie das ist: Manchmal rennen wir, und uns holt die Vergangenheit ein. Manchmal entkommen wir, aber der Schatten fällt trotzdem auf uns. Und wenn du keinen Schatten willst, mach das Licht an!« Er sah ihr in die Augen. Zwinkerte. »Reden und so! Ich hab gehört, sogar der Babba hat Ohren.«

Sie verdrehte die Augen. »Depp!«

»Also, aber Marie – irgendwas war da letzte Woche. Mit irgendwem war sie recht ungut.«

»Ungut?«

»Japp! Die beiden haben sich richtig gefetzt!«

»Mit wem?« Sie schnaubte. »Zefix, Pauli, wer war's denn?«

»War hinter dem Brunnen, weißt schon, unterhalb von der Empore. Vor allem war's so verdammt früh.« Er zuckte die Schultern, mit einem tiefen Zug leerte er das Wasserglas. »Ich war zu weit weg, und die Stimme hab ich nicht erkannt. Der hat sich immer wieder überschlagen und gelacht.«

»Du bist furchtbar, das ist dir klar, oder?« Theres stützte sich auf den Tisch. Das Brummen des Smartphones in ihrer Tasche ignorierte sie. »Worum ging's?«

Entschuldigend hob er die Hände. »Ich war zu weit weg. Am Ende hab ich bloß ein paar Fetzen aufgeschnappt.« Er rieb sich das Kinn. »Aber, Theres, bevor ich's vergesse: Machst mir zum Mitnehmen noch zwei Bratensemmeln von der Wildsau? Für heut Nacht. Oder besser drei.«

»Freilich.« Sie wandte sich zur Theke. »Und worum ging's jetzt in dem Gespräch?«

Dann fiel ihr noch etwas anderes ein, sie schoss herum. »Mit dem Babba...«

Bimmelnd mischte sich die Türglocke ein. Zehn vor acht zeigte die Uhr über der Kaffeemaschine. Theres hörte die Rollen, roch das Parfum, bevor sie die Trägerin sah.

»Hallo zusammen, einen guten Abend!« Leiser als heute Morgen schlich die Stimme in den Raum. Entmutigter. »Entschuldigt bitte, ich habe da ein Problem.«

Theres schnaubte. *Lieber will ich's gar nicht wissen.* Dann wandte sie sich um.

12. Anton / Wurst in Akten

Polizeistation

»Nein, Christiane, mach das halt bitte nicht!« Anton hielt die Hand über das Mikrofon des Telefons, schirmte vor ihr ab, was ihn sofort verraten konnte: sein Schnauben. Den Blick lenkte er auf die Pflanzen, auf das Grün in seinem Büro. Die Farbe der Ruhe. Und er war froh, dass Dinklmeier und Baurieder nicht auf der Dienststelle waren. »Wenigstens ein bisserl wirst doch warten können. Bis zur Premiere sind es noch drei Tage – also gut, zwei Tage und ein paar Stunden. Willst, dass Panik ausbricht hier? Wirklich? Zählt da nur die Auflage deiner Zeitung und sonst nichts?« Er fischte einen Bleistift aus der Schale am Rand seines Schreibtischs. »Ja, schon klar, es ist nicht deine Zeitung.« Immer wieder fixierte er die Tür, immer wieder atmete er tief durch, als diese weiter geschlossen blieb. Erleichtert.

Auf dem Karoblock vor ihm entstand ein Kobold, ein stupsnasiges, funkelaugenblitzendes, grinsendes Trotzpaket. »Ja, verdammt! Niemand spricht davon, die Pressefreiheit ...« Seine Hand ballte sich. »Freilich: Aufklärung ist wichtig. Aber Panik ist falsch. Herrschaft, Christiane! Wir reden nicht von einem Serienmörder und nicht davon, die Bevölkerung in Gefahr zu bringen. Lass uns doch bitte vernünftig Zeit für unsere Ermittlungen.« Er schnaubte. »Doch, genau davon geh ich aus. Wir klären das rechtzeitig auf!«

Die Mine des Bleistifts barst, die Splitter versprengten sich übers Blatt. Er fegte die Reste weg. »Natürlich haben wir einen Verdacht und konkrete Hinweise.« Antons Blick verhing sich an der Pinnwand mit den vielen Fragezeichen. »Christiane, komm: Du bist die Erste, du kriegst die Story exklusiv. Was?« Er richtete sich in seinem Bürostuhl auf. »Wie meinst du das: Donnerstagnacht?« Anton presste den Hörer fester an seine Ohrmuschel. »Willst du einen fundierten Bericht oder Spekulationen? Was für eine Journalistin ... Christiane?« Ein lang gezogener Piep fräste sich in sein Ohr und war das Einzige, was ihm als Antwort blieb.

»Weib!« Er knallte den Hörer auf. »Ex-Weib«, korrigierte er sich. *Plötzlich kann sie schreiben. Aber wehe, man braucht einen Artikel von ihr ...*

»Herrschaftszeiten!« Die große Uhr fing seinen Blick. Dann klickte er sich durchs Laufwerk, öffnete den Dateiordner, und er rechnete nach. »Gut fünfzig Stunden bis Redaktionsschluss.« Auf seiner Stirn wurden die Falten tiefer. »Lieferanten und Kunden haben wir schon. Die Schauspieler stehen noch aus.« Er massierte seine Schläfen. »Die Regisseure auch. Aussagen aufnehmen, die Berichte von der SpuSi und von der Obduktion auswerten. Und die Kripo im Weilheim fällt komplett aus. ›Wegen Krankheit geschlossen.‹ Na, bravo. Da hilft es mir nichts, dass der Herr Staatsanwalt Herr des Ermittlungsverfahrens ist und noch weniger Plan hat. Wir haben viel zu wenig Anhaltspunkte, und die Zeit wird verdammt knapp bis zur Premiere. Und dann auch noch ständig die Dienstbesprechungen mit Rosenheim per Videokonferenz ...« All das ausgesprochen zu hören überrollte ihn schier.

Durch das Fenster blendete Scheinwerferlicht. Der Dienstwagen parkte vor dem Eingang. Auf dem Beifahrersitz neben Oberwachtmeisterin Dinklmeier ahnte er eine zweite Person. Zu sehr spiegelte das Licht seiner Schreibtischlampe in der Scheibe. Er konnte nicht erkennen, wer ausstieg. Die Nachricht auf seinem Handy lenkte ihn ab.

Erst die Eingangstür, die aufschlug, dann die Schritte, die in den Raum stapften, verrieten ihm, wen Oberwachtmeisterin Dinklmeier aufgelesen hatte. Anton verdrehte die Augen. *Eigentlich will ich gar nicht wissen, wo der jetzt herkommt.*

In seinem Bürostuhl lehnte er sich, so weit es ging, nach hinten. *Die Stelle in der Aktei in Dingolfing ... vielleicht ist die doch noch frei. Akten diskutieren wenigstens nicht.* Er schob den Gedanken in seinen Hinterkopf, richtete sich wieder auf. Seine Augen folgten jedem Schritt, jedes Blinzeln in der Miene nahm er wahr – und jedes Wort. Anton spürte Druck in seinem Magen. *Spinn ich?* Im nächsten Moment stand er im Türrahmen und musste mit eigenen Augen sehen, was er nicht glauben konnte.

»Das ist jetzt nicht dein Ernst, Baurieder!« Anton verschränkte die Arme von der Brust. »Haben die dir eigentlich das Hirn verkocht?«

»In der Metzgerei ...« Baurieder ließ die Mappe fallen, seine Jacke über die Lehne und anschließend sich auf den Stuhl. Auf dem Tisch landete seine Zigarettenpackung. »... um deiner Frage zuvorzukommen.« Er verschluckte ein Hicksen. »In der Tages-Bar, genauer gesagt. Mit Theresa.«

»Bei!«, verbesserte Flo. Die Eingangstür krachte zu. »Theresaaa ...«

»Ja, das glaub ich auch«, knurrte Anton. Baurieders Perlweiß-Grinsen blendete ihn. *Wirklich nicht. Netter*

Versuch. »Ist irgendwo in deinem Gehirn noch ein Funken Vernunft? Wir fressen hier Bericht um Bericht, kommen gerade halbwegs zu einem Kaffee, und du knallst dich weg? Geht's eigentlich noch? Du solltest das Handy auswerten und nicht den Weinbestand.«

Baurieder richtete sich auf. »Ich kann schon noch ...«

»Besser nicht!« Flo grätschte durch seinen Satz, trommelte auf den Tresen und warf die halbhohe Trenntür auf. Zwischen dem öffentlichen und dem Amtsbereich schwang sie hin und her. »Besser, dass ich dich bei der Theres aufgesammelt habe.«

»Von wegen: Rausch!« Baurieder stand auf, zwischen den Augenbrauen eine tiefe senkrechte Falte, schwankte leicht, bis er den Tisch erwischte.

Flo grinste kopfschüttelnd zu Anton. »Ich war eh grad unterwegs. Du weißt ja: gute Tat, guter Tag!«

Über die Augenbraue schnippte er mit zwei Fingern ein Danke zurück. »Merci dir!«

Baurieder klappte seine Hände mit den Fingerspitzen deutungsvoll zu sich. »Für ...«

»... ein sicheres Oberammergau«, ergänzte Flo. »Die Polizei, dein Freund und Vorbild im Straßenverkehr, gell?«

»Ich hab durchaus was getan!« Baurieder tauchte unter die Tischkante. »Es waren außerdem bloß zwei Gläser«, verteidigte er.

»Ach?« Anton knurrte. Er sah Flo die Handflächen übereinander halten und auseinanderschrauben, bis ein Maßkrug dazwischen passte.

»Und außerdem ist alles direkt auf dem Netzwerk, woran ich arbeite, und somit jederzeit für jeden von euch verfügbar«, kommentierte Baurieder.

»Was dein Fernbleiben von der Videobesprechung zum Mordfall mit dem Präsidium entschuldigt, oder wie?«

Kopfschüttelnd drehte sich Anton um, ging zurück an seinen Schreibtisch und ließ sich auf seinen Bürostuhl fallen.

Im nächsten Moment rumste draußen der Tisch, durch die Amtsstube polterte ein Fluch. Oberwachtmeisterin Dinklmeier lachte. »Für den Tisch ist das auch nicht einfach. Aber: Schmerz vergeht.« Sie nahm die Stufe zu Antons Büro und war neben ihm. »Wie steht's mit den Thallers – bist du schon schlauer?«

Sein Finger drückte die Mappe auf den Schreibtisch, er schob sie hin und her und sein Kinn vor. »Du meinst, mithilfe des … literarischen Meisterwerks unseres Hobbyautors hier? Ich hoffe, die Überarbeitung ist besser als die erste Fassung.«

»Mithilfe davon!« Flo tippte auf den Bericht der Spurensicherung.

Baurieder trabte heran und lehnte sich gegen den Türstock. »Wenn du meinen Bericht meinst, Chef, dann wirst du sehen: Information und Unterhaltung können Hand in Hand gehen.«

Die erstbeste Antwort darauf verbarrikadierte Anton hinter seiner Kauleiste, schluckte. »Gibt es einen Bericht, den ich nicht kenne?«

Baurieder furchte die Stirn und fuhr seine Augenbraue nach. Mit dem Mittelfinger. »Depp!« Er zuckte zusammen, als Flo ihm eine Wasserflasche gegen den Bauch knallte.

An seinem Ohr formte Anton mit der Hand einen Trichter. »Was meinst? Hast was gesagt?«

»Trink!« Flo ignorierte ihn, kreuzte die Arme und deutete auf die Flasche. Nach wenigen Schlucken war die Flasche halb leer, Flo schnappte sich die Akte.

Baurieders Miene änderte sich. »Haben wir eigentlich das Zeug aus dem Kühlschrank der Thallers gesichert?« Sein Arm sank, der Ausdruck auf der Miene auch. »Bitte nicht ungekühlt in der Asservatenkammer.«

Floriane drehte sich zu ihm. »Spinnst jetzt ganz? Zwei Tote …« Sie hielt die Akte hoch. »… und in deinem Kopf: Essen? Ernsthaft?«

»Wie kommst du bittschön auf den Kühlschrank der Thallers?« Anton zweifelte, ob er die Erklärung wirklich hören wollte.

»Wegen …« Mit zwei Schritten war Baurieder am Fensterbrett. »Pflanzen sind deine wahren Freunde, was, Sollinger?« –, schob das Einblatt nach rechts, die Efeutute nach links und pflanzte sich dazwischen.

»Wenigstens die tun, was sie sollen«, brummte Anton. »Also: Kühlschrank?«

»Wegen der Theres«, antwortete Toni.

»Ah?« Flo kratzte sich am Kinn. »Das Essen wegen der Theres? Kommen da noch ein, zwei Sätze, oder war's das mit der Pointe?«

Baurieder streckte seine Beine aus, lehnte sich ans Fenster und überschlug die Füße. »In Sonjas E-Mails waren welche von einer Marketingagentur. In einer steht was von der Kampagne und zugehörigen Events. Aber: Bis einschließlich November hat Theresa alle Events für die Thallers geplant. Danach hat sich die Agentur das Geschäft geschnappt.«

»Und deswegen gab es Streit zwischen den Thallers und der Theres? Das wäre ein Motiv«, spekulierte Flo.

»Mh.« Anton lehnte sich vor, kratzte sich am Kinn. »Hat das die Theres bestätigt?«

Der Kollege schüttelte den Kopf. »Nicht direkt. Außerdem waren die Thallers immer noch ihre Kunden in der Metzgerei, Theres hat sie regelmäßig beliefert.«

»Ernsthaft?« Der Bürostuhl quietschte, Anton rollte um den Tisch. »Hat dein Hirn eigentlich sämtliche Protokolle und Fragen gegrillt, die vielleicht in der Nähe einer Tatverdächtigen wichtig wären? Oder war der Wein schuld – oder was ganz anderes?«

Baurieder fluchte. Er richtete sich auf. »Jetzt wartet doch mal. Wir haben uns schon darüber unterhalten. Jedenfalls, Theresa und Sonja hatten regelmäßig Kontakt. Wurst und Catering bestellten die Thallers per WhatsApp. Und Theresa meinte, sie hätte am Montag noch geliefert. Man bringt doch seine Kunden nicht um.«

»Pointe?«, murmelte Flo.

»Und was genau hiervon ist entlastend?« Anton stand auf, er rieb sich mit seiner Hand den Nacken.

Flo kam ihm zuvor. »Andererseits war der Giftköder in einem Steak aus ihrer Metzgerei. Das wissen wir bereits. Aber ...« Sie massierte sich mit Zeige- und Mittelfingern die Schläfen. »... bringt man Waren mit, wenn man vorhat, die Kunden zu töten? Das wäre doch rausgeschmissenes Geld, oder, Chef? Da muss ich dem Toni recht geben. Allerdings weiß ich nicht, ob diese Argumentation vor Gericht als Unschuldsbeweis zieht. Ob sich die SpuSi den Kühlschrank angeschaut hat?« Sie kippelte ihre Hand in der Luft, krauste den Mund. »Wir zwei jedenfalls ...« Sie deutete auf sich, dann auf Toni. »Nicht.« Flo kaute auf ihrer Unterlippe.

Baurieder fuhr sich übers Gesicht. »Wir nicht.« Er musterte Anton, fragend, hob das Kinn. »Und …?«

Anton fixierte seinen Kollegen zuerst. »Du hast die Theres nicht nach dem Streit gefragt, weil du …« Er räusperte sich, hörte Flo nach Luft schnappen. Von draußen klopfte Regen an die Scheibe, Baurieders Augen weiteten sich, und irgendwie wirkte sein akkurat gestutzter Bart noch dunkler. »… willst, dass sie unschuldig ist, oder zu betrunken warst, um zu wissen, was unschuldig eigentlich ist?« Anton schüttelte den Kopf. »Hast du deine Fähigkeiten zu ermitteln in München gelassen oder in der Metzgerei?«

»Ach, halt doch die Klappe, Sollinger!« Der ehemalige Großstadtkommissar zog die Augenbrauen hoch und verschränkte die Arme vor der Brust. »Du bist doch bloß eifersüchtig – auf alles und jeden, der einen Meter näher an einer Frau ist als du.«

Flo trat zwischen die beiden. »Aber es geht um die Theres, Chef. Sie hat nicht unbedingt das Profil einer potenziellen Mörderin. Und sie ist clever und … und …« Die Oberwachtmeisterin knetete ihre Finger. »Und sie ist eine von den Guten.«

»Ja, mei, wenn das so ist, dann schließen wir die Akte. Hier ist ja jeder einer von den Guten, oder? Und Theres ist wahrscheinlich so clever, dass ein Mord wie ein Unfall aussieht, und dann ist es eh nichts mehr für die Mordkommission?« Anton schnaubte. »Sacklzement! Polizeischule – das Wort habt ihr schon mal gehört, oder? Erst mal ist jeder genauso unschuldig wie verdächtig. Und selbst wenn die Thallers auf die Theres aufgepasst haben, wenn sie bei der Jagd war, dann gilt das immer noch!« Er fuhr sich übers Gesicht, stand auf und rollte seinen Stuhl zurück. »Menschen handeln nicht logisch, Mörder schon gar nicht. Sie war als Erste am Tatort, sie kann umgehen mit Waffen. Und: Sie hatte offensichtlich Differenzen mit den Thallers.«

Baurieder stellte die Beine auf, stützte sich auf die Knie und fixierte ihn. »Woher weißt du das mit der Jagd?«

»Hörst du dir gelegentlich an, was aus deinem Mund fällt? Oder eher nicht?« Anton schob einen Blick gegen ihn. Die Mühe, die Lider mehr als halb zu öffnen, machte er sich nicht. »Was wir bislang wissen, ist, dass Theres früher für die Thallers Events organisiert hat und dann nicht mehr. Wir müssen das Geschäftsverhältnis zwischen ihr und den Thallers klären und wegen eines möglichen Motivs beleuchten.« Er räusperte sich. »Und herausfinden, ob im Kühlschrank der Thallers Wurst ist oder nicht und wenn ja, noch mal auf Spuren wegen des Giftköders vergleichen. Im Übrigen: Der Bürgermeister hat sich gemeldet. Wir möchten bitte mehr als diskret sein. Auf keinen Fall will er zu den Passionsspielen ...«

»... einen Skandal«, beendete Flo.

»Damit das klar ist.« Anton fixierte sie, dann Toni.

Oberwachtmeisterin Dinklmeier lehnte sich an die Wand, ihr Kopf wandte sich hin und her. »Haben wir noch andere Spuren, eigentlich? Sagt bitte nicht, die Theres ist die einzige Sackgasse, in der wir im Kreis laufen.«

»Vom Polizeipräsidium kam vorhin die Aufbereitung der externen Festplatte. Ich bin nur mal kurz drüber-geflogen über die verschiedenen Ordner. Haufenweise Bilder sind da drauf.« Anton deutete auf den Rechner. »Und bevor ihr weiter spekuliert: Damit könnt ihr euch jetzt beschäftigen! Viel Spaß mit den Bildern und mit den Berichten von der SpuSi. Flo: Du bist außerdem mit dem Bericht unseres Weinexperten dran.«

»Kein Ponyhof für mich, was, Chef?« Sie reckte die Zunge gegen ihn.

»Es ist, wie's ist, Flo. Warum sollte das Schicksal einer Oberwachtmeisterin ein leichteres sein als das des Hauptkommissars?«

»Deppen!«, knurrte Baurieder vom Fensterbrett, lehnte sich wieder zurück mit verschränkten Armen.

»Schreibt die Auffälligkeiten raus, alles aufs Laufwerk. Ich schau mir das später an.« Anton schnappte sich seine Jacke. »Zum Glück kriegt von der Kripo keiner dieses Chaos mit.«

In Zeitlupe erhob sich der Baurieder, die Pflanzen ließ er an ihrem neuen Platz. Auf seinem Gesicht ein Fragezeichen, sein Finger zielte auf Anton.

»Zur Metzgerin, um deiner Frage zuvorzukommen, und deinen Job richtig machen. Ein paar Antworten finden.« Das Grinsen verkniff Anton sich. »Wer nicht die richtigen Fragen stellt, muss mit den Konsequenzen leben.«

»Oh, mei ...«, hörte er Flo, dann schwang die Trenntür hinter ihm zu. Den Ausdruck auf ihrer Miene konnte er sich ebenso gut vorstellen wie den Grant in Baurieders Gesicht.

13. Theres / Tatort

Dorfrand, Thaller-Hof

Motor aus, dann das Licht. Vor dem Waldstück ließ sie ihren Land Rover ausrollen, drückte die Fahrertür so leise wie möglich zu. Der Wald verleibte sich das letzte Dämmerlicht ein. Im Wind knirschten die Äste der Nadelbäume, die Dunkelheit verwandelte sie in knorrige Finger. Sie gierten in die Nacht, und in den Schatten vermehrten sie sich.

Sie blickte über die Schulter zu Wolfin. Die Irische Wolfshündin winselte. »Ich weiß: Irgendwann muss ich mir was Besseres einfallen lassen, als allein durch die Gegend zu schleichen.« Von der Rückbank griff Theres sich das Messer mit der Lederscheide. »Am besten, bevor was passiert. Und irgendwas Dummes passiert immer.« Sie fädelte die Schlaufe auf ihren Gürtel. »Wie der alte Logan Neunfinger schon sagt: Man kann nie genug Messer haben«, erinnerte sie die Gefährtin und steckte die Taschenlampe in ihre Jacke.

»Dein Wachdienst: hier. Ich: drüben.« Zwei riesendunkle Hundeaugen sahen sie an. »Irgendwas muss da verdammt noch mal sein am Tatort. Und ich will wissen, was. Täter lassen doch immer was zurück.« Sie ballte ihre Hand. »Nächstes Mal tauschen wir.« Zwinkernd deutete sie mit dem Finger, und Wolfin machte Platz. »Vielleicht.« Der Hund antwortete mit einem Schnauben. Sie nickte der Hündin zu. »Bestimmt ist er ein Kerl, der Mörder.« Ein leises Knurren kam zur Antwort. Theres verdrehte die Augen. »Ja, ist ja schon gut! Ich weiß: nicht spekulieren. Na, komm!« Sie schabte ihre Zähne über die Unterlippe. »Wenn sonst schon nichts los ist hier: Sehen wir mal, ob wir Sonja und Franz ihren Frieden verschaffen können, bevor ich auch für diese Gerüchte noch herhalten muss.«

Theres pirschte zum Thaller-Hof und unter den Warnbändern hindurch Richtung Wohnhaus, streifte ihre Handschuhe aus der Jackentasche über. Von oben bis unten kreuzten Absperrbänder über der Haustür. Kein bisschen freute sich Theres, als sie den Griff drückte und die Haustür sich öffnete. »Kreizkruzefix. Anschauen, aber nicht anfassen, oder wie?«

Einen Schritt nach hinten bemaß sie die Abstände zwischen den übereinander gekreuzten Polizeibändern und schob das Messer am Gürtel vor und zurück, rollte die Schultern, reckte sich. Sie sah an sich hinab. »Ph – so wird das nix! Hätt ich mal die Ausbildung zum Schlangenmenschen gemacht.« Den Türspalt hinter den Absperrbändern zog sie wieder zu. *Haustüren sind eh überschätzt.* Über die Treppe zum Kellerabgang spannte sich nur ein Band. Mit Sonjas Ersatzschlüssel aus dem Strauch vertrockneter Geranien schlüpfte sie darunter hindurch und ins Haus.

In der Waschküche müffelte verkrumpelte Wäsche. Gewaschen sah sie aus, vergessen roch sie. *Weil mal eben der Tod ein bisschen dazwischengekommen ist.* Hinter die anderen Türen spitzte Theres nur kurz. Anders beim großen Kellerraum.

Je weiter das Licht ihrer Taschenlampe von Wand zu Wand wanderte, desto tiefer gruben sich Falten in ihre Stirn. Im Vergleich war die Pinnwand oben im Büro ein Notizzettelchen. *Volltreffer! Das* KöniGin-*Mutterschiff.* Theres' Blick folgte über die gesamte Wand einem

Zeitstrahl aus bunten Haftnotizen und Pinnnadeln, dazwischen lange Schnüre bis hin zu den Paletten mit den gestapelten Gin-Kartons.

Einen Schritt näher erkannte sie auf den pinken Zetteln verschiedene Daten: die verschiedenen Phasen im Lebenszyklus von *KöniGin*.

Gelb kennzeichnete Aktivitäten – *Brennen, Einlegen, Abfüllen, Shootings/Allerheili-Gin-Party*. Auf Orange waren Events vermerkt wie Gin-Tastings und Messen in ganz Deutschland. Bei vielen war eine Flugnummer und ein Hotel notiert, darunter einige Visitenkarten.

Zwei angepinnte Flugtickets und Eintrittskarten für ein Event im September weckten erst Theres' Neugier, dann ihre Wut. Das Design war aufwendig und stilvoll, und mit Blick auf den Gastgeber wurde ihr einiges klar: *Zhoch2*. Ein Gin-Festival in Hamburg. Theres schnaubte. *Die Kosten, um einen neuen Kunden zu gewinnen, haben sich für die Agentur gelohnt.*

Theres wandte sich den grünen Zetteln zu: Marketing-Maßnahmen. Die Onlinekampagne mit Social-Media- und Influencer-Marketing sollte laut den Notizen schon gestartet sein. Werbeanzeigen auf Amazon, Google, Facebook und Instagram waren geplant. Unter den Maßnahmen der letzten beiden Wochen klebten jedoch »Verschoben«-Zettelchen samt Vermerk einer späteren Kalenderwoche.

»Die Thallers und Struktur. Hätt ich nicht gedacht. Oldschool, aber geht doch. Für euren Gin wart ihr ganz schön unterwegs.« Sie nickte. »Respekt. Auf gut Glück und Zufall funktioniert Erfolg eben nicht.«

Unter den verschiedenen Datennotizen entdeckte sie Tesareste. *Wie an den Fotos von Marie oben im Büro.* »Ob hier die Bilder ursprünglich hingen, als Teil der Marketingkampagne?« *Marie, also. Hübsches Lächeln, Hauptdarstellerin der diesjährigen Passionsspiele, gutes Image für den Gin ... Marie als Gesicht der Kampagne – nicht schlecht.*

Theres entzifferte auf einem anderen Post-it das heutige Datum und: »Start Kampagne Teil V«. Halb darüber klebte: »Ersatz-Shooting – Nayla?« Auf den Notizen daneben krakelten sich Buchstaben und vor allem Ziffern aneinander, als wären sie in Eile aus dem Stift gefallen. Ein Post-it davon war sehr auffällig mit einem roten Ausrufe- und Fragezeichen markiert, direkt bei dem neuen Startdatum der Onlinekampagne.

»Sind das die Namen der Bilddateien? Aber warum eigentlich ein Ersatz-Shooting? Wenn sie doch schon Fotos hatten.« Theres fotografierte die Notizen ab. »Warum sind die Bilder von Marie wieder abgehängt?« In einer Ecke entdeckte sie noch etwas ganz anderes, das einem Bühnenkostüm von den Passionsspielen ähnelte.

Auf dem Weg nach oben grübelte Theres weiter, im Erdgeschoss lockte die geöffnete Tür des Arbeitszimmers sie einmal mehr. Vom Schreibtisch waren die Rechnungen verschwunden, die Fotos von der Wand ebenso. Die oberste Schublade stand offen. *Toni und Flo waren recht gründlich – oder die Spurensicherung.*

Quietschend öffnete sich nach einem kurzen Ruck die dritte Schublade. *Schade auch. Eine weitere externe Festplatte hat niemand versehentlich vergessen.*

In den Büroschränken sauber aufgereiht die Ordner, die innen ebenso strukturiert waren wie außen. Theres' Anerkennung wuchs mit jedem Registerblatt, das sie umklappte. *In Sachen Gin und Business vorbildlich.* Bei den Unterlagen zum Marketing hielt sie erneut ihre Linse darauf, blätterte weiter. *Seit September der Vertrag mit Zhoch2. Und seit Winter geht KöniGin durch die Decke.*

Über den Flur hüpfte der Lichtkegel voraus zur gegenüberliegenden Treppe. Doch Auffälliges zeigte sich hier draußen nicht in all dem Chaos, Dreck und blutigen Überresten. *Maaahhh.* Theres linste in die Küche. *Licht aus, Kamera an und Spot auf das entscheidende Detail. Das wäre der Zeitpunkt dafür – zumindest im Film.* Sie verzog ihr Gesicht. *Mitsamt dramatischer Musik, völlig unerwarteten Geräuschen und geheimnisvollen Schatten.*

Sie schwenkte ihr Licht durch den Raum, spitzte die Ohren. *Sicherheitshalber.* Irgendwo im Haus knarzte ... *nichts.* Nach dreißig Sekunden atmete sie aus, mit schmerzender Lunge und in den Ohren dröhnendem Puls. Enttäuscht, genervt, frustriert – und irgendwie erleichtert – schlappte sie zum Kühlschrank und riskierte einen Blick. *Putzen hätten die SpuSis ruhig auch können, wenn sie schon alles mitnehmen.* Ihre Unterlippe schob sich wie von selbst vor. *Sogar meine Wurst.*

Ein Knall platzte an der Wand, Licht gleißte auf, biss ihr in die Augen. Sie schrak auf, ihr Puls überschlug sich in ihrem Magen und ihren Ohren. Wie von selbst fuhr ihre Hand an den Gürtel und hielt die Klinge vor ihren Körper und ... »Kreizkruzefix!« ... ließ sie wieder sinken. »Haben's dich zu oft zu heiß gebadet?«

»Das war so klar!« Anton überkreuzte die Arme vor der Brust. »Ganz ehrlich: Wieso kannst du nicht – wenigstens einmal wie jeder andere auch – nix Hirnrissiges machen?«

»Hah!« In der Luft tippte die Messerspitze in seine Richtung. »Der war gut! Ich bin mir sicher, neunzig Prozent der Menschheit sind ausschließlich damit beschäftigt, irgendwas Hirnrissiges zu machen, oder planen gerade Entsprechendes.«

Er winkte ab. »Du weißt, was ich mein. Allein am Tatort ...«

»Ist ja gut. Spar dir die Predigt für deine Kollegen – oder deine Ex.« Theres blickte sich um, an ihm vorbei. »Und mir erklärst bitte, wo der Unterschied liegt zwischen deinem allein am Tatort und meinem allein am Tatort.« Sie stemmte die Hände in die Hüften. »Als Jägerin ...« Sie räusperte sich. »Als Metzgerin bin ich nicht unbedingt wehrlos.«

»Ich ... ach, Sacklzement.« Anton räusperte sich und trat einen Schritt zurück. »Sagen wir einfach: Ich wollt den lauschigen Maiabend an einem besonderen Ort erleben.« Seine Arme angehoben, drehte er den Oberkörper in jede Richtung und präsentierte den Raum.

»In Sachen Romantik kennt deine Kreativität keine Grenzen, was, Anton?« Theres kniff die Augen zusammen, musterte seine Miene. »Was verbindet mehr, als gemeinsam einen Mörder zu jagen ...« Sie hob ihr Messer, steckte es zurück in den Holster am Gürtel. »Kommt auf meiner Dating-Top-Ten ganz weit oben – romantisch rächen. Also ...?« Sie nickte ihm auffordernd zu. »Was machst du hier, abgesehen davon, mich zu stalken?«

»Ja, schon recht. Ich war grad bei dir.« Mit dem Daumen deutete er über die Schulter in Richtung Fenster. »Im Auto hab ich die kopierten Berichte vom Baurieder und von der SpuSi und einen ganzen Berg Fragen, und darauf brauch ich Antworten von dir. Aber ...« Er kratzte sich am Ohr. »Dein Wagen war weg, und ... na ja, wie's halt so ist ...«, zählte er die Finger seiner Hand ab. »Zwei und zwei sind in deinem Fall halt eher acht, und da war ich mir sicher, deine Neugier treibt dich hierher.«

Theres' Blick glitt aus dem Fenster auf die schattenhaften Konturen des Hofs. Der Berg weiter hinten wachte über allem. »Ja, die Jagd nach Adrenalin und Gefahr sicher nicht. Die Zeiten sind vorbei, in denen die Täter zurückkehren an den Tatort. Das hat sich mittlerweile doch rumgesprochen, dass das nur der Polizei in die Karten spielt, oder nicht? Stattdessen ...« Sie stockte kurz, überlegte.

Augenzwinkernd kam Anton ihr zuvor. »Stattdessen schlägt man sich am Tatort mit neugierigen Hobby-Experten herum.«

»Ja, immer muss sich jeder einmischen. Furchtbar!« Sie grinste. »Aber früher war es auch nicht besser als jetzt.«

»Einfacher.«

»Schmarrn. Was hinter uns liegt, kennen wir einfach schon, die Rätsel haben wir gelöst. Rückblickend ist alles einfacher.«

Er winkte ab. »Hach! Die guten alten Zeiten ...« Ihm entkam ein Lachen. »Wie würden meine Ausbilder sagen: Früher hat man Fingerabdrücke genommen bei einem Mord, Zeugen und Verdächtige verhört und gut war's. Jetzt sucht man sich durch Smartphones und Festplatten und digitale Dateien und virtuelle Profile. Das macht die Nadel im Heuhaufen zur reinsten Kaffeefahrt.«

Sie runzelte die Stirn. »Da wäre dir doch längst das Gehirn eingeschlafen!«

»Japp!« Er kratzte sich an der Stirn. »Aber bei diesem ganzen Marketing- und Eventgedöns blockiert mein

Kopf. Ich seh nur einen Haufen Fotos, Partys, die eskalieren, Geschäftspartner, deren Erwartungen nicht erfüllt sind, und eine Menge geplatzte Termine. Und aus den tausend Nachrichten auf den hundert Kanälen wird nicht klar, was mit wem warum passieren soll. Fehlt nur noch, dass am Ende Brieftauben der Schlüssel sind in dem ganzen Chaos.«

»Ist das der einzige Kanal, der noch nicht genutzt ist?« Kopfschüttelnd streckte sie sich und ließ ihren Blick noch einmal durch den Raum gleiten, verzog keine Miene. »Du hast's ja wirklich nicht leicht.«

»Hast noch was gefunden?«

»Mh. Gefunden hab ich viel Überraschendes zu den Plänen von Sonja und Franz. Was Brauchbares für den Mord ...?« Sie zuckte die Schultern. »Die Thallers waren in jedem Fall sehr organisiert, was ihre Brennerei und ihre Gin-Produktion betrifft. Wie groß die Kampagne und die Werbung dafür geplant waren und wie viel die in den Aufbau eines Netzwerks gesteckt haben, hab ich nicht mal geahnt.«

»Kampagne nennt man das jetzt?« Er brummte. »Saufen und Feiern – das ist ja weder für die Thallers noch diese Schauspieler eine große Kunst. Deine Zeit im Eventmanagement in allen Ehren – aber als geschäftsfördernde Praxis kannst du mir eine sinnlose Sauferei nicht verkaufen.« Er hob die Hände, setzte Gänsefüßchen in die Luft. »Party!«

»O mei!« Zwei Schritte brachten sie zur Anrichte mit den Verschlüssen für die Gin-Flaschen und den kleinen Drahtkrönchen, sie holte eine heraus. »Du verstehst nicht, Anton. Die Thallers hatten da wirklich was Großes vor.«

»Mit Saufen und Feiern?« Antons Stirn zeichneten Falten, er nickte ihr zu. »Du wirkst so überrascht. Ihr habt euch doch jede Woche gesehen. Redet man da denn nicht miteinander, oder war dein Wortkontingent schon erschöpft?«

Theres überkreuzte die Arme vor der Brust. »Geschäftliche Themen haben wir gemieden, seit sie mich nach der Party im November ... ersetzt haben.« Ein paar Falten gruben sich tiefer in die Stirn. »Eigentlich haben sie mich ja schon vorher ersetzt«, knurrte sie.

»Wie jetzt?«, hakte Anton nach. Er fuhr sich übers Gesicht.

»Also«, setzte sie an. »Letztes Frühjahr, als ich mit der Metzgerei und Tages-Bar angefangen hab ...« Theres zögerte, zuckte mit den Schultern. »Ich wusste nicht, ob das funktioniert. Also hab ich überlegt, mit *Zhoch2* zu arbeiten, freiberuflich.«

»Und was hat das mit den Thallers zu tun?«, fuhr er dazwischen.

Sie schoss einen Blick gegen ihn, und er presste die Lippen aufeinander. »Die Preise, die *Zhoch2* von ihren Kunden verlangen, sind ... exklusiv. Was sie bezahlen, dagegen weniger als ein Hungerlohn. Ich hab abgelehnt.«

»Mit mehr als vier Worten?«

Theres schnaubte. »Damals hatte ich immer wieder kleine Aufträge von den Thallers, plötzlich stellten sie das ein. Aber dann kamen sie wieder mit dem November-Event – Allerheili-Gin. Ich sollte mich ums Catering kümmern, und vielleicht wüsste ich eine Fotografin. Sie wollten Bilder vom Event, für Werbezwecke, den Fotos im Büro nach zu urteilen hauptsächlich mit Marie. Danach wollten wir weitersehen, vielleicht wieder weitere Aufträge.«

»Dazu kam es dann nicht mehr?«

»Richtig.« Theres nickte. »Unten im Keller hab ich vorhin eine riesige Zeitleiste entdeckt. Wenn ich das richtig interpretiere, war ich bei den Thallers lange vor Allerheili-Gin draußen. *Zhoch2* hat Sonja und Franz schon im September auf ein exklusives Gin-Festival in Hamburg eingeladen. Das hat die beiden wohl ziemlich beeindruckt.« Sie schob ihr Kinn nach vorn. »Ab dem Zeitpunkt waren sie immer wieder auf Messen, haben Lieferanten, Gastronomen und sonstige Dienstleister getroffen. Eine gute Basis. Wenn eine Kampagne startet, kann man direkt den ein oder anderen einspannen, Inhalte teilen. Damit erreicht man eine riesige Zielgruppe.«

»Also: Gin-Festival im September, Allerheili-Gin-Party im November, viele Reisen dazwischen und eine große Gin-Kampagne in Planung. Aber hat das jetzt was mit dem Mord zu tun?« Anton fuhr sich mit der Hand übers Gesicht. »Sie haben viele Kontakte gesammelt und viele potenzielle Mörder kennengelernt, die an einem Montagabend durch die Nacht schleichen und den Zimmermannshammer auspacken?«

»Sie hatten keine Bilder, die sie für die Onlinekampagne nutzen durften!«, fiel ihr auf, dann kam ihr Naylas Bemerkung vom Nachmittag wieder in den Sinn. »Nayla war heute in der Metzgerei. Die Thallers hatten kurzfristig ein neues Shooting gebucht, für heute. Das sollte für die Kampagne sein. Irgendwas ist zwischen November und Montag passiert, mit den Bildern von Marie.«

»Sagt dir … was? Dein Gefühl?« Er legte den Kopf in den Nacken. »Bilder haben noch niemanden umgebracht. Vielleicht haben ihnen die Bilder einfach nicht mehr gefallen? Oder der Marie selbst – aus Eitelkeit?«

»Du hast aber schon mitgekriegt, dass es so was gibt wie Instagram, Facebook, YouTube? Klingelt's da bei dir?« Theres musterte ihn. »Hier geht es nicht um Eitelkeit. Hier geht es um Verträge und um Bildrechte. Das kann richtig teuer werden.«

»Neumodischer Schmarrn«, tat er ihren Einwurf ab. »Nichts als Zeitfresser.«

Sie brummte. »Internet ist auch nur eine kurzfristige Modeerscheinung. Schon klar.«

»Herrschaft, Theres, jetzt hör halt auf. Wir sind in Oberammergau. Du glaubst doch nicht, hier setzt auch nur einer sich gezielt damit auseinander.« Er winkte ab. »Abgesehen von dir vielleicht, weil du zu lang in Wien warst, in der Großstadt.« Gegen den Türstock gelehnt, starrte er sie an. »Und dass das auch nur in die Nähe eines Motivs für einen Doppelmord führen könnt … Nein, Theres, wirklich nicht.«

Sein Parfum füllte den Raum – keines, das man im Laden um die Ecke fand. Holzig, nach Wald, nach einem Herbstabend am Feuer roch es und irgendwie nach Meer, und es raubte ihr die Luft. Die Erinnerung an ihre Zeit in Wien schob sich zwischen ihn und sie. Tief in ihr klappte eine Tür zu. »Ach weißt was, Anton: Hab mich doch gern.« Die Hände steckte sie demonstrativ in ihre Jackentaschen. »Du kennst dich ja am besten aus, hier, in deinem Oberammergau mit deinen immer selben Nachbarn. Was soll dir eine wie ich schon erzählen, eine, die fortgegangen ist. Also mach ich, was ich am besten kann: Ich geh.«

Keinen Fingerbreit machte er ihr Platz. Sie knurrte, und sie wusste, er hörte es, und sie drängte sich so nah an den anderen Türstock und so weit von ihm weg wie möglich. Die Worte, die auf ihrer Zunge brannten, schluckte sie.

Hinter ihr klappte die Autotür zu, zur Begrüßung vibrierte Wolfins Bellen durch die Kabine.

»Ja, ist ja schon gut«, antwortete Theres und startete den Motor. »Ich war nicht im Stall, und wo der Laptop von den Thallers und die externe Festplatte ist, weiß ich auch nicht«, gnazte sie. »Schon klar: das war die beste Gelegenheit, es herauszufinden. Aber ...« Sie fluchte. »Soll er doch selber rumstochern, wenn ihm nicht gut genug ist, was ich denk.« Sie knabberte an ihrer Unterlippe, dann drehte sie sich zu Wolfin. »2020. Ganz ehrlich: Sogar die Huberin ist auf Facebook. Der hat doch den Gong nicht gehört, oder?« Wolfin senkte den Kopf und sah zu ihr auf. »Neue Zeiten. Siehst du auch so, gell?« Das Hecheln war ihr genug Zustimmung. »Und außerdem geht es doch gar nicht drum, ob das ein Motiv ist. Kreizkruzefix. Ich dachte, wer bei der Polizei ist, muss logisch denken können.« Wolfin wuffte. »Gut. Es ist nicht gesagt, dass man dann auch so denkt, nur weil man logisch denken kann. Ach, verdammt!«

14. Toni/Musik und Pillen

Polizeistation

»Ts!« Flo klopfte sich die Akte gegen die Stirn und schlurfte an ihren Schreibtisch. »Können wir nicht sagen: Die Huberin war's? Da hätten die meisten was davon!« Sie knallte sich auf ihren Stuhl und streamte Lounge-Musik von ihrem Handy auf die Box. »Passt die Musik?«

»Meinetwegen: zweimal Ja – aber eins davon gibt Ärger mit dem Chef.«

»Spielverderber! Lounge-Musik mag doch jeder.«

»Mei, Flo. Kindskopf!« Toni schlenderte durch die Glastür von Sollingers Büro zurück zu seinem Schreibtisch.

»Bist wieder nüchtern?«

Sein Bürostuhl ächzte, als er sich zurücklehnte. »War nie anders – und erst recht dank dem Obduktionsbericht der lieben Kollegen.« Aus dem Rollcontainer fischte er seinen Schreibblock und teilte das Blatt in Spalten, klappte dann den Bericht der Spurensicherung auf. »Ach Shit. Die Wurst ist weg, hat die SpuSi beschlagnahmt.« Er starrte auf das Blatt, runzelte die Stirn. An Flos Platz raschelte Papier auf dem Schreibtisch, zwischen den Musikklängen schlingerte ihre Stimme zu ihm. Er hob den Blick, starrte durch sie hindurch.

»Die Wurst?«, hakte sie nach, drehte sich in ihrem Stuhl am Schreibtisch. »Schade drum.«

»Aber es gibt keinen Rückschluss auf einen Zusammenhang mit dem Giftköder. Das sind ja schon mal gute News.«

Mit dem Stiftende tippte Flo sich an die Nase. »Ich kann's mir eh nicht vorstellen, dass die Theres mit dem Mord ...« Flo verstummte. Auf ihrer Stirn bildeten sich schneller Furchen, als sie diese glätten konnte. Sie räusperte sich und beugte sich wieder über Tonis Bericht.

Sein Blick glitt zu Sollingers Büro. Der war jetzt unterwegs zu Theres, und er war hier. Toni presste seine Kiefer aufeinander, seine Hand wurde zur Faust. Sein Bauch brodelte vor Unruhe.

Beim Durchblättern des SpuSi-Berichts fand er noch weitere Fotos aufgenommen, ähnlich denen auf Sonjas Smartphone. Er legte es neben die Akte auf den Tisch und schloss das Handy erneut an seinen PC an. Dann notierte er sich im ersten Durchlauf, was ihm besonders auffiel.

»Durch!«

Toni schreckte auf von Flos Stimme, rieb sich die Augen. Das Bild vor seiner Nase wurde dadurch nicht klarer. Kopfschüttelnd stieß er sich zurück und stand auf.

»Ich bin durch!«, wiederholte sie. »Sag mal: Was hat der Chef eigentlich immer mit deinen Berichten? Ich find die gut.«

»Der Chef halt.« Er zuckte mit den Schultern.

Sie zielte mit ihrem Zeigefinger auf ihn. »Und, was hast ausgegraben?«, hievte sich hoch, drehte die Rückenlehne ihres Stuhls in seine Richtung und lehnte sich mit dem Knie auf dem Sitz darüber, stützte die Ellbogen auf.

Toni setzte sich auf die Schreibtischkante. »Also: Das Fleisch mit den Pillen stammt nicht von Theres' Montagslieferung, das war schon ein paar Tage älter und auch mindestens zwölf Stunden lang nicht mehr in der Kühlung gewesen. Außerdem war das Päckchen im Kühlschrank von Theres noch verschweißt.«

Flos Finger kreiselte an der Schläfe. »Was war das für ein Gift? Was sagt die SpuSi? Das macht doch keiner, der halbwegs richtig im Kopf ist.«

»Kein Gift, Betäubungsmittel.« Mit Daumen und Zeigefinger rieb er sein Kinn. »Wer zur Tatzeit am Hof war, wollte Bubi vermutlich erst mal nicht töten. Ausschalten vielleicht. Aber ...«

Flo runzelte die Stirn. »Sicher? Er hat den zweiten Köder ja nicht gefressen, und wenn der erste ihn schon lahmgelegt hat ...«

»Ja, aber der Bubi ist groß, der verträgt schon was.«

»Ein Trumm Viech ...«, nickte sie, »... war er.«

Vor Tonis Augen wurde die Sicht unscharf. »Wie er da im Flur lag ...«, murmelte er. »... mit der Axt, das war krass. Und der Hammer beim Franz ...«

Flo presste die Hand auf den Mund.

Er fuhr fort. »Franzls offener Bruch passierte jedenfalls zuerst.« Auf das Deckblatt des Berichts zeichnete Tonis Finger Muster. »Dann kam der Hammer, dann der Boandlkramer.«

»Danke auch!« Sie presste die Hand vor die Augen. »Das Bild hätt ich wirklich nicht noch mal gebraucht. Jedenfalls: Von allein hat er sich mit dem Zimmermannshammer nicht so zugerichtet, schon klar.« Flo krauste die Nase. »Vielleicht wollte er noch flüchten?«

»Franz, der Schrank?« In seinem Stuhl nach hinten gelehnt, fixierte er sie. »Finde den Fehler!«

»Mh, o.k.« Entschuldigend hob sie ihre Hände. »Du hast ja recht!«

»Verglichen mit ihm ist der Vesuv beweglich.«

Tadelnd wackelte sie den Zeigefinger in der Luft. »Toni! Man sagt nix Böses über die Toten.«

Er zuckte die Schultern. »Was denn? Er war groß und nicht ganz so schlank und hat sich halt nicht gern bewegt«, fasste er zusammen. »Du diskutierst ja jetzt auch nicht mit dem Vesuv, ob du eine Autobahn über ihn drüber bauen kannst. Da denkst du nicht mal drüber nach.«

Flo sog an ihrer Unterlippe. »Außer, er ist ausgeschaltet.«

Toni setzte sich auf, seine Augen wurden schmal. »Oder gefallen.«

»Zu Fall gebracht«, murmelte sie. »Und dann zum Schweigen.«

Kurz schloss Toni die Lider. »Wenn mir die Knochen so durchs Fleisch gestanden hätten – ich hätte nix anderes mehr gemacht, als geschrien.«

Laut tickte der Sekundenzeiger, beinahe tonlos fielen Flos Worte in den Raum. »Und dann die Schläge mit dem Hammer.«

»Acht Schläge. Das sagt die SpuSi. Und Hämatome an den Armen. Er muss auf jeden Fall ein paar Schläge abgewehrt haben.«

Seine Kollegin wischte sich über den Mund. »Der Winkel oder die Fußabdrücke, lassen die auf Mann oder Frau schließen?«

»Nichts dazu! Franz lag bereits. Und am Boden überlagern sich zu viele Abdrücke.« Toni seufzte. »Sonjas Todeszeitpunkt liegt circa dreißig Minuten vor dem von

Franz. Erwürgt, von jemandem, der gute zehn Zentimeter größer war als sie.«

»Also knapp eins fünfundsiebzig, eins achtzig«, rechnete Flo. »Puh! Das schließt noch genug Täterinnen ein.«

»Sonja hat sich auch gewehrt. Das Gewebe von unter ihren Fingernägeln ist noch im Labor. Im ersten Moment sieht es nach Fasern und einer pulverigen Substanz aus, Details folgen. Und im Gesicht hat sie Anzeichen für ein Hämatom, als wäre sie geschlagen worden.«

»Seltsam.«

»Danach war der Hund dran. Einen Teil des Betäubungsmittels hatte sein Körper abgebaut, aber noch nicht alles.« Toni schluckte. »Bubis Pech war Franzls Hang zur Nostalgie. Ein Hufeisen bringt ja vielleicht Glück, aber eine Axt im Flur ...«

»Also erst Sonja, dann der Hund, dann Franz. Und dann hat er Sonja aufgehängt, oder wie?«

Wieder nickte Toni.

»Und das Feuerchen? Schlecht geplant, Zufall oder Kurzschluss?« Quietschend gab Flos Stuhl nach, sie stand auf. »Er oder sie musste damit gerechnet haben, dass nicht endlos Zeit bleibt. Theres' Land Rover stand schließlich noch da.« Vom Gelenk zum Ellbogen fuhren ihre Hände über die Unterarme auf und ab. »Schade, dass sie nicht früher zurückkam.«

»Zum Glück!« Mit einem Ticken zu viel Schwung glitt der Bericht der Spurensicherung über den Tisch, krachte in den neuen Blumentopf mit dem frischen Ableger. Der Schriftsatz blieb an der Kante liegen, der Tontopf fiel. Toni beugte sich darüber. »Shit«, fluchte er.

»Das hätt ich schon gern gesehen«, hörte er Flo.

Sein Blick schwenkte hoch, er räusperte sich, fegte Erdkrümel vom Tisch.

»Ich bin sicher: Der Theres wär nix passiert!«

»Na ja, Rettung in letzter Sekunde klappt nur bei Ironman oder Wonderwoman. Und ob das mit dem Bösewicht so läuft wie im Kino – ich weiß ja nicht. Aktuell ist genug Hollywood in Oberammergau, und wir sind ja auch noch da.«

»Ach geh!«, lachte sie. »Du Schisser. Die Theres ist vernünftig genug, nicht den Todesengel zu spielen. Andererseits …« Die Stirn in Falten gelegt, tippte sie sich an die Wange. »… ist es halt die Theres. Und mit Messern kann sie …«

Toni musterte seine Kollegin. »Auf jeden Fall hat der- oder diejenige noch auf die Schnelle den Laptop gepackt und Spuren beseitigt, soweit das ihm oder ihr möglich war.«

»Chapeau«, konterte sie. »Und wir sitzen hier und brüten.«

»Na ja …« Mühsam hievte er sich hoch, wanderte durch den Raum. »Wir wissen immerhin: Der Mörder oder die Mörderin ist nicht dumm, kannte höchstwahrscheinlich die Thallers, und aus irgendeinem Grund ist die Unterhaltung so emotional geworden oder aus dem Ruder gelaufen, dass es eskaliert ist.«

»Oder eiskalte Berechnung«, widersprach sie. »Sonja erwürgt, dann achtmal mit dem Hammer auf den Kopf und dann ein fingierter Selbstmord. Das klingt nicht nach einem Menschen mit Emotionen, das klingt nach einer Maschine.«

»Oder jemand, der besonders gründlich sein wollte.« Toni gähnte. »Wir haben ja nicht mal Fingerabdrücke.«

Flo trommelte sich mit den Fingerspitzen auf die Lippen. »Jedenfalls: Er – oder sie – oder es – hat die oberflächlichen Spuren gut verwischt. Neben den Fotos von der Festplatte hat das Ermittlungsteam im Präsidium in Rosenheim übrigens noch was ausgehoben: die Verträge mit der Marketingagentur.«

»Mh ...« Er richtete sich auf und runzelte die Stirn. »Es gab einen recht interessanten E-Mail-Verkehr mit Marie Ende letzten Jahres«, fiel ihm ein. »Zwischen ihr und den Thallers ging es ziemlich heiß her. Sie war für die Onlinekampagne vorgesehen. Dann wollte sie aber die Zusammenarbeit kündigen. Und Sonja und Franz waren maximal ... unerfreut darüber.«

»Verträge haben wir dazu aber keine gefunden – also zwischen den Thallers und Marie.« Flo schnalzte den Finger gegen ihren Bildschirm. »Das wäre definitiv in einem der Berichte aufgetaucht. Den Kollegen in Rosenheim entgeht so was nie.«

»Stattdessen gibt es eine Million Bilder mit Marie, die scheinbar nutzlos sind. Wir drehen uns im Kreis.« Toni schnaubte. »Ganz schlüssig finde ich das mit den E-Mails nicht. Immer wieder ist auf irgendwelche Telefonate verwiesen und darauf, dass Marie sich um Ersatz kümmert. Ist so was nicht der Job der Marketingagentur?«

Flo tippte sich ans Kinn. »Fragen wir die doch einfach. Vielleicht wissen die mehr darüber, was gelaufen ist. Morgen wollt ich eh dort anrufen. In Sonjas Anrufliste sind in den letzten Tagen zwei Telefonate mit der Agentur gespeichert. Ein längeres am Freitag, fast zwei Stunden haben die da telefoniert, und eins von gestern. Das war relativ kurz.«

Toni schnippte. »Sehr gut. Hat die Anrufliste noch andere interessante Kontakte ergeben?«

»Nichts wirklich Ungewöhnliches. Telefonate mit Marie, mit verschiedenen Lieferanten und Gaststätten, mit Bars und mit der Theres.« Sie strubbelte sich durchs Haar, zog eine Strähne über ihre Nase und Lippen und schielte sie an.

»Und die Anrufliste von Franz?«

»Franzls persönliche Dose mit Schnur, meinst du? Zwei Kontaktpersonen: Sonja und seine Mutter. Seine Nachrichten sind so vielsilbig wie tiefsinnig: *Wird später!* und *Wann Essen?*«

»Gut«, sagte Toni. »Für heut machen wir den Laden dicht.«

»Japp, zumindest ich!« Flo deutete auf das Desaster neben seinem Schreibtisch. »Du hast da noch ein kleines Puzzle aus Erd- und Pflanzenteilen als Abendbeschäftigung vor dir!«

»Hah!« In seiner Miene stand das außerordentliche Gegenteil von Freude. »Solltest du auch mal ausprobieren! Hier ist deine Chance!«

»Ich muss heim – dringend! Haare flechten oder Blumenkränze binden. Du weißt ja, wie das bei Frauen auf dem Land so ist. Die Spannung bei so einem Puzzle ist viel zu viel für meine schwachen Nerven!« Auf dem Weg zur Tür warf sie ihm noch ein Winken über die Schulter zu.

15. Andere Augen

Ich kippe mein Handy vertikal, rutsche auf dem Barhocker nach vorn. Der Bildschirm wird hell. In der Mitte steht die Nachricht. Immer noch.

Sie sei hier, schreibt sie. Sie wüsste, es wäre kompliziert, schreibt sie. Reden wäre wichtig. Früher habe es nicht geklappt, schreibt sie. Leider. Seit gestern sei sie da und müsse mit mir reden. Dringend.

Jeder will dringend irgendwas.

Über die Schulter sehe ich mich um, starre hinaus zum Fenster, mein Blick wühlt sich durch die Bar. Hier ist sie nicht.

Ich antworte auf eine Frage, und der andere lächelt, hebt das Glas zum Prost. Ich ebenso. Aber Schorle ist kein Wein. Bunte Farben füllen die Gläser der anderen aus der Truppe, Saftschorlen, höchstens alkoholfreies Bier.

Die Nacht gestern war lang, die Tage zur Premiere kurz. Die Nachricht vom Mord drückt die Stimmung. Jeder hat die Thallers gekannt, jeder war auf ihren Partys oder einfach mal am Hof auf ein Glas Gin.

Ich auch. Sie auch. Alle.

Jetzt waren die Partys vorbei. Das Gerede nicht.

Was will sie jetzt denn hier? Sie hat ja Nerven, nach all dem … Ich habe sie nicht eingeladen. Nicht diesmal. Ich will sie nicht hier.

Ich reibe mir die Schläfen, öffne den Mund für irgendeine Phrase auf irgendeine Floskel. Small Talk. Auf ihre Nachricht antworte ich nicht. Vielleicht wird sie später hier sein. Bei der nächsten eingehenden Nachricht schalte ich das Display aus, dann das Gerät.

Ich notiere ein paar Worte, mustere die anderen.

Mienen, Masken. Was heucheln sie? Trauer oder die Ahnung, wie zerbrechlich Leben, wie plötzlich Tod sein kann? Gleichgültigkeit? Angst?

Der Regisseur steht neben mir, erzählt. Einer der Darsteller sieht herüber, die Augenbraue wölbt sich, dann dreht der Passions-Jesus den Kopf wieder ab, tuschelt mit einem der anderen.

Ich neige mich in die Richtung, horche, verstehen kann ich nichts von ihrem Raunen. *Waschweiber.* Ich bin hier und doch wie durch einen Vorhang abgetrennt. Mein Lächeln gönne ich ihnen, dazu ein Prost, und nicke, als würde mich ihres interessieren.

Wissen sie was vom Thaller-Hof? Ich verenge die Augen, an meinen Händen treten die Knöchel hervor. Ich klappe mein Buch zu. Als ich mich verabschiede, mich auf den Heimweg mache, grüße ich zum Abschied.

Respekt oder
Gleichgültigkeit?
Man weiß es nicht.
Wenn ihr wüsstet.
Würdet ihr
besser aufpassen?

16. Theres / Gerede

»Sag mal, geht's noch!« Aus der Dunkelheit donnerte
zuerst die Stimme, dann ein Umriss.

Theres brauchte weder die Straßenlampe neben der
Metzgerei noch das Mondlicht, um zu wissen, wer sich
näherte. Sie sank innerlich zusammen, äußerlich – als
hätte sie nichts gehört – spannte sie ihre Schultern, ihren
ganzen Körper, wie eine Katze vor dem Sprung, und
umrundete den Rover.

Dann stand ihr Vater neben ihr und atmete durch
eine Wolke aus Wein und Frühlingsnacht. Wolfin sprang
aus dem Kofferraum und lauerte dem Takt, den sein Fuß
auf den Asphalt tappte. »Mitten in der Nacht kommt die
Polizei und ist gleich darauf wieder weg. Und eine halbe
Stunde später kommst du zum Hof hereingeritten.«

»Es ist nicht mal halb elf. Und warum bist du eigentlich noch wach? «

Bis zu ihrer Haustür stampfte ihr Vater neben ihr her.
»Am Montag war's auch tief in der Nacht. Und dann
kommt raus, das war der Tag, an dem die Thallers umgebracht worden sind. Da war die Polizei auch noch spät da!«

»Den Sollinger Anton meinst.«

»Hat er dich …« Er räusperte sich und richtete seinen
Blick aus, gestikulierte unbestimmt. »Weißt schon …
Wer weiß, was du mir noch alles nicht erzählst.«

»Babba?« Die Augen schmal drehte sie sich zu ihm,
seine Miene prüfend. »Das geht dich ja weniger als gar
nix an.«

Nur die eine Falte hielt seine Augenbrauen auseinander. Er baute sich vor ihr auf, die Hände in die Hüften gestemmt. »Das glaubst ja auch bloß du! Wenn die Tochter der Mörder ist, dann geht mich das sehr wohl was an! Was meinst'n, was die Leut dann reden? Nach dem Umbau, großer Kredit, dann plötzlich gibt es Reibereien mit den Thallers ... Die Leute reden schon genug!« Sein Blick ging zum Himmel. »Wieder mal. Und immer ...« Sein Finger wedelte vor ihrer Hüfte in der Luft. »Immer hast das Schlachtmesser dabei. Ob du nicht spinnst? Der Kredit für den Umbau zahlt sich nicht von selbst. Wer kauft denn noch bei uns, wenn jeder Angst hat vor dir.«

Theres' Mund klappte auf, dann wieder zu. Wolfin sprang die Treppen hinauf, vor der Haustür legte sie den Kopf über ihren Vorderlauf, wachte. »Oh, und ich dachte schon, meine Jungfräulichkeit macht dir Sorgen.«

»Also ...?«, sagte er nach einer Weile und begann das Geländer mit seinem Taktschlag zu traktieren.

»Mörderin, heißt das, wenn schon«, biss sie zurück, presste die Lippen aufeinander. Das Blut in ihrer Schläfe pochte, als perforierte es jeden Moment die Haut. *Wenn Blutspritzer töten könnten ...*

Seine Hand krallte sich um den Holm. »Herrschaftszeiten, Theres, kannst nicht wenigstens ein bissl so tun, als wär's dir nicht gleich, ob sich die Leut über dich das Maul zerreißen?«

Ob? Sie schluckte. »Wie sie sich den Mund zerreißen, meinst wohl!«

Er drehte den Kopf in Richtung Straße. Seinem Blick folgte ihrer – zu sehen war keiner, kein Fußgänger, kein Lauscher. »Mal ist's der geschleckte Münchner, die letzten Nächte der Sollinger. Und immer ist's spät, wenn die wieder fahren.« Die Stimme gesenkt rollte er die Finger seiner Beil-Hand. »Muss das sein – ausgerechnet mit der Polizei? Kannst dich dann nicht wenigstens entscheiden? Und jetzt auch noch …« Stumm deutete er in Richtung ihres Hauseingangs. »Das … also, ich mein: die da.«

»Mei, Babba, ich kann doch das Mädel nicht auf der Straße übernachten lassen.«

»Als wär's nur eine x-beliebige Wohnung, für die sich keiner interessiert.« Er schüttelte den Kopf. »Du bist hier aufgewachsen, du weißt doch genau, wie's ist. Erst bist einfach auf und davon …«

»Ich hab in Wien studiert. Ich bin doch nicht davongelaufen.«

»… wie deine Mutter«, knurrte er.

»So ein Schmarrn!«, schnappte sie zurück. Die verbale Haarspalterei verkniff sie sich, sie wusste, worauf ihr Vater anspielte. Ihre Mutter hatte nicht in Wien studiert, gegangen ist sie trotzdem. Theres schluckte.

»Jedenfalls: Du bist die Metzgerin im Dorf und hast alles hier auf den Kopf gestellt, insbesondere das Sortiment und alles weggenommen, was die Leute hier vorher gekauft haben. Aber richtig laufen tut's nicht mit dem ganzen neumodischen Zeug. Das sehen die doch. Und diese Werbeideen fürs Internet. Wen sollen die denn erreichen? Die Wurst ist nicht digital. Als E-Mail verschicken kannst sie jedenfalls nicht. Und in diesem Google liest auch keiner nach, was heut im Angebot ist. Kein Wunder, dass das nicht läuft. Hier, im echten Leben, vor Ort ist unser Geschäft. Und hier sehen die Leut in der Auslage, was es frisch gibt.« Seine Geste umfasste den Laden und das Schlachthaus.

Theres lehnte sich zurück. »Google? Babba, ich wusst gar nicht, dass du das überhaupt kennst.« Ihre Hand fuhr über das Messer an ihrer Hüfte. »Die Leut, die du meinst, die sterben irgendwann aus. Und die jungen Oberammergauer kriegst du nicht mehr als Kundschaft, wenn du einfach nur alles so machst wie bisher. Da muss ich nur an die Bilanz denken zur Übergabe der Metzgerei.« Um seine Augen bemerkte sie ein leichtes Zucken, er presste die Lippen aufeinander.

Daumen und Zeigefinger drückte sie gegen die Nasenwurzel, drosselte ihre Stimme. »Wann hast du das letzte Mal tagsüber die jungen Oberammergauer, die Familienmütter und -väter durchs Dorf schlendern sehen? Unter der Woche? Die Jungen müssen zur Arbeit nach Murnau oder Garmisch, nach München manche sogar. Da schlendert keiner zufällig an unserer Metzgerei vorbei und studiert die Auslage.« Sie versuchte, gleichmäßig zu atmen. »Wenn ich will, dass die von unserem Angebot erfahren und nicht einfach schnell bei Aldi stoppen oder bei Edeka Lebensmittel lieben, muss ich die Auslage zu ihnen bringen – aufs Handy. Kundenorientiertes Marketing. Es dauert halt, bis das anläuft.« Mit einem Mal spürte sie die Müdigkeit in ihren Knochen wie Blei. »Bis zu sieben Mal muss ein Kunde etwas sehen, bevor er handelt. Sieben Mal!« Sie hob die Hände. »Was meinst, wie ich da drinhäng zurzeit?«

»Weil ja alles neu sein muss …«, knurrte er.

»Weil wir uns verändern müssen. Und wenn selbst der letzte Bauer merkt, dass er fressen kann, was er nicht kennt, dann will ich da sein. Bei mir kann er die Sachen finden und lieben und liken und kaufen. Bei uns.

Nur ist mein preislicher Rahmen nicht ganz derselbe wie bei Aldi, und dann dauert das halt noch ein bisschen länger.«

Kurz plusterten sich seine Backen, und er trat einen Schritt zur Seite. »Aber so lang das Geschäft nicht läuft, kannst du nicht einfach auch in deinem Haus noch machen, was du willst ...«

»Weil?«

»Weil das so ist!« An seinem Hals pochte die Ader. »Und mit dem Mord an den Thallers – was glaubst denn du? Die Leut wissen, was für eine Kraft du hast und dass Blut dich nicht schreckt. Die Beute kriecht nicht von selbst in deinen Karren. Und so eine Wildsau ...«

»Freilich, die Wolfin verwandelt sich und hilft mir tragen.« Sie krampfte die Hand zur Faust, dann entdeckte sie das Zucken auf seinem Gesicht. Ein kurzes Grinsen. »Sag, Babba: Du bist doch seit heut Mittag durch mit deinem Tageskontingent an Worten. Was ist denn heut los ...?«

»Ich sag ja bloß ...« Er überkreuzte die Arme vor der Brust, die Falten auf der Stirn und um die Augen glätteten sich. Der Trotz in seinen Augen war verschwunden.

Sie schnaubte aus. »Die Leut reden, sagst du. Bei jedem Beilhieb erinnerst du mich dran. Wann glaubst, hören die auf zu reden? Nie!«

Er senkte den Kopf. »Du weißt doch, was mit der Mama war. Was meinst du, hat sie dazu gebracht?«

Theres trat auf ihn zu, packte seine Hand. »Die Mama? Babba, statt in den Beichtstuhl hockst dich vielleicht mal zu ...«

»Nicht jetzt«, wehrte er sie ab.

»Und dass du glaubst, ich hätt was mit dem Mord ...«

Er entzog ihr die Hand, stolperte ein wenig rückwärts. »Ich hab dir beigebracht, wie man die Viecher weiterbringt, selbst ohne Kraft.«

»Vertraust du deiner Erziehung so wenig? Glaubst, dein Kind bringt jemand um?«

Seine Augenlider sanken, auch die Mundwinkel, sie meinte beinah, jeder Muskel ergab sich der späten Stunde. »Du hast mir mit Wien genug bewiesen, was meine Erziehung wert ist: zack, warst du weg.« Scheppernd gingen seine Atemzüge, und sie hörte, wie er nach Luft schnappte. »Und selbst da: Der Boandlkramer war nie weit weg von dir.«

»O mei, Babba ...«

»Glaubst, ich weiß nix davon, dass du mit den Thallers gestritten hast? Und dass du angefressen warst, weil das nix mehr geworden ist mit der Zusammenarbeit.« Er räusperte sich.

Theres spürte, wie er sie musterte, wie er hindurchsah durch ihren Versuch, sich nichts anmerken zu lassen. »Ich hab doch nicht gestritten mit den Thallers! Ich hab mit denen weiter gearbeitet, nur halt anders. Du weißt doch, wie das ist. So was kannst doch nicht ...« Sie senkte ihren Blick, hörte ihn die Luft einziehen.

Er knurrte. »Ach, ich hab's doch mitgehört. Große Töne, dass sie das lokale Gewerbe fördern wollten und von wegen, ›Jeder fängt ja mal klein an‹. Nichts als heiße Luft, von der du nicht abbeißen kannst.«

»Ich ...«, setzte Theres an. »Ich mache nach wie vor das Catering bei den Events.«

»Ja, ja«, sagte er. »Jetzt auch nicht mehr. Kannst drehen, wie du willst: Geschadet hätten die Einnahmen nicht. Zeit kaufen, die's braucht«, murmelte er.

Die Wahrheit aus seinem Mund traf ihren Stolz. Gegen gleißendes Scheinwerferlicht hob sie die Hand vor die Augen, ihr Vater drehte das Gesicht ab. Im Hof neben ihrem Rover parkte Sollinger.

»Da schau her.« Erst sah ihr Vater zu ihm, dann zu ihr, verzog das Gesicht. »Na dann ...« Die Hand hob er zu so etwas wie einem Gruß, warf ihn weg und stapfte davon. »Viel Spaß!«

Du alter, sturer ... Sie presste die Lippen aufeinander, sah ihm hinterher. *Ach, was weiß denn ich.*

»Hast den Heimweg nicht gefunden?« Theres sah an Anton vorbei zum Schlachthaus.

»Das kann schon passieren bei all den Eindrücken vom Tatort. Aber vermutlich kannst du das nur halb so gut nachvollziehen.«

»Ach …« Sie legte den Kopf in den Nacken und hielt ihren Blick am Kofel fest. »Weißt was? Wie sagt man in Wien: Geh scheiß'n!« Sie erklomm die Stufen zur Haustür. »Schaffst du's allein nach Haus mit deinem Navi? Sonst schick ich dir Wolfin, damit sie's dir in einfachen Lauten erklärt.« An die Tür gelehnt blickte sie zu ihm und seinem alten Ford. »Zu viele Worte verwirren scheinbar nur.«

Sollinger schlenderte über den Hof. Er sog den Duft ein von Pfingstrosen und Flieder und lauschte dem Hall seiner Schritte auf dem Pflaster im Hof der Metzgerei. Von der Kastanie regneten Blütenblätter auf sein Autodach. In seiner hinteren Hosentasche spürte er ein Vibrieren, das sich in die Nacht stahl.

»Magst nicht rangehen?«

Er winkte ab.

»Anton, was willst jetzt? Hast du nicht am Tatort zu tun oder auf der Wache oder beim Autowaschen?«

Ein Windstoß ließ mehr Blüten regnen, er seufzte. »Das Haus, der Hof. Gesichtet und dokumentiert ohne Zwischenfälle. Ohne …« Seine Hand griff nach dem Geländer. Er holte Luft, sein Blick schweifte durch die

Nacht, die Stimme senkte er. »Theres, pass auf: Was du vorhin gesagt hast wegen ...«

Ihre Augenbraue wanderte nach oben. »Ach?« Mehr sagte sie nicht.

Wenigstens ersparte sie ihm die Floskel aller Besserwisser. Anton unterdrückte das nächste Seufzen. »Mit Instagram und Facebook und wegen der Onlinekampagne und den Bildern und allem. Ich würd ... also vielleicht könntest du ...«

»Passt schon«, schnappte sie, die Arme in die Hüften gestemmt. »Der Tag wird nicht jünger. Bis du fertig gestottert hast, zieht der Morgen auf.« Sie fuhr herum und schlüpfte ins Haus. »Kommst, oder was?«

Er sah ihr nach, dann setzte er sich in Bewegung, nur um im Windfang über ein Schuhgebirge zu stolpern. Die Wand erwischte er noch, fing sich ab. Hohe Hacken, Sandaletten mit Ballerina-Schnürung in Rosé, zweifarbige Budapester mit Absätzen. Schuhe, von denen Theres behauptete, Knöchel knickten damit am schnellsten um. Goldene Seidenslipper und überdimensionierte Turnschuhe.

Anton runzelte die Stirn. »Was ist in deinem Flur passiert? Ist der Zalando-Laster vor deiner Tür verunglückt ...« Mitten im Satz stockte er, blinzelte zum Tisch, eine Fremde, und suchte im nächsten Moment den Raum ab. Theres entdeckte er nirgends. Ein »Hallo!« schaffte es über seine Lippen, und ein »Hallo!« kam vom Ende der Tafel hinter einem iPhone am Selfie-Stick zurück. Nach zwei, drei weiteren Posen folgte ein Blick, ein Lächeln. Das Fotokunstwerk erwachte zum Leben und kam auf ihn zu, die Hand nach vorne gereckt. *Von diesem Grinsen haben Honigkuchenpferde gelernt.*

»Ich bin Alessia! Ich bin jetzt hier Gast. So ein Glück! Kannst du dir das vorstellen? Die Polizei musste diesen Hof sperren, auf dem ich eigentlich meine Übernachtung geplant hatte. Aber zufällig kam ich in dieses Deli – ich wusste gar nicht, dass es so was hier gibt. Und dort war zum Glück Theres. Sie hat mich aufgenommen, weil alle Hotels bereits ausgebucht sind. Ist das nicht unglaublich toll von ihr? Das habe ich auch eben in meinen Storys geteilt. Wahnsinn, nicht? Ich bin so froh!«

»Ah. Ja?« Worte spülten durch sein Gehirn und versickerten. Was blieb, war das Rot, die Lippen, lange Wimpern, die ihn beinahe touchierten. Ihre Sätze verklangen. Er fuhr sich durchs Haar, drückte ihre Hand. »Alexa, also«, wiederholte er. »Anton«, stellte er sich vor.

»Alessia!«, wiederholte sie. »Schön, dich kennenzulernen, Anton.« Sie lächelte noch stärker. »Ich hab eben diese Brötchen gegessen mit dem Wildschweinbratenstück. Sooo lecker. Ich muss unbedingt noch einen Beitrag machen über diesen Laden. Der ist so genial. Und noch kennt ihn kaum einer!« Alessia tippte auf ihr Handy. »Aber da bin ich dran«, erklärte sie. »Und ich freu mich schon so auf die Festspiele.« Mit einer ausholenden Geste winkte sie ab, neigte den Kopf und legte den Zeigefinger an den Mundwinkel. »Bestimmt hängt euch das hier längst zum Hals heraus. Ihr habt ja tagtäglich mit den Vorbereitungen zu tun. Entschuldige.«

Anton räusperte sich. »Passion.«

Dann schlug die Tür zum Wohnbereich zu. Alessias Blick glitt von ihm zu Theres. »Ähm. O.k. Dann …«

Theres ließ die Tür erneut aufgleiten und sah die Jüngere an. »Alessia, frag gern, wenn du noch was brauchst.«

Sie lächelte, und ein Wink ihres Kopfs ging Richtung Tür. »Hab eine gute Nacht, heute.«

»Klar«, grinste Alessia. »Der Zaunpfahl wirkt. Mein Tag war lang genug, und ich bin ganz froh, ins Bett zu kommen. Danke noch mal.« Im Treppenhaus verklangen die Schritte, das Licht erlosch. »Schönen Abend euch beiden!«

Ans andere Ende der Tafel, so weit wie möglich entfernt von der Tür, ließ Anton sich auf den Stuhl fallen. »Ein Gast, also.«

»Mh hm. Sie ist auch für die Passionsspiele hier in Oberammergau.« Übers Eck setzte sie sich zu ihm. »Wobei ich mir nicht sicher bin, wie sehr das auf das Hiersein wirklich zutrifft. Ständig online bei ihren Followern«, wisperte Theres.

»Viele?« In ihrer offenen Küche holte er zwei Gläser und füllte sie an der Spüle mit Wasser.

»Sehr viele«, bestätigte sie. »Und um die muss man sich kümmern.« In ihren Augen konnte er die Sprenkel ihrer Iris erkennen, so nah war sie. »Noch zwei Tage bis zur Premiere«, erinnerte sie ihn.

Wie aufs Stichwort setzte sein Handy erneut ein und vibrierte hörbar. Christiane, las er auf dem Display, als er es aus der Tasche zog. Er drückte den Anruf weg.

»Sicher, dass das eine gute Idee ist? Die Presse, deine Ex?«

An seinen Wangen kribbelte ihre Wärme. »Mein Problem.« Anton schob das Handy zurück. Er senkte die Stimme, deutete in Richtung Alessia. »Weiß sie vom ...«

Theres legte den Finger über die Lippen, schüttelte den Kopf. »Hattet ihr's nicht grad von Ratten am Thaller-Hof? Davon weiß sie.«

Anton nickte, dann seufzte er. »Schau, Theres. Bislang bist du Dreh- und Angelpunkt in der Sache. Die Presse sitzt mir im Nacken, der Bürgermeister hat schon angerufen, und jetzt auch noch diese Hamburgerin mit ihrem Instagram. Ich bin mir ja sicher, du hast nichts damit zu tun, aber im Moment …«

»Mei, Anton. Spekulier meinetwegen mit dem Toni rum, mir ist das ehrlich wurscht, für wen oder was ihr mich haltet«, unterbrach sie. »Und die Presse …« Sie zog die rechte Augenbraue hoch.

»Christiane will die Schlagzeile am Donnerstag. Und nein: Sie lässt nicht mit sich reden wegen der Veröffentlichung.«

»Oh, Wunder!« Theres sog ihre Oberlippe ein. »Weil du immer ihre Anrufe abwürgst, vielleicht? Ich dachte, nach der Trennung sind die Fronten jetzt klar?« Sie winkte ab. »Egal. Ich will's nicht wissen, und es geht mich auch nichts an. Außerdem: Deswegen bist du doch gar nicht da, sondern …« Sie hob die Arme, schnaubte. Dann zog sie ihr Handy aus der Hintertasche ihrer Jeans und zeigte ihm Fotos. »Hier sind die Post-its von der Zeitleiste im Keller, daneben … Tesareste, dort, wo mal was hing, aber abgenommen wurde. Ich wette mit dir, mit den Post-its waren die Bilder für die Social-Media-Kampagne gekennzeichnet, Fotos von Marie.« Ihr Finger deutete auf das Display. »Und schau mal das Foto hier an!«

Anton rückte näher.

»Hing im Büro – viele Tesareste, als ob es eben vorher schon woanders befestigt gewesen wäre.« Sie zog die Augenbrauen nach oben. »*KöniGin* ist da zwar nicht drauf, aber irgendwas muss es mit der Kampagne zu tun haben.«

»Das muss dann ja ein ganz besonderes Bild sein.«
Er kniff die Augen zusammen. »Wie die beiden da ...
hot.« Anton fing Theres' Blick, verstummte, kratzte
sich an der Stirn. »Jedenfalls: Auf der externen Festplatte haben die Kollegen im Präsidium einen eigenen Ordner entdeckt und uns darauf hingewiesen: ›Kampagne
Passion KöniGin: Marie‹. Auf den Bildern ist ausschließlich Marie.« Er deutete auf das Display. »Das da ist mir
dabei nicht konkret aufgefallen. Es waren aber auch
einfach zu viele, alle ziemlich ähnlich, alle schon vom
November – Ewigkeiten her. Trotzdem ... schickst du
mir das mal?« Er zeigte ebenfalls auf die Notizen. »Und
die auch?« Beinahe berührten sich ihre Finger. Sie
zog nicht gleich zurück, und ganz leicht bitzelte seine
Hand.

»Seltsam ist das schon mit der ganzen Onlinekampagne«, murmelte sie. »Eigentlich versucht man,
frühzeitig auf den Social-Media-Kanälen Bilder zu veröffentlichen. Man füttert die Neugier der Leute an.«

»Wie meinst du das?«

Theres zuckte mit den Schultern. »Über Google,
Blogs, Instagram, Facebook – über Onlinemarketing.
Man macht die Leute neugierig, streut Brotkrümel. Sie
kommen zurück, wollen mehr, folgen den Bildern. Follower. Außerdem versucht man, sich mit Influencern zu
verbinden. Deren Empfehlungen folgen wiederum viele
andere, kaufen kräftig, die Marke teilen und bekannt
machen.« Sie tippte auf die Instagram-App und scrollte
durch die Fotos.

»Bei der geplanten Kampagne stand *KöniGin* als
Marke im Mittelpunkt. Und Marie?« Die senkrechte Falte in seiner Stirn vertiefte sich.

»Sich Marie für die Kampagne zu sichern ... guter Schachzug. Sie ist hübsch, erregt Aufmerksamkeit. Das nutzt man – und wirft es nicht ohne Grund weg.«

Er drückte die Finger fester gegen seine Schläfe. »Marie als Dekoration? Und was hat sie davon, der Glitzer auf der Gin-Flasche zu sein?«

Theres strich sich eine Haarsträhne aus dem Gesicht. »Beiträge bei und mit gefragten Influencern kosten Geld – richtig viel mittlerweile. Wer noch nicht so gefragt ist oder nicht so viele Follower hat, ist günstiger.«

»Mehr Follower, mehr Bekanntheit, mehr ... Geld«, schloss er. »Alle wollen immer mehr.«

Sie zuckte die Schultern. »Japp. Das ist das Prinzip. Je häufiger Marie in anderen Beiträgen genannt wird, desto attraktiver bewertet ein Algorithmus ihr eigenes Onlineprofil. Dadurch taucht sie öfter in den Chroniken anderer Nutzer auf, wird jemand, dem man folgen sollte. Das erhöht ihren Marktwert und macht sie attraktiv für weitere Werbepartner.« Sie kippelte ihre Hand. »Winwin. Sie hilft den Thallers, und deren Erfolg hilft ihr.«

»Also je öfter, desto besser.«

»Was man so hört ...« Sie zuckte die Schultern. »Alkohol, Party und ein hübsches Lächeln. Das zieht auf Instagram und Facebook. Für die Posts mit Marie würde es viele Likes geben.«

Er räusperte sich und zeigte auf ihr Handy. »Und was ist mit dir, bist du da auch?«

Sie tippte auf die App und rief die Online-Bildergalerien auf. Marie hatte über zwanzigtausend Follower, Theres etwa zweitausend, die Thallers knapp fünftausend auf Instagram.

»Weshalb hast du so wenig Follower?«

Ein Schatten legte sich über ihre Miene, über ihre Stimme. »Nicht jede Form von Frischfleisch ist sexy.«

»Na ja, Marie ist hier in der Gegend ja auch bekannt.« Über die Beiträge in Maries Account ließ Anton den Finger wandern. »Aber kein einziges Foto in Maries Account zeigt eine Verbindung zu den Thallers und zu *KöniGin*.« Er suchte Theres' Blick.

»Zufall?« Sie sah weg. »Keine Ahnung! Vielleicht ... einfach nur so, oder vielleicht gab es Streit?« Sie fuhr sich über die Stirn, seufzte. »Irgendwas muss passiert sein.«

Falten vertieften sich in der durchschimmernden Haut um ihre Augen. Ihre Brauen betonten die Augen – die Härte, wenn sie sich ärgerte, die Schärfe, wenn sie sich konzentrierte, wenn sie sprach, die Milde, wenn sie grübelte. Kleine Härchen verwischten den Schwung. Und er war sicher, Theres scherte sich kein Mμ um perfekt getrimmte Brauen. *Braucht sie nicht.* Den Kopf geneigt, unter halb gesenkten Lidern erfasste er sie. Kantig. Laut. Borstig. Karg und übervoll an Starrsinn. Kein Abziehbild auf zwei Beinen, nicht glatt. Nicht einfach. Echt.

»Die Frage ist: Was?«, brummte er. »Das passt alles nicht zusammen und schon gar nicht zu den Plänen im Keller.« Marie merkte er gedanklich für eine baldige Befragung vor, leerte das Glas in einem Zug.

»Fast so, als ob Marie damit nichts mehr zu tun haben wollte, oder die Thallers nichts mehr mit Marie«, beendete sie seine Gedanken. Die Knöchel an Theres' Hand traten stärker hervor, die feinen Risse schimmerten hell und trocken. Sie erhob sich von der Bank. »Anton, der Tag war lang.« Sie drehte sich zum Ausgang, ihr Kinn wies ihm die Richtung.

Er hob den Kopf, musterte sie, nickte. »Gut.«

An der Haustür drehte er sich noch einmal um zu ihr und starrte im nächsten Moment auf die Maserung des Holzes. Seinen Dank schluckte er, schüttelte den Kopf. »Herzlicher Abschied nach einem gemütlichen Abend. Hab ich mir so vorgestellt. Genau so.«

2 TAGE · 9 1/2 STUNDEN
BIS ZUR PREMIERE

MITTWOCH

18. Marie / Dauerlauf

Marie war nicht einfach wach. Durch die Schicht zwischen ihrer Haut und ihren Knochen zog sich dieses Dumpfe, diese klebrige Schwere und hielt ihre Lider offen. Unter ihren Fingern spürte sie das Bettlaken wie immer. Über ihr starrten die Löcher im Putz der Decke noch genauso herab wie vor sechs Stunden oder vor vier oder vor zwei – nur deutlicher.

Der Vollmond hatte mit der Dämmerung getauscht, und ihr Schlaf kauerte sich irgendwo hinter den Kleiderschrank, vertrieben – vermutlich – von den polternden Gedanken in ihrem Kopf. Schon die zweite Nacht. Seit sie draußen gewesen war, bei den Thallers. Seitdem die Thallers zum Dorfklatsch geworden waren, der auch sie vielleicht bald einholen würde …

Sie schlug die Decke zurück. Mit den Sportklamotten auf ihrem Körper fühlte sie sich, als würde wenigstens der Stoff ihre Einzelteile zusammenhalten. Sie schnürte die Schuhe, stülpte die Kopfhörer über die Ohren. Ihre Schritte platschten auf die regennasse Straße, Tröpfchen spritzten hoch. Grau. Alles in Grau, wie der Himmel. Sie schluckte.

Der Holzschindelturm der evangelischen Kreuzkirche zeigte nichts. Marie schätzte: 5.30 Uhr.

Von den Häusern starrten sie dunkle Rechtecke an, beobachteten sie und blieben an ihren Fersen kleben. Ihre Schritte hallten wider in der Gasse. Marie schreckte zusammen, lief schneller, joggte zum Fluss, schüttelte das Echo ab, die Frage nicht, die mit jedem Schritt in ihrem Kopf anschlug. Warum. Rechter Fuß, linker Fuß. *Wa...rum?* Zweifel. Vorwürfe.

Wa...rum? ... Wa...rumwarumwarumwarum?

Ich hätte gehen können. Weggehen. Müssen. Warum? Ich hatte nicht mal einen Vertrag mit denen. Warum? Nur mit der Agentur. Warum? Aber ich immer mit meiner Gutmütigkeit. Warum? Nachhaltigkeit heißt doch auch, dass man keine Verwüstung hinter sich zurücklässt. Warum? Verbrannte Erde. Warum? Ich hatte einen Plan. Und was mach ich? Warum? Alles, um es den anderen recht zu machen. So dumm. *Machen, was man mir sagt.* So dumm. *Wer nett ist, ist der Depp.* So dumm. *Bis es schlimm wird, statt gut.* So dumm. *Und ich bin immer noch hier.* So dumm. *Wegen ein paar Bildern.* So stur.

Gurgelnd gluckste die Ammer an ihr vorbei, wischte ihr Kälte ins Gesicht. An ihren Wangen, ihren Schultern, ihren Waden zog jeder Schritt wie ein eingehängtes Bleigewicht. Sie begann ihre Atemzüge zu zählen. Ein, aus, ein, aus, füllte ihr Hirn bis zur Biegung der König-Ludwig-Straße gegen das Wa-rum. Ohne dass sie etwas dagegen tun konnte, glitt ihr Blick nach rechts. Weiter, weiter, noch ein Stück. Am Ende der Straße lag der Thaller-Hof. Die Stille in ihren Kopfhörern wurde laut. Marie schnappte nach Luft.

Zwischen die Morgenlieder der Vögel drängten sich Motorengeräusche. Grell zielten Scheinwerfer auf sie, blendeten in ihre Richtung. Marie wandte sich um, suchte mit ihren Blicken jede der Straßen ab, beschleunigte, der Kofel hing jetzt in ihrem Nacken, als läge sein Gewicht zusätzlich auf ihren Schultern. *Wa...rum?*

Mit seinem grünen Zwiebelhut zeigte der Turm von St. Peter und Paul 5.45 Uhr. Das Tor in der Kirchenmauer stand offen. Eine erneute Prise Morgenwind schob es quietschend noch ein Stück weiter auf, Marie zögerte, dann nahm sie die Stufen.

Zwischen den ausgebleichten Kreuzen, den bemoosten Grabsteinen türmte sich regennasser Aushub am neuen Grab – die letzte Ruhestätte der Thallers. Wie eine offene Wunde. Sie schluckte. *Warum musste alles so schieflaufen?* Die Beerdigung fand erst nächste Woche statt.

Unter ihren Turnschuhen knarzte der Kies. Die Kälte, die sie in der Kirche empfing, fuhr ihr in den Nacken. Nach ganz hinten, unter den Treppenaufgang zur Empore wandte sie sich. *In die Schatten.*

Kurz zögerte sie. In der letzten Bank kniete ein Schemen, mit geschlossenen Augen lehnte er vorne auf der Ablage, bewegte die Lippen. Marie wählte die Bank vor ihm.

»Verlaufen?«

Sie wandte sich um. Durch einen Spalt seiner Lider beobachtete der alte Metzger sie. Seine Miene war die eines Gastgebers, dem im letzten Moment einfällt, dass er Gäste nicht mag.

Ohne zu antworten, drehte sie sich wieder nach vorn Richtung Altar. Das Rosa, das Gold, die sattfarbigen Gemälde an den Decken kratzten eine Schicht Erinnerung auf. Marie schloss die Augen, atmete die Stille und blendete alles andere aus. Das Auto, das draußen vorbeifuhr, klang planetenweit entfernt, die knarzende Stimme nicht. Ganz leicht hob sie ein Augenlid.

»Was auch sonst. Freiwillig findt von euch keiner in die Kirch'n«, nuschelte Josef Hack.

Es klang beleidigt aus dem Mund des alten Metzgers, beleidigend. Marie schnappte nach Luft und presste doch im nächsten Moment die Lippen fester aufeinander. *Japp. Warum auch, alter Mann?*

»Damals hat das noch was bedeutet, die Passionsspiele. Glaube. Dankbarkeit«, zischte er. Die Bank ächzte, und aus dem Augenwinkel sah sie ihn sich hinsetzen, spürte seinen Blick auf sich. »Heut geht's nur noch um Kommerz, Erfolg, Karriere.« In seiner Hand lag ein Rosenkranz, und eine der Holzperlen drehte er zwischen den Fingern. »Und bei uns ... Herrschaftszeiten.« Selbst an seinen Oberarmen spielten die Muskeln nach, wenn eine Rosenkranzperle um die andere weiterwanderte. Marie wunderte sich über sein kurzärmeliges Hemd. Ein Anzeichen dafür, dass er fror, entdeckte sie nicht.

Einer seiner Mundwinkel blitzte nach oben, im nächsten Moment drückten die Schatten seine Falten noch tiefer in die Miene. Seine Lippen blieben beinahe starr, wenn er sprach. »Wie bei den Thallers. Die wollten ihr eigenes Ding. In die Kirche sind die schon eine Weile nicht mehr gegangen. Als gäb's nix, wofür man Danke schön sagen müsst, dem Herrgott. Als ob man nicht um seinen Segen bitten müsste, weil immer alles von allein lauft. Wie die Res. Hochmut ...« Wieder ächzte die Bank. »Bis was passiert. Bis es zu spät ist. Bis einer geht und nicht mehr wiederkommt.«

Marie hörte, wie er schluckte.

Immer noch sah er sie nicht an, hielt seinen Blick auf den Boden, vielleicht auf irgendwas noch weit darunter. »Ich hab auch meinen Stolz überwunden, obwohl's alle wissen. Dass meine Frau weg von mir ist, dass das Geschäft nicht lief. Ich bin damals weiter in die Kirche, egal wie alle mich angeschaut haben, und jetzt immer noch. Aber sie ... Als müsst sie sich schämen. Für was? Für ...«

Warum ich? Marie richtete sich auf. *Hast du denn nicht jemand andern zum Reden? Deine Tochter vielleicht? Ich wollte doch einfach nur meine Ruhe.*

Sie blieb still. Er schloss die Lider, und ob da vielleicht nicht ein wenig Feucht in seinem Augenwinkel war, konnte sie nicht bestimmen. Eine Träne. *Trauer?* Die Verse des alten Gebets erkannte sie in der Stille der Morgenstunden wieder. Zeile um Zeile baute er zwischen sie und sich.

Ave Maria.

Gegrüßet seist du, Maria, voll der Gnade,
der Herr ist mit dir.
Du bist gebenedeit unter den Frauen ...

Ihr Rückgrat hinab fuhr Kälte zwischen jede einzelne Bandscheibe, und jedes feinste Härchen zitterte. Wie unter Frost schüttelte sie sich. *Als ob Beten je ein Unglück verhindert hätte. Als ob es einem aus der Scheiße hilft.* Marie ballte die Hand.

Auf Zehenspitzen schlich sie aus der Bank und schlüpfte durch den schmalen Spalt zur Kirche hinaus. Ihre Kapuze zog sie tiefer über den Kopf und rannte so schnell sie konnte nach Hause.

19. Theres / Leberkäs für die Seelen

Metzgerei & Tages-Bar Hack /
Friedhof St. Peter und Paul

»Depp.« Ihren Wecker brachte sie nicht damit, immerhin aber mit einem Schlag zum Schweigen und knurrte ihn ein weiteres Mal an. Anthrazit klebte am Himmel des anbrechenden Tages, ihre Glieder und Lider wie Blei, und wenn sie zwinkerte, schwankte flüssiges Schwermetall zwischen Stirn und Hinterkopf. Vor und zurück, zurück und vor. Klebrig legte es sich um die Windungen und in die Winkel unter ihrer Schädeldecke.

»Geh weg«, knurrte sie, krallte die Finger mit den kurzen Nägeln in den Flausch ihrer Feinbiber-Bettdecke. Doch vor ihrem Fenster drängte sich der Morgen dem Himmel unbarmherzig auf. »Depp.« Sie gähnte. Der Morgen blieb und ignorierte die Beschimpfung genauso unbarmherzig wie ihr Wecker. Ihr rechtes Bein plumpste über die Matratze auf den Boden.

»Was glaubt der eigentlich?« Ihr Badspiegel verweigerte jede Antwort. »Depp.« Gegen die Beschimpfung wehrte er sich immerhin auch nicht. Theres starrte ihr Spiegelbild nieder, wütend starrte es zurück. »Rechtfertigen soll ich mich. Ernsthaft? Der spinnt doch. Soll er gefälligst selbst nachdenken.« Sie spürte die Wut durch ihren Körper pulsieren, spürte das Klopfen an ihrem Hals. Den Schlaf aus ihren Augen zu reiben, die Schwere aus ihren Gliedern zu duschen, gelang nicht. Trotz des Bleis in ihrem Kopf trieb die Wut sie wie ein Motor kurz vor Überhitzung durch den Vormittag, durch das Häckseln und Wursten, durch die frühe Arbeitsroutine bis zur Mittagsstunde.

Das Husten hörte sie zuerst, dann knallte die hintere Eisentür zu. Seine Schritte schlurften über den Fliesenboden durch den Schlachtraum und die Kammer nach vorn. Theres holte Luft und straffte sich. Der Zeiger sprang auf 11.30 Uhr, und er trat ein.

»Ruhe vor dem Sturm«, brummte er. Wie so oft. Josef Hack blickte zur Uhr. Wie immer. Nickte ihr zu. »Oder auch nicht.«

»Ich freu mich auch, Babba.« Sie reckte ihm seine Schürze entgegen und ein Lächeln, soweit ihre Mundwinkel sich nach oben stemmen ließen. »Bis zwei schaffen wir's gemeinsam über die Mittagszeit, oder? Dann kannst dich von mir und der Kundschaft wieder erholen.«

»Nur wenn die Huberin Rückgrat und ein Herz braucht, bin ich aufgeschmissen.«

Zwischen seinen Falten und all dem Grimm schälte sich ein Lächeln heraus. *Versöhnung à la Metzgermeister?* Durch die Glasfront stach ein vorwitziger Sonnenstrahl, gegen den sie ein Auge zukniff. Theres entschied sich, schluckte Stolz und Wut und nahm das Hackstück seines Friedensangebots an. »Da hilft auch die größte Wildsau nicht mehr bei der Huberin.«

Über die Mittagszeit schwappte Kundschaft in den Laden, Geld in die Kasse, Wurst und Fleisch, Salate und Brotzeit aus der Theke. Kurz nach zwei streifte Theres ihre Schürze ab, packte drei Scheiben vom Wildschweinleberkäs ein und Semmeln. »Bis später, Babba.« Sie war schon an der Tür, hörte ihn, grinste.

»Nimm fei nicht zu viel Salat!« Sein Knurren begleitete sie hinaus.

»Ach, Babba«, murmelte sie. Auf dem Weg zum Garten hielt sie inne. Wolfin streckte sich und rieb sich an der hinteren Kastanie, schlenderte dann auf sie zu, die Hündin trabte heran. »Bloß nicht so schnell, Wolfin, sonst bleibt mir möglicherweise zu viel Zeit von meiner Pause über.«

Warm und nach Maisonne fühlte sich das Fell unter ihren Fingern an, struppig, ein wenig nach Rinde. Erd- und Grasklümpchen rieselten zu Boden, als sie sie drückte, das Knurren vibrierte bis in ihre Knochen. »Natur to go.«

In ihrer Hand lag die Leine locker wie immer, Wolfin trottete an ihrer Seite, und Theres' Schritte folgten, wohin die Hündin sie stupste. Nieseln benetzte ihr Gesicht, und sie strich sich eine Haarsträhne hinters Ohr. Tief sog sie die feuchte Luft in ihre Brust, blinzelte gegen den sprenkelnden Regen.

Nach einem Abstecher zur Raiffeisenbank wandte sie vor der Kirchenmauer den Blick in jede Richtung. *Wie früher.* Dann schlüpfte sie durchs Gittertor. Ihre Schritte knirschten über den Kiesweg. Die Stille dieses Ortes legte einen Mantel, das Kirchenschiff einen Schatten um sie, bis sie vorbei war am Glockenturm.

Dann trank sie ihren Lieblingsblick. Wie ein grau gewandetes Publikum harrten und staunten die Grabsteine mit ihr. Der Stein-Engel und der Jesus mit den offenen Armen neigten die Häupter ein wenig vor der Natur. Hinter dem alten Forstamt hob der Kofel seinen Zinken in den Himmel, bekleidet mit einem Mantel aus saftigem Baumgrün. Für einen Moment wirkte es, als ob sich der Berg einfach über das alte Forstamt mit den gelb bemalten Säulen werfen würde.

Vielleicht hätte sich genau das manch einer gewünscht, als 1820 Bayerns erster König, Max I. Joseph, hier im Forstamt übernachtet hatte.

Theres schmunzelte bei der Vorstellung und wandte sich der Aussegnungshalle zu. Steinsockel mit felsigen Füßen, Holzstelen mit ihren kantigen oder runden Dächlein. Die geschmiedeten Kreuze erinnerten die Lebenden an die Toten. In einer der letzten Reihen hatte der Regen die Schrift aus der Tafel gewaschen. Ein geschmiedeter Halter bettelte um eine Kerze, bettelte um ein Andenken über einem Grab, das schon längst aufgegeben und zum Kiesbett geworden war. *Vergangen, vergessen, was sie zu Lebzeiten getan haben.*

Wolfin schlupfte bereits an der Riesentanne hinter dem Leichenschauhaus vorbei, und Theres folgte. Das Schlachtermesser am Gürtel schob sie weg, setzte sich auf den Gullydeckel unter dem Baum.

Ob der Babba vergessen kann? Wolfin lehnte sich an ihre Seite. *Sie ist einfach gegangen. Die Mama, und er blieb. Im selben Dorf, in derselben Metzgerei, im selben Haus. Erinnerungen, Verpflichtungen, Schulden, ein elfjähriges Kind mit vielen Messern, Fleisch, Knochen, Tod, dem Gerede in der Schule, den Unterstellungen. Das Kind von der, die ihrem Mann weggelaufen ist. Der Apfel vom verfaulten Stamm.* Theres legte die Hand in Wolfins Fell. *Er war so stolz, als er mir das Handwerk zeigte. Auf mich. Bis ich weggegangen bin – vom Gerede, vom Haus, von der Metzgerei, vom Dorf. Gesagt hat er nichts, gezahlt hat er trotzdem.* Theres runzelte die Stirn. *Sie war schön, geweint hat sie zu Hause am Balkon, den Blick zum Kofel, die Hand auf ihrem Bauch. Wo keiner sie sehen konnte. Dann war sie weg.*

Der Regen tropfte ein wenig lauter. *Nach Mama kam niemand mehr für ihn. Die Arbeit und ich. Und ich hab ihn auch verlassen.* Theres presste die Lippen zusammen, die Faust auf ihre Brust. *Leicht geht anders.*

Vom Nass hielt die Tanne das meiste ab, die nahenden Schritte nicht. Sie presste die Lider fester zusammen, als sperrte es das andere aus.

»Ah, schau! Hast deinen Picknickkorb und den Sonnenschirm vergessen?«

Die Stimme erkannte sie blind, Wolfin bellte, und Theres spürte den Körper der Hündin, der an ihrem Oberarm schob, den wippenden Schwanz, hörte das erwartungsvolle Hecheln.

»Näher kriegt dich keiner an die Kirche …«, sagte er.

Von ihrer Stirn wischte sie ein paar Regentropfen und fischte aus ihrer Papiertüte eine Leberkässemmel, ihre Lider hielt sie gesenkt. »Stimmen«, sagte sie. »Auf dem Friedhof. Verrückt.«

»… oder gar hinein ins Gotteshaus.«

Theres packte die Semmel und grub ihre Zähne hinein, hob den Blick. »Meine Pause. Mach gern weiter, Pauli. Ruinier sie.« Kauend musterte sie ihn, dann biss sie erneut ab. »Deine neue Arbeitszeit: rund um die Uhr im Dienst für die verlorenen Schäfchen? Oder kann sich die Kirche kein Pfarrhaus mehr für ihre Priester leisten – oder …« Vom Leichenschauhaus über die Grabsteine glitt ihr Blick. »… einen Ort, an dem er die Schäfchen ein wenig früher erwischt?«

Sein Zeigefinger kreiste um den Mund. »Ab zweihundert Gramm wird's undeutlich. Ist dir klar, oder?«

»Ah nein, warte.« Sie tippte sich an die Stirn. »Das WLAN ist kaputt.«

Paul verschluckte sich, hustete. »Theres!« Er schnappte zwischen den Hustern nach Luft. »Musst du da so drauf rumreiten?«

Blinzelnd musterte sie ihn. »Paul, was ist los? Du zockst halt viel – also eigentlich jede Minute, die du nicht schläfst oder in der Kirche bist –, aber: Was soll's? Ist doch keine große Sache. Du tust ja keinem weh und machst trotzdem deinen Job. Oder sieht das die Heilige Mutter Kirche anders?«

Sein Blick ging an ihr vorbei durch die Mauer, dann auf seine Schuhe.

Sie zuckte die Schultern. »Also, was machst du hier?«

»Beichtstunde und um sechzehn Uhr Gottesdienst.«

»Trainierst du jetzt auch für die Passionsspiele?« Ein weiterer Bissen. »Wer hat denn bittschön um vier am Nachmittag Zeit für einen Gottesdienst?«

»Klar, da brummt das Business, was denkst du? Einheimische und Touristen – die wollen mich alle. Besonders zur Passion. Save my …«

»Ass?«, kam sie ihm zuvor.

»Soul!« Ein tadelndes Kopfschütteln folgte. »Gottesdienste, Beichten, Andachten, Rosenkranz. Olé! Was das Christenherz begehrt.«

»Die Passionsspiele erinnern die Leut an deren Gewissen, was?« Theres grinste. »Zwei Vaterunser zum Preis von einem. Bist deswegen so zittrig, oder fehlt dir der Controller von *Call of Duty?*«

»Für den Kirchenmarathon muss ich fit sein.« Paul trommelte sich auf die Brust, streckte die Ellbogen nach hinten wie ein Läufer und dehnte sich. »Und du? Hier?«

Sie wischte sich die Hände an der Jeans ab. »Ich war heute schon auf der Bank. Im Anschluss ist der Friedhof nur konsequent.« Ein Windstoß erwischte einen der Zweige über ihr und räumte ein paar Tropfen ab. »Der Ort, an den meine Träume wandern. Hier widerspricht wenigstens keiner.«

»Glaub ich aufs Wort.« Er grinste.

Sie zuckte die Schultern. »Überbleibsel aus meiner Wiener Zeit. Ich mag Friedhöfe. So ruhig ist's nirgends sonst. In München gibt's auch einen, da laufen die Jogger durch, die Muttis spazieren mit ihren Kinderwägen und manche machen sogar Picknick.« Sie erstach mit ihrem Messer die zweite Semmel in der Tüte und hielt sie ihm hin.

»Den Alten Nordfriedhof«, er nickte, »kenn ich. So viel Text von dir? Hast Ärger mit dem Babba?« Paul zögerte kurz. »Oder mit der Bank?«

Theres verdrehte die Augen. An einem weichen Tuch wischte sie die Klinge ab und steckte sie zurück. »Kreizkruzefix, Pauli …«

Kurz vor seinem Mund stoppte er die Semmel. »Die Tonis, also.«

Ganz leicht nur zuckte sie zusammen und hoffte, Paul hatte es nicht bemerkt. »Was habt ihr nur alle immer mit mir und den Tonis?« Wolfin bellte kurz und drückte sich gegen ihre Beine. »Ein Mord ist passiert – hier bei uns. Und die größte Sorge ist, was mit mir und den Tonis geht? Als ob das nicht absolut wurscht wär.«

»Wurst sicher nicht. Wenn, dann Leberkäs.«

»Witzig.« Ihre Miene zeigte nicht den Ansatz eines Lächelns. »Wurst und Metzgerin. Ich lach mich scheckig.

Könnt ihr euch hier in Oberammergau nicht einfach nur ganz simpel Gedanken um das Wetter machen, den Frühling, Sommer, Herbst, Winter?«

»Frühling?« Paul drehte den Kopf über die Schulter, dann legte er ihn in den Nacken und wischte sich die Tropfen aus dem Gesicht. »Frühling?«

Theres zuckte mit den Schultern. »Ich geb zu, wenn das mit dem Frühling läuft wie mit meinen DHL-Lieferungen, dann wird das eher nix. Verschollen, nicht zustellbar, Fahrzeugpanne.« Wolfin wuffte zustimmend und legte sich zu ihren Füßen nieder. »Zumindest kann man dann lästern über DHL.«

Paul ging vor ihr in die Hocke. »Ach geh, Theres. Immer und immer reden die Leut. So war's schon, als wir Kinder waren, und so wird es noch sein, wenn wir grau und runzlig sind. Und du hast das schon vor deiner Rückkehr aus Wien gewusst, dass du als Gesprächsthema einfach viel hergibst. Oder zumindest alles nachgeholt wird, für jedes Jahr, das du fort warst.« Seine Hand wuschelte durch Wolfins Fell, sein Blick fixierte Theres. »Du siehst müde aus.«

»Ach?« Sie knurrte, zählte die Nadeln am zweittiefsten Ast und kaute auf den Resten ihrer Leberkässemmel. »Hast du nicht was Besseres zu tun? Schäfchen zählen, zum Beispiel?«

Irgendwo tockte ein Specht sein Stakkato in einen der Bäume. Vor der Friedhofsmauer brummte ein Auto vorbei, und in seinem Schleier dämpfte und ergänzte der Regen das Geräusch mit unzähligen Tropfen, die auf die Straße spritzten. Bis das Knattern eines Traktors allen Raum einnahm. Als er weggetuckert war, klopfte der Vogel wieder – oder immer noch.

Pauls Atem vernahm sie auch, immer noch. Aus dem Augenwinkel entschlüsselte sie Gelassenheit auf seinen Zügen. *Die Beine müssen ihm doch schier abfallen in der Hocke. Mh. Bei Gaming-Nerds ist vermutlich die Durchblutung nur noch im Kopf und der Rest Glasfaser.*

Die eine Hand in Wolfins Fell, genoss er jeden Bissen seiner Semmel und machte keine Anstalten zu verschwinden. Theres zog ihr Handy aus der hinteren Jeanstasche und checkte den Puls ihres virtuellen Lebens in den sozialen Netzwerken. *Kurz vor Herzstillstand.* Die Vertiefungen auf ihrer Stirn spürte sie ebenso wie den Grant, der sich in seiner angestammten Ecke in ihrem Hirnkastl breitmachte. *Leben macht ja nicht schon ausreichend Arbeit …*

»Gib her!« Paul riss sie aus ihren Gedanken. Er übernahm ihr Handy, stand auf und knipste ein paar Fotos. »Sind bestimmt ein, zwei dabei für deinen Instagram-Account: die moderne Metzgerin und ihr Leben in freier Wildbahn. Und ein Hund ist auch drauf. Hashtag #Dog.«

Über Theres' Rücken rieselte ein Schauer. *Ertappt.* Sie starrte ihn an, in seine Augen. »Mh«, nickte sie, griff nach dem Smartphone, das er ihr zurückreichte, und checkte die Bilder.

»Persönliche Bilder und ein Hund. Ich wette, das gibt viele Likes«, grinste er. »Meins auf jeden Fall.«

»Bist du jetzt Social-Media-Experte? Kirche 3.0 oder was?« In der Instagram-App lud sie eines der Fotos hoch, kommentierte und postete es. »Mein Profil ist die Ausnahme von dieser Regel«, grummelte sie. »Ich stell ein, was ich will, und dann: gefällt's keinem.« Sie stemmte sich hoch von ihrem Steinthron und streckte sich.

Er winkte ab. »Du Sonnenschein. Wie schaffst du das nur: Das Glas immer halb voll.« Übertrieben zeichnete seine Hand einen Strudel in ihre Richtung, und er verbeugte sich. Sein Tonfall kippte eine Wagenladung Sarkasmus über die Worte. »Zeit mit positiven Menschen mit positiver Einstellung zu verbringen ist das größte Geschenk für mich jeden Tag. Unglaublich, wie motivierend das wirkt.« Er boxte in die Luft. »Das Leben ist eh hart genug. Da kann man schon noch eine Schippe drauflegen.«

»Depp!«

»Hab gehört, du hast jetzt auch einen Gast. Du Gutmensch!« Er zwinkerte ihr zu.

»Die Verbreitungsgeschwindigkeit des Dorftratschs ist nicht zu unterschätzen.« Theres hustete ein Lachen. »Jedenfalls ist mein Gast auch recht viel mit Instagram beschäftigt.«

»Dann hol dir doch Tipps von ihr. Hast ihren Account schon mal gesichtet? Der ist ziemlich gut.« Paul zückte sein eigenes Handy.

Theres kniff die Augenbrauen zusammen. »Ich hab ja sonst kaum was zu tun ...«

»Was treibt dich denn eigentlich um? Das kann doch nicht ein Herzerl mehr oder weniger auf Instagram sein«, fragte er, versöhnlicher. »Hast Ärger mit dem Babba?«

»Waffenstillstand.«

Paul lachte. »Reden hilft! Vor allem miteinander. Schon mal gehört? Erklär ihm doch einfach, warum du was wie machst. Obwohl er schimpft, hält er dir doch auch den Rücken frei. Oder hast was anderes ausgefressen?« Über die Schulter deutete er auf die Kirche. »Wir können auch drin im Beichtstuhl weiter ...«

Theres winkte ab und fuhr sich mit der Hand übers Gesicht. »Geht nicht.« Ihre Zähne kratzten an ihrer Unterlippe, ihre Hand, ihre Finger stützten ihr Kinn. Sie seufzte. »Sein Herz setzt zum dreifachen Salto an, wenn er das hört.«

Ein paar Schritte trat Paul nach hinten, lehnte sich an den Holzpflock des Zauns. Sie spürte seine tausend Fragen allein durch die Art, wie er seinen Kopf hob. Wie damals, als sie noch mit aufgeschürften Knien im Wald dem Wolpertinger auf der Spur waren, als sie sich alles erzählen konnten.

Wolfin schmiegte sich an Theres' Beine und schob sie zum steinernen Wassertrog. Theres setzte sich auf den Rand, stützte die Arme auf die Knie. »Das Geld reicht grad so für die Kreditrate, grad so für unser Leben. Extrawürste sind da nicht drin.« Sie seufzte, ballte die Hand. »Und das alles war schließlich meine Idee: der Umbau, die Umstellung auf ohne Schweinefleisch, Bio-Laden, Tages-Bar.« Wieder fuhr sie sich übers Gesicht. »Und das Marketing zieht auch nicht wie geplant.« Sie räusperte sich. »Entweder müsste ich selbst mehr machen, in der Zeit, in der ich schlaf, oder mehr bezahlen vom Geld, das ich nicht hab.«

Paul musterte sie. Die Hände in den Hosentaschen hob er den Kopf, nickte ihr zu. »Ist das alles?«

»Das vom Thaller-Hof geht mir nicht aus dem Sinn.«

»Ja, dass jemand zu so was imstande ist. Einfach krass, wenn es einen so aus dem Leben reißt. Die Thallers waren nur wenig älter als wir, oder?«

Wolfin hob kurz den Kopf, wuffte und legte sich wieder ab. Theres schüttelte den Kopf. »Ja, schon, aber das meinte ich nicht. Irgendwas ist da unrund bei der Gin-

Kampagne. In Wien bei meiner Eventagentur haben wir die Werbung auf den sozialen Netzwerken immer frühzeitig gestartet, wenn es etwas Neues gab.« Sie krauste die Lippen. »Warum haben sie den Online-Part der Kampagne nicht längst umgesetzt?«

Erneut zog Paul sein Handy und fuhr über das Display. »Bestimmt gibt es dafür eine Erklärung.« Er steckte sein Handy zurück in die Jackentasche. »Wenn du ein Röhren in deinem Haus hörst, heißt das doch auch nicht gleich, ein Hirsch steht im Wohnzimmer. Vielleicht ist nur die Wasserleitung gebrochen.«

Bellend mischte Wolfin sich ein. Die Zunge aus dem Maul, den Blick aus den runden, dunklen, treuen Augen hob sich der Kopf vom Pfarrer zu ihr. Dann legte sie den Kopf auf die Vorderläufe, als wollte sie sagen: *Erklärungen sind manchmal einfacher und naheliegender, als du dir einreden willst, Metzgerin. Chill mal!*

Theres' Augen wurden schmal. »Zwei Tage, seit sich der Boandlkramer die Thallers geholt hat.« Sie stemmte die Hände in die Hüften. »Und worüber man stolpert, sind haufenweise Bilder von Marie. Und du erzählst von einem Streit in der Kirche. Mit Marie. Ich find, das klingt eher nach Hirsch als nach Wasserleitung.«

»Keine Ahnung, Miss Marple.« Paul trat von einem Fuß auf den anderen, rieb sich den Nacken. »Ich weiß wirklich nicht, worum es da ging.«

Die Glocke im Kirchturm dröhnte ihre Gongs, zwei tiefe Schläge, über den Friedhof und über die Häuser. Halb vier. Theres schreckte auf. »Shit! Ich muss zurück.«

»Damit der Waffenstillstand hält?«

Wolfin lief voraus, nebeneinander stapften Paul und Theres am Leichenhaus vorbei. »Vielleicht solltest mal mehr unter die Leut, außerhalb deiner Kirche«, lenkte sie ab. »Und weg von deinen Games.«

»Schmarrn«, protestierte er. »Du brauchst auch immer das letzte Wort.«

»Genau.«

An der Pforte knuffte sie ihn zum Abschied in den Oberarm.

»Wann seh ich dich wieder?« Paul deutete auf das Gotteshaus hinter sich.

»Ich schick die alljährliche Spende«, antwortete sie. »Die betet für mein Seelenheil. Bin ich mir sicher.«

Er seufzte. »Die Idee mit der Spende war so viel deine Idee wie der Leberkäs«, kommentierte er.

»Wildsauleberkäs«, erinnerte sie ihn.

»Ich hab mich schon gewundert. Sau verträgst ja normalerweise nicht«, bemerkte Paul.

»Stimmt.« Theres lächelte. »Ein wenig angepasst, ein wenig verfeinert, und schon funktioniert's auch für mich trotz Allergie.« Sie sog an ihrer Unterlippe. »War dem Babba seine Idee.«

Paul hob die Augenbrauen. »Sein Beitrag, mh?« Zwinkernd legte er den Kopf schief und warf ihr von der Seite einen Blick zu. »Obwohl du alles andere auf den Kopf gestellt hast, hilft er dir auch noch dabei.«

Ihre Augen wurden schmal.

»Vielleicht verdammen nicht alle alles, was sich verändert«, sagte er. »Vielleicht ...« Er kratzte sich an der Nase, wie früher, zwickte die Augen zusammen. »Vielleicht ist auch nicht alles schlecht, was von den anderen kommt.«

»Übertreib nicht, Pauli.« Vor ihrer Irischen Wolfshündin schlüpfte sie durchs Tor, drehte noch mal den Kopf. »Sicher bin ich mir da nicht.«

20. Alessia / Lüftl
Historischer Dorfkern

Sobald die Outdoor-Jacken ihre Aufmerksamkeit von der bemalten Fassade lösen konnten, gafften sie zu ihr. Im Hintergrund reckte der Kirchturm von St. Peter und Paul sich in voller Größe und Pracht gen Himmel, auch das ältere Paar davor beobachtete sie, etwas dezenter. Die Gruppe jung gebliebener Sandalenträger und Dauerwellen an der Hausecke vor dem Schaufenster gegenüber rätselte dagegen lautstark über ihr Treiben. Immer wieder lachte einer auf.

Alessia prüfte Entfernung und Lichteinfall, die Einstellung von Kamera und Stativ. *Ich kann euch hören!*, dachte sie. *Und sprechen kann ich auch.* Alessia seufzte nicht mehr, doch ganz leicht zuckte sie zusammen bei jedem Lacher. In Hamburg, München, Berlin wunderte sich niemand. Hier war sie das regenbogenbunte Pony, das sich vor einem Holzlattenzaun postierte.

Hinter ihr an dem zweistöckigen Gebäude streckten sich goldfarbene Säulen neben den Türstöcken empor wie zu einem Palasteingang. Über und unter den Fenstern kragten Brüstungen, zierten Embleme die meergrünen Fensterläden. Kein Stuck, alles aufgemalt, alles abgestimmt auf das Bild über der Tür: die in Hellblau und Rosa gekleidete junge Frau, ihr Baby auf dem Arm, und eine Gruppe Gratulanten rundum. Maria und Jesus.

Alessias Nacken schmerzte. Und die Mundwinkel. Wegen des Dauerlächelns. Und ihr Kopf. Wegen der Unterhaltungen neben ihr und über sie. Wegen der Stimmlage. Wegen des Dialekts. Oder der Kombination aus allem.

»Grüß Sie Gott!«, zitierte sie laut und langsam und nickend das Guten Tag, wie es hier verwendet wurde. Die Tennissocken und Zipperhosen gegenüber senkten den Blick.

Dann lächelte sie noch stärker, riss die Augen noch weiter auf und drückte den Auslöser. Sie schwenkte die Kamera über die grellbunten Blumen – Geranien – und Mings Imbiss und die Kirche natürlich. Im Kurzvideo beglückte sie ihre Follower damit, was sie von den Einheimischen und der Touristeninformation über das bemalte Haus hinter ihr erfahren hatte. Lüftlmalerei und illusionistische Malerei im Barockstil, Trompe-l'Œil, Augenbetrug. Zum Abschluss schickte sie ein Winken, noch ein Lächeln und ein Küsschen. Die Aufzeichnung stoppte, sie packte die Kamera wieder ein.

»Friseursalon Otto Kretschmar«, entzifferte sie die verschnörkelte Schrift auf dem nebenstehenden Gebäude. *Ein Massagestudio wäre auch was Nettes gewesen. Gibt es so was denn gar nicht hier?* Die Hauswand blieb jede Antwort schuldig, der vorbeituckernde Traktor auch. Sie knipste den Trecker und lud das Foto bei Instagram hoch. Hashtag #Landleben #Tradition #Kunst.

Die Sandalengruppe wanderte weiter, das Spektakel war erst mal vorbei. Alessia verdrehte die Augen. Über die bemalten Häuser, Blumenkästen, Bänke, sauber gekehrten Gehwege schweifte ihr Blick, ihre Gedanken die Dorfstraße hinunter, die ihr einen überdimensionierten, bunt beklecksten Kleinbus entgegenspülte. Ein Kirchturm erhob sich dahinter. »Mit Müh und Not acht Einwohner, aber zwei Kirchen.« Sie drehte sich in die andere Richtung. »Haben die Menschen hier überhaupt noch Zeit für was anderes als beten?« Ihre Hand wanderte nach oben über ihren Nacken und richtete die Haarsträhnen, die herausgefallen waren aus ihrer Frisur. »Immerhin gibt's WLAN for free.«

Zum dreiundfünfzigsten Mal diese Stunde checkte sie ihre WhatsApp-Nachrichten. *Immer noch nichts. Das kann doch nicht wahr sein. Ist das dein Ernst?* Sie starrte auf die App. »Verdammt.«

Alessia blinzelte. So vorsichtig wie möglich wischte sie den Nieselregen aus ihren Augen – oder das, was Nieselregen sein könnte. Über den Reverse-Bildschirm des Smartphones prüfte sie, ob die Wimpern-Extensions noch dort saßen, wohin sie sie heute Morgen drapiert hatte. Ihr Kiefer spannte. *Verdammt. Wir waren verabredet. Und jetzt? Das ist doch ein schlechter Witz. Und meine Follower soll ich jetzt mit Kunst und Kirche aus der Provinz entertainen.* Schritte rissen sie aus ihren Gedanken – oder waren das Pfoten? Hundegebell schnauzte zwischen den Häuschen mit ihren Fensterlädchen und Holzverkleidungen und Efeu- und Geranienbüschen hindurch auf sie zu.

Sie winkte, und dieses Lächeln musste sie nicht vorgaukeln. »Hallo!«, rief sie, räusperte sich. »Ähm, servus, natürlich.«

Der Abstand schmolz Tritt um Schritt. Ohne Eile näherte ihre Gastgeberin sich mit ihrem Hund. Hündin. Wolf, oder was auch immer das war, dieses Riesentier.

Wolfin, fiel ihr ein. *Seltsamer Name. Irgendwie. Irgendwie gut.*

Nicht einen Pinselstrich Make-up konnte Alessia auf den kantigen Zügen erkennen. Die Lippen zeigten kein Lächeln. Wärme strahlte sie dennoch aus auf eine schmirgelpapierraue, schiefergebirgskantige Art.

»Instagram-Prinzessin. Habe die Ehre.«

Alessia entdeckte das Messer an Theres' Seite, musste grinsen. »Servus, Schlachterin.« Sie deutete auf die Klinge. »Immer im Job, was?«

Etwas, das im Fall der Metzgerin als Lachen gelten konnte, huschte über das Gesicht. »Von nix kommt nix.« Theres wandte sich weiter zur Straße Richtung Metzgerei. »Brennt's daheim?«

»Was?« Alessia schreckte auf. Sie schoss um ihre eigene Achse, suchte den Himmel über den Gebäuden ab.

»Feuer! Ob Feuer ausgebrochen ist in der Metzgerei oder im Haus?« Die Braue der Metzgerin wanderte nach oben. Das Einzige, das sich in ihrem Gesicht bewegte.

»Ähm«, zögerte Alessia, ihre Augen wurden schmal. Sie schüttelte den Kopf. »Kein Feuer, glaub ich, nein.«

»Aha«, sagte Theres. Der Wolfshund drängte sich gegen die Oberschenkel der Metzgerin und musterte Alessia. »WLAN kaputt?«

»Warum?«

Theres deutete nach oben, nickte ihr zu. »Scheißwetter! Was treibt dich also raus?«

Alessia hob das Stativ an, zeigte auf ihr Handy.

Die Metzgerin legte den Kopf schief. »Ständig präsent, ständig online, ständig Bilder. Posts. Neue Versatzstücke des Lebens.«

Alessias Schultern sackten ein wenig nach unten. »Treffend zusammengefasst.«

Von der Metzgerin kam etwas wie ein Knurren – oder vom Hund –, dann ließ sie ihren Arm über die Umgebung gleiten. »Und?«

Alessia warf der anderen einen Seitenblick zu. »Kosten mehr Wörter extra bei dir?«

»Unbezahlbar.«

Alessias Schultern unter der Barbour-Jacke zuckten. Die Metzgerin stellte sich neben sie und fixierte das bemalte Haus, verschränkte die Arme vor der Brust, lehnte sich zurück. Die Hündin schloss neben ihr auf und hob die Schnauze. Wie ihre Herrin hielt sie die Augen nach oben.

Alessia bemerkte eine Braue, die sich hob, den Mundwinkel, der zuckte, sie sah den durchgestreckten Rücken und die Haltung der Arme, des ganzen Körpers. Alessia wollte ein Stück davon – von dieser Haltung, dem Selbstverständnis.

Sie stapfte zum Stativ, löste die Schrauben und klappte die Einzelteile ineinander. »Fuck. In Hamburg könnte ich sein oder in München. Oder zumindest bei einem bezahlten Auftrag.« In eine schwarze, gepolsterte Tasche stopfte sie die Streben. »Und stattdessen? Stehe ich hier. Statt über Netflix erzähle ich von bemalten Häusern. Ich war auch noch so dumm, die Fahrtkosten vorzuschießen, nur für ein Treffen mit …« Sie hustete. »Mit denen. Also den Schauspielern. Und ein Ticket for free.« Sie zog den Verschluss zu und stellte die Tasche vor sich, wie ein kleines Schwert. »Und dann sind meine Flüche nicht halb so effizient wie das undeutliche Zeug, das hier alle brabbeln. Lüftlmalerei. Was heißt das überhaupt?«

»Japp«, antwortete Theres, und ihre Mundwinkel bebten. *Amüsiert?* »Lüftl, mh?« Ihre Gastgeberin musterte sie. »Mit Holzleitern und Kalk, mit Pinseln, die vermutlich mehr Splitter in der Hand zurückließen als Farbe an der Wand – so muss das gewesen sein vor bald dreihundert Jahren. Vielleicht gab es Holzgerüste, wer weiß. Auf jeden Fall war da einer mit Leidenschaft – und

Talent. Vielleicht hatte er kein Geld für Leinwände. Dazu weiß ich nichts.« Sie zuckte die Schultern. »Aus irgendeinem Grund geht es ja immer los. Und wie ich das sehe, ist der Grund oft Not oder Glaube. Solange der Kalkputz noch feucht war, hat Franz Seraph Zwinck gemalt und die Gemälde untrennbar mit den Fassaden verbunden. Er war einer der Ersten, einer der Besten für diese Art des Hausschmucks. Der Hausname der Familie Zwinck war Lüftl, heißt es. Und jeder wollte eine Malerei wie die vom Lüftl. Deswegen: Lüftlmalerei.« Ihre Hand pinselte in die Luft. »Am Ende hat's ihm Wohlstand und die Rolle des Kaiphas bei den Passionsspielen annoanno und noch mehr Arbeit gebracht. Nur alt ist er nicht geworden. Schlechter Deal.« Theres' Hand senkte sich, sie nickte Alessia zu. »Aber sein Talent überdauert die Zeit.«

»Und die Bilder selbst? Was soll das – ein paar Leute, die auf ein Baby starren, einer, der Feuer löscht, eine, die dem anderen den Kopf abschlägt? Warum malt man sich so was auf sein Haus?«

Theres schluckte, befeuchtete ihre Lippen. »Judith enthauptet Holofernes, der sie vergewaltigt hat. Judith steht für Tapferkeit und Stärke, sie soll das Böse vom Haus und der Familie fernhalten. Der Feuerlöscher? Das ist Florian, und natürlich soll er symbolisch gegen Bedrohungen schützen.«

Alessia musste grinsen. Sie biss sich auf die Zunge. »So viele Worte? Die Rechnung wird krass hoch für mich, was?«

»Japp«, antwortete Theres. »Unbezahlbar.«

Alessia schlug ihre Hand gegen die Brust. »Von Forderungen erschlagen noch vor dem Beginn der Festspiele … Passion«, korrigierte sie sich und blickte so ernst sie konnte. »Dann sitze ich abends wenigstens nicht mehr in meinem Zimmer wie eine Zwölfjährige auf Klassenfahrt mit Ausgehverbot.«

»Welch ergreifendes Schicksal.« Theres griff in ihre Jacke und reichte ihr demonstrativ Taschentücher. »Oberammergau hat ...« Sie legte den Kopf schief. »Nachtleben nicht gerade, aber Bars. Ein oder zwei.«

»Nein ...« Alessia seufzte, richtete die Fingerspitzen auf sich. »Ich bin allein, was soll ich da? In Hamburg ist das was anderes, aber hier ... Was ist mit dir?«

Theres runzelte die Stirn. »Im Moment überlebst du auch ganz gut allein.«

»Aber abends, in einer Bar? Was ...« Die Kirchenglocken übertönten für ein paar Momente jedes Wort. Alessia deutete zum Turm. Die Uhr zeigte drei Uhr fünfundvierzig. »Weshalb klingelt das so oft?«

»Läuten, heißt das«, brummte die Metzgerin.

»Ah?«

»Kirchenglocken *läuten*«, wiederholte sie. »Sogar in Hamburg, oder nicht?«

Auf dem Pflaster vor sich rückte Alessia ihre Stativ-Tasche zurecht, zuckte die Schultern. »Das Läuten geht unter – da sind die ganzen Autos, Schiffe, Stadtgeräusche. Hier ...« Sie nickte zu den Häuschen mit ihren Fensterlädchen. »Hier gibt es nicht ganz so viel ...« Alessia stockte, übte weiter, die Miene der Metzgerin zu deuten.

Die Hündin wuffte. »Weshalb es jetzt so oft läutet?«, hakte Theres nach. »Um vier findet in der Kirche ein Gottesdienst statt. Die Glocken rufen die Gläubigen zusammen«, erklärte sie. »Zamläuten heißt das hier auch.«

Gegenüber aus dem Seiteneingang des Hauses trat eine ältere Frau. Ein langes, schwarzes Trachtenkleid, die Schultern, der leichte Buckel balancierten eine Miene, in die sich von Wimpernschlag zu Wimpernschlag tiefere Falten gruben. So sorgfältig sie die Tür absperrte, so sorgfältig war auch der graue Haarschopf zum Knoten geflochten. In der einen Hand hielt die Alte ein Büchlein. Die andere vergrub sie unter der Schürze ihrer Tracht und wackelte Richtung Kirche los. Eine seltsame Holzperlenkette zappelte aus der Tasche. Ohne aufzublicken, passierte die Alte. »Grüß dich, Theres!« Die Stimme klang freundlich.

»Grüß Gott, Sammerin!«, antwortete Theres.

Alessia sah der Alten hinterher. »Was ist eine Sammerin?«, flüsterte sie.

Theres räusperte sich. »Das ist Frau Sammer. Und hier sagen wir halt Sammerin.«

»Eine weibliche Form der Familiennamen?« Alessia rieb sich die Nasenspitze. »Respekt. Bayern ist in der Genderdiskussion weiter, als ich dachte.«

Aus den Seitengässchen bogen noch mehr Menschen in die Straße ein, kauten aus Theres' Namen und ihren seltsamen Worten einen Gruß, den die Metzgerin erwiderte, und hielten auf die Kirche zu. *Wie eine kleine Verschwörung.*

»Kennst du alle hier?« Alessia beobachtete die Passierenden. »Und jeder grüßt hier jeden«, stellte sie fest. »Und kennt sich mit Namen.« Dann drehte sie sich wieder zu Theres, ihre Augen wurden schmal. »Was ... geschieht bei so einem Gottesdienst?« Sie folgte dem Beispiel der Metzgerin und rückte näher an die Hauswand, um den Kirchgängern nicht im Weg zu sein.

Wolfin legte sich ab und sah zu ihnen auf. Irgendwo am Kirchturm vorbei glitt Theres' Blick, sie sog die

Unterlippe ein. Im nächsten Moment sah sie ihr direkt in die Augen, ihre Miene wandelte sich. »Schau einfach vorbei.« Sogar die Stimme klang sanfter. »Der Gottesdienst ist für jeden offen. Manche schätzen das Meditative.«

»Du auch?«

Über das Gesicht der Metzgerin legte sich ein Schatten, deuten konnte Alessia ihn nicht.

»Hallo, Hamburgerin!«, rief jemand hinter ihr.

Alessia zuckte zusammen, bemerkte Theres' Stirnrunzeln aus dem Augenwinkel. Als sie sich umdrehte, kam einer der Schauspieler der Passionsspiele auf sie zu. »Hey!«, begrüßte sie ihn. »Wie cool, dich zu sehen! Ich dachte schon, dazu hab ich gar keine Chance, wo du doch sogar Hauptdarsteller bist.« Sie streckte sich auf die Zehenspitzen und umarmte ihn kurz. »Musst du nicht bei den Proben sein?«

»Ach, Schmarrn, Alessia. Wieso hast du nicht einfach vorbeigeschaut? Du weißt doch …«

Mit gesenktem Haupt nickte sie. »Ja, ja, ich weiß.«

»Haben wir dir doch schon bei der Party gesagt.« Er fuhr sich durch das lang gewachsene Haar. »Du bist jederzeit willkommen. Hast die Marie schon gesehen?« Ein verschmitzter Ausdruck trat auf sein Gesicht. »Und … die anderen?« Er zwinkerte ihr zu.

Alessia trat von einem Fuß auf den anderen, kurz flackerte ihr Blick zu Theres. Neugier entdeckte sie auf deren Gesicht. »Allein in Oberammergau«, hörte sie ihre Gastgeberin murmeln. »Verrückt.«

»Aber das ist halt schon ewig her«, lenkte Alessia ab und legte den Kopf in den Nacken, um den Passions-Jesus besser zu sehen.

Er winkte ab. »Ach quatsch. Haben wir doch gesagt. Gilt!« Zwei Finger an der Augenbraue vorbeiwischend grüßte er Theres. »Servus, Metzgerin. Übrigens: beste Bratensemmeln, ever! Kommt ihr zwei mit in die Kirche?«

»Ich nicht. Meine tägliche Dosis Kreuze hatte ich schon. Fleischliches wartet auf mich.« Theres deutete Richtung Metzgerei. Ihre nächste Geste scheuchte Alessia davon. »Aber du kriegst damit gleich die Antworten auf deine Fragen: das geheime Treiben bei einem Gottesdienst. Und wenn du nicht zu arg auffallen willst, mach einfach, was die anderen auch machen.« Sie zwinkerte dem Schauspieler zu, und der Passions-Jesus nickte. »Und ein Vaterunser wirst ja zustande bringen.«

»Was?«

Theres schnaufte. »Nimm dir eins der Ladati.« Räusperte sich. »Eins der Gesangsbücher, das so aussieht wie das von der Sammerin.«

»Finden wir schon, Frau Lehrerin«, mischte der Jesus sich ein und streckte die Zunge gegen sie.

»Depp«, lachte Theres, dann wieder an Alessia gewandt. »Gotteslob steht drauf. Dort findest du das Vaterunser«, wiederholte sie. »Liegen ganz hinten aus oder in den Kirchenbänken.«

Alessia nickte. »Vaterunser, hab ich schon mal gehört.«

Der Schauspieler beugte sich zu ihr, senkte die Stimme. »Im Dorf sprechen sie die Gebete auswendig mit. Nicht wundern.«

»Mh. Vaterunser«, sagte Theres augenzwinkernd, ihr Blick hing an dem Berg, den sie Kofel nannten. »Stellt euch vor: Was, wenn der Himmlische Vater eine Mutter ist? Was glaubst, was die für einen Grant hat?

Seit Jahrhunderten betet jeder immer nur *Vaterunser*.«

Auf Theres' Miene trat ein undeutbarer Ausdruck.

Er runzelte die Stirn, dann grinste er. »Fänd ich auch nicht schlecht.«

Von Alessias Bauch sprudelte ein Lachen bis in den Kopf. Stoppte im nächsten Moment. Hinter den Lippen bissen die Zähne es fest. Erst als sie ihn lachen hörte, ließ sie ihres frei.

Ein Fünkchen Wut zündete in ihrem Bauch. Ärger über sich selbst. *Als bräuchte ich eine Erlaubnis dafür.*

21. Toni / Verbindungen

Polizeistation

»Erleuchte uns!« Toni lehnte sich in seinem Bürostuhl weiter zurück, Floriane nahm das Telefon vom Ohr. Er rollte zur Seite, um seine Kollegin besser zu sehen.

Mit ihrem Zeigefinger drehte Oberwachtmeisterin Dinklmeier das Handy auf der Tischplatte und starrte vor sich hin. »Mh«, sagte sie, ihn schien sie nicht wahrzunehmen.

Im Zimmer des Chefs raschelte Papier. »War das die Marketingagentur?«, rief er nach draußen.

»Ph«, schnarrte sie. Sie runzelte die Stirn, soweit Toni das sehen konnte, er erhob sich von seinem Platz und stellte sich seitlich von ihr, Anton stand im nächsten Moment im Türrahmen.

»Also?«, hakte Sollinger nach. »Floriane?« Die – warum auch immer – drückte das Telefon gegen ihre Nase. »Was ist jetzt mit der Marketingagentur? Und hast du die Bilder von der Festplatte mit den Nummern auf den Notizzetteln vom Kampagnenplan verglichen?«

»Schon lang.« Dinklmeier legte das Telefon weg, richtete sich auf in ihrem Stuhl und drehte den Bildschirm ein wenig zu ihnen. »Alle Bilder gefunden, alle mit Marie – abgesehen von diesem einen Post-it, das mit Frage- und Ausrufezeichen markiert ist. Keine Ahnung, wo und was das für ein Bild sein soll. In dem Kampagnen-Ordner mit Marie jedenfalls nicht.«

»Du hast aber schon auch woanders …«

»Die Werbeagentur wusste auch nicht, was das für ein Bild ist«, fuhr sie fort.

Toni räusperte sich. »Und das hat jetzt dreißig Minuten gebraucht, um das zu klären?«

»Das hat ein bisschen gedauert, bis ich bei der richtigen Person angelangt war.« Flo schob sich weg von ihrem Tisch, schüttelte den Kopf, sprang auf. »Und bis ich sie davon abbringen konnte, mich zu fressen.«

»Jetzt mal ganz ruhig, Dinklmeier! Wir sind nicht beim Dschungelbuch. Die haben erst mal keinen Grund, auf dich loszugehen.« Sollinger lehnte sich gegen den Türstock. »Erzähl mal der Reihe nach.«

Runzeln gruben sich auf Tonis Stirn, genauso wie auf Florianes. »Dschungelbuch?«

Der Chef warf eine Geste in die Luft. »Dschungelbuch halt, mit diesen Z-Promis, die Känguruhoden essen, sobald eine Kamera auf sie gerichtet ist, und die den anderen an die Gurgel gehen, wenn die beliebter sein könnten. Weil der mit dem, und die oder der falsch geschaut hat und die Made gegessen hat, die dem anderen gehört, und so weiter. Oder läuft das im Fernsehen schon gar nicht mehr?«

Toni verengte die Augen, ihm lag auf der Zunge, worauf sein Chef hinauswollte. Floriane war schneller. »Dschungelbuch doch nicht! Wann hattest du zuletzt ein Buch in der Hand? Lies mal öfter, vielleicht kannst du's dann auseinanderhalten. Dschungelbuch ist Balu, der Bär. Dschungelcamp ist, wo man die peinlichsten zwischenmenschlichen Macken in der Glotze exhibitioniert.«

»Für ein paar Momente im Licht der Öffentlichkeit«, ergänzte Toni.

»Oder für Kohle«, setzte Floriane dazu.

»Jedenfalls, zurück zur Agentur.« Sollinger deutete auf Tonis Schreibtisch. »Baurieder …«

»Schon dabei!« Bereit, Florianes Ausführungen festzuhalten, schnappte Toni sich seinen Laptop.

Mit einer Geste in Richtung der Kollegin forderte Sollinger den aktuellen Stand ein. »Also?«

»Erst ging es ein wenig hin und her, schließlich hatte ich die Richtige dran, die in der Marketingagentur die Thallers betreut. Zwar arbeiten immer wieder Mitarbeiter zu, aber die Thallers sind Chefsache, besser gesagt: Chefinsache.« Dinklmeier platzierte sich auf der Kante ihres Schreibtischs, benutzte ihren Bürostuhl als Schemel. »Und natürlich Kunden, wie man sie sich nicht besser backen kann.« Floriane seufzte. »Hat die Chefin eintausenddreihundertvierundachtzig Mal betont.« Vor ihrem Gesicht schob sie ihre Hand von rechts nach links, die Finger klappten zum Daumen, zu und auf. Gelaber. »Und natürlich ist es umso ärgerlicher, dass sich die Thallers nicht an den Plan der Kampagne gehalten haben, sondern immer wieder eigenmächtig was geändert und verschoben haben, wo doch alles so perfekt vorbereitet und durchdacht war von der Agentur.«

Toni fächerte sich mit der Hand vor dem Mund, simulierte ein Gähnen. »Perfekte Kunden, perfekte Arbeit von der Agentur.«

»Beim Stichwort ›perfekte Kampagne‹ hab ich gleich die Bilder von Marie ins Spiel gebracht.« Sie schob das Kinn vor, lachte kurz auf. »Hättet ihr hören sollen. Ich dachte, mir fallen die Ohren ab. Marie ist ein rotes Tuch – blutdunkelkarmesinrot.«

Sollinger trat auf dem Podest nach vorne. »Du willst mir jetzt nicht erzählen, sie hat dann fast dreißig Minuten über Marie gelästert? Bitte nicht! In der Zeit …«

»Gar nicht!«, unterbrach sie ihn. »Also, ja, schon«, schob sie nach. »Aber das war sehr ergiebig. Sie hat sich richtig in Rage geredet. Und ihr wisst ja, wie das ist …«

Toni schüttelte den Kopf. »Du schaust zu viele Krimis im Fernsehen.«

»Schmarrn!« Floriane verschränkte die Arme vor der Brust. »Das ist so – auch im echten Leben! Die Leute verraten mehr. Du musst nur zuhören.«

Sollinger räusperte sich. »Weiter im Text!«

»Marie ist seit Juli letzten Jahres Kundin von *Zhoch2*, und durch sie – und natürlich durch den vorbildhaften Einsatz der Marketingagentur – kam schließlich die Verbindung zu den Thallers zustande. Eine übergreifende Zusammenarbeit wurde geplant. Win-win für alle: Thallers' Gin und Maries Karriere, sprich: Bekanntheit, beide Seiten sollten profitieren. Pläne, Termine, Fotos wurden abgehakt, und sooo viel Liebe wurde da vonseiten *Zhoch2* reingepackt und Kreativität, schlaflose Nächte, Energie und Herzblut«, leierte Floriane. »Bis Marie ausgetickt ist.«

»Blut? Ausgetickt?« Toni richtete sich auf. »Klingt interessant.«

»*Zhoch2*? Das ist die Agentur, oder?«, vergewisserte sich Sollinger.

»Steht für Zentmayr hoch 2.«

Toni kratzte sich an der Stirn. »Wie der Co-Regisseur bei den Passionsspielen.«

Sollingers Augenbrauen wanderten hoch. »Seit wann kannst du dir merken, wie die Leut hier heißen und wer was macht?«

»Schriftsteller leben von Details.« Er hob die Hand, streckte den Mittelfinger.

»Genau!« Floriane sprang vom Tisch. »Die Pia Zentmayr ist die Chefin und Chris, ihr Prachtsohn, das schönste und beste Aushängeschild Oberammergaus, der zweite Geschäftsführer.« Sie verzog das Gesicht, wischte Tonis Blick und sein Erstaunen über ihren Kommentar einfach weg und stellte sich zwischen die beiden. »Der Punkt ist aber: Marie hatte irgendeine Art von Sinneswandel und ist ausgestiegen.« Kopfschüttelnd befeuchtete sie ihre Lippen. »In dem Moment dachte ich, die Zentmayr kollabiert gleich am Telefon. Wer noch was braucht für sein Repertoire an Schimpfwörtern: Ruft einfach an und nennt Maries Namen. Krass! Jedenfalls, warum Marie aussteigen wollte, wusste die Chefin angeblich nicht, und von einem Streit zwischen den Thallers und Marie auch nichts. Aber irgendwas ist passiert. Ich hab sie gefragt, ob sie einen Ersatz für Marie besorgt hätten, oder was dann in so einem Fall üblich ist.«

Toni rollte nach vorn. »Und?«

Floriane wanderte durch den schmalen Gang zum Tresen, der den Arbeitsbereich von dem öffentlichen Bereich trennte. »Nichts. Sie hat betont, *Zhoch2* hätte Marie dringend geraten, bei der Kampagne zu bleiben, weil das auch für ihre Karriere das Beste wäre. Aber Marie war unglaublich stur, sagte sie, und hat abgeblockt.«

Sollinger löste sich vom Türstock und stellte sich an den Rand des Podests. »Im Klartext: Sie waren also nicht bereit, einen Ersatz für Marie aufzutreiben und noch mal Kosten und Zeit für ein Shooting zu verschwenden? Haben sie wirklich nichts unternommen, um Marie zu ersetzen?«

»Und plötzlich war es dann Mai, hat sie nur gesagt.« Floriane hob salomonisch die Hände. »Das könnt ihr euch jetzt aussuchen, ob sie es einfach ausgesessen haben, oder ob dahintersteckt, dass sie die Marie einfach nicht aus der Kampagne gelassen haben.«

»Wenn das ihre Karriere voranbringt – wieso schlägt sie das aus?« Sollinger runzelte die Stirn.

»Und plötzlich löst sich alles in Wohlgefallen auf«, fuhr Flo fort. Sie hievte sich auf den erhöhten Tresen. »Die Thallers weg, keine Kampagne mehr, keine Verpflichtungen.«

Vom Podest kam ein zustimmendes Brummen. »Dinklmeier, du weißt, was das heißt?«

»Fragen stellen!«

»Pack dir den Baurieder ein und los! Um die Zeit ist Marie sicher bei den Proben im Passionstheater, und mit ihr ein paar Antworten, die anscheinend sonst keiner hat«, schnaubte der Chef.

Flo starrte auf die Uhr. »Mittwoch ist heut, oder?« Dann schüttelte sie den Kopf. »Die meisten werden heute noch mal zum Gottesdienst gehen. Tradition.«

»Ja, dann: Auf in die Kirche!«

Toni spürte ein Schaudern über sein Rückgrat, hörte Flo an sich vorbeistapfen, ihre Jacke packen, Schubladen knallen, nach ihm rufen. Er blinzelte. Sie klopfte auf seinen Schreibtisch. »Extra-Einladung, oder was?«

»Aber ganz sicher nicht! Flo, in die Kirche geh ich nicht.«

»Löst du dich bei der Berührung mit Weihwasser in deine Bestandteile auf, oder wie?«

Toni lächelte. »Ich will die armen Sünder nicht mit meiner Reinheit blenden.«

»Wenn du so weitermachst, kannst du meinetwegen die Presse blenden mit was auch immer«, knurrte Sollinger.

Flo grinste. »Dann würd ich mir das mit der Kirche noch mal überlegen, Toni.« Und an Sollinger gewandt: »Sitzt dir die Christiane im Nacken?«

»Sie will bis morgen Abend von uns ein brauchbares Statement für die Presse. Freitag kommt ihr Bericht – mit oder ohne unsere Zustimmung.«

Toni senkte den Blick und vertiefte sich wieder in die E-Mails. »Was ist das, Sollinger: Schikane oder ernsthafte Pressearbeit?«

Flo legte den Kopf schief. »Ehrlich, nach eurer Trennung weiß man nicht, ob die Christiane das, was zwischen euch privat noch offen ist, nun beruflich raushaut.«

»Ich … Ach, was weiß denn ich!« Sollinger seufzte. »Mit oder ohne Presse – wir haben genug zu tun und immerhin schon Mittwoch. Deswegen: Los jetzt!«

Toni schüttelte den Kopf. »Vergiss es! Kein YouPorn bringt mich in die Kirche!« Er kratzte sich am Kinn. »Heißt das eigentlich so?«

»Depp!« Sollinger holte seine Jacke aus dem Büro. »Also dann, Flo: Wir fangen in der Kirche an, oder davor, je nachdem, wie wir die Schauspieler erwischen. Anschließend macht ihr beide im Theater weiter mit den anderen, die wir nicht gleich erwischen.«

»Sesselpupser«, grinste sie in Tonis Richtung und marschierte los.

22. Andere Augen

Nach unten. Ich spähe über die Brüstung. Ich bin mir sicher, sie ist es, und sie hat mich gesehen. Mit dem Schauspieler. In der Bank genau unter der Empore. Fast genau unter mir. Ich zucke zurück.

Seit der Party haben wir uns nicht mehr gesehen. Gesprochen. Nichts mehr ...

Sie ist hier.

Sie hat nicht geschrieben, nicht mehr seit gestern Abend. Nichts.

Aus den Augenwinkeln schiele ich nach rechts, starre auf die Nachbarn in meiner Bank. Mein Blick fängt sich in den Malereien hoch droben, wandert über den Altarraum, wandert weiter über die Köpfe der Betenden. Von dort unten sieht sie mich nicht.

Meine Stimme, meine Worte fallen in das Gebet des Priesters ein, die der anderen mit. Ein Gebet. Sie heben die Stimmen kaum. Nur so viel, dass die Worte über die Lippen finden, die Kirche füllen, die Münder, die Ohren. Alles eins. Ensemble, Einwohner, Zugereiste.

Der Tag ist kurz, und der gemeinsame Gottesdienst macht ihn noch kürzer. Die Proben sind nur noch für den letzten Schliff. Alles sitzt. Jeder weiß, wo sein Platz ist. Nervös ist keiner mehr. Oder alle.

Ich auch. Sie auch. Alle.

Seit dem Mord an den Thallers. Ich blättere im Gotteslob wie mein Banknachbar neben mir und die nächste Banknachbarin. Und schrecke zusammen. Der erste Ton der Orgel fährt unter die Haut.

Ich fische nach meinem Smartphone. Ich weiß, niemand macht das. Soll man nicht. In der Kirche. Vielleicht fände ich zwischen den Bits, den Bytes, was ich suche. Bei den Blicken meiner Banknachbarn stelle ich mich stumpf.

Dann sehe ich sie an, beobachte, was ihre Mienen zeigen.

Betet ihr? Wirklich?

Seid ihr hier, weil ihr Vergebung sucht?

Oder folgt ihr nur den anderen, den Anweisungen, dem Trampeln der Herde?

Schauspielende.

Singende.

Kleine Teile, die etwas Großes sein wollen.

Mein Blick fällt. Ich kann sie nicht sehen. Ich sehe die Alten, die Grauen, die, die die Stufen nicht mehr emporsteigen. Ich müsste mich weiter nach vorne beugen über das Geländer der Brüstung der Empore hinab.

Welches Geheimnis verbergt ihr?

Bleibt mein Geheimnis verborgen? Maries Geheimnis?

Sie ist gut gewesen bei den Proben, außerhalb der Proben schweigt sie.

Weshalb hast du das getan, Marie?

Mein Banknachbar sieht herüber zu mir, die Augenbraue des Darstellers wölbt sich. Fragend. Ob es mir gut gehe?

Ich neige mich in dessen Richtung, höre zu. Ob alles in Ordnung sei?

Ich nicke. Mein Herz pulst schneller. Bis in meine Ohren.

Was wisst ihr vom Thaller-Hof? Woran erinnert ihr euch?

Ich verenge die Augen, an meinen Händen treten die Knöchel hervor. Ich klappe mein Buch zu. Der Weihrauch brennt in meinen Augen, nebelt durch den Verstand. Ich japse nach Luft.

Vor meinen Augen wird alles …

Laut!

Der Knall schreckt mich auf, noch mehr der Schrei, ein Poltern gegen Holz. Unterhalb der Empore. Etwas fällt zu Boden. Ich lehne mich vor. Einer liegt dort, ein Alter. Bleich sein Gesicht, die Augen geschlossen.

Alle sehen hin. Zögern. Die einen blättern ihr Buch, die anderen starren zurück zum Altar. Alle zögern.

Sie steht auf, versucht, sich an den Kirchenbesuchern vorbei in ihrer Bank zu drängen, sinkt zurück. Die andere ist schneller, die Dunkle. Sie ist nicht von hier. Sie hat dieses Kind und diesen fremden Namen.

Sie.

Hilft.

Gottesfurcht oder

Ketzerei?

Glaube, Gehorsam oder

Menschlichkeit?

Wie würdet ihr

entscheiden?

Sie werfen Geld in den Opferstock. Spenden.

Geld kauft Seelenheil.

23. Alessia/Der Preis der Seele

Kirche St. Peter und Paul

Als wäre nichts geschehen, starrten die Anwesenden von ihren Holzbänken wieder nach vorn zum verlassenen Altar. In einem Kleid mit glitzerndem, aufgesticktem Kreuz rauschte der Priester durch den Gang.

Casel hieß das, ein Messgewand. *Kleider sind eben doch schöner als Hosen.* Alessia hatte gegoogelt, jetzt hatte sie ein wenig Angst. So wie ihre Banknachbarin zu ihr sah, würde sie ihr entweder gleich das Smartphone aus der Hand schlagen oder sie essen. Fragen wollte Alessia lieber nicht. Im Zweifel konnte die Antwort beides bedeuten.

Immer wieder nickte die Frau demonstrativ nach vorn. Alessia drehte sich nach hinten. Dort in einem der Kirchenstühle war gerade der alte Mann umgekippt. Zwischen der harten Sitzbank und den noch härteren kleinen Bänkchen auf Knöchelhöhe rührte sich keiner. Weder die Frau mit den verkniffenen Mundwinkeln und dem seltsam grellroten Haarschnitt, die gestern in der Metzgerei gewesen war, noch sonst eine der Kirchenbesucher*innen bewegte deswegen auch nur eine Wimper, geschweige denn sich. Jedenfalls beinahe.

Alessia schloss ihren Mund und schluckte und sah, wie der Schauspieler neben ihr das Kind ein wenig schaukelte, das ihm die Dunkelhaarige in den Arm gelegt hatte. Wie mit feinem Stift gezeichnet verlief der Schwung ihrer Augen, dunkel, traurig, irgendwie vertraut. Dann war sie weg, im nächsten Moment zu dem Alten geeilt.

Gemeinsam mit dem Priester half sie dem Ohnmächtigen auf. Der Brustkorb des Alten hob sich minimal, die Augenlider zuckten, dann blinzelte er. Flecken sprenkelten die Runzeln, die Knochen traten hervor und die bläulichen Adern unter pergamenttrockener Haut. Die Weste aus diesem festen, kratzigen Stoff war verrutscht. Verwunderung zeichnete sein Gesicht.

Eine Geste, ein Nicken, ein paar kurze Worte. Der Priester kehrte zurück an den Platz am Altar. Die Dunkelhaarige reichte dem Alten ihren Arm. Das Tuch, das zuvor locker auf dem dunklen Haar gelegen hatte, war bei der Übergabe des Babys auf den Boden der Bank gerutscht. Alessia reichte es ihr. Aus den Augenwinkeln nahm sie die Blicke der anderen wahr, und wie die Köpfe sich blitzschnell wandten, nach vorn, zum Kreuz, zum Altar. Die meisten galten nicht ihr, Freundlichkeit lag nicht darin. Nayla. Ihr fiel der Name wieder ein. Der alte Mann klammerte sich an sie. Den Alten stützend, ihr Kind zurück auf dem Arm verschwand sie zur Kirchentür hinaus.

In Alessias Hals kratzte der Weihrauch und drückte einen dumpfen Schmerz in ihren Kopf.

Gebete sprechen: funktioniert, Hilfe leisten: ausbaufähig. Vom Langschiff über die Betenden wanderte ihr Blick nach oben, sie schnappte nach Luft, musste zweimal hinsehen. Oder hätte sie, hätte nicht von hinten die Kirchenbank in ihr Knie und das Bänklein von vorne gegen ihr Schienbein gedrückt. Die Konstruktion erfüllte ihren Zweck: Alessias Gleichgewicht wankte, sie ging auf die Knie. *Wer sich hier einreiht, der steht, sitzt oder kniet gehorsam betend. Ein braver Christ dreht sich nicht um und glotzt herum,* spotteten Alessias Gedanken. *Und springt nicht zwischendurch auf, um seinen Mitmenschen zu helfen.*

Beim nächsten Blick nach hinten oben war nichts mehr zu sehen, oder niemand. Hatte sie sich getäuscht?

Stöhnend, ächzend, knarzend kniete die Menge wie auf ein geheimes Stichwort nieder im Holzgestühl, betend, die Augen nach vorn. Im Slang der Einheimischen verkündete der Priester etwas, hob die Arme, und das Licht warf einen goldenen Schimmer über den Stoff.

Plötzlich standen wieder alle auf, stellten sich vor dem Priester in eine Reihe und holten sich eine dieser Oblaten, die der Priester aus einer Art Kelch verteilte. Alessia beobachtete fasziniert und mindestens so amüsiert. Zum Schluss schritt der Priester durch die Reihen und wieder zurück, wedelte mit einem Pinsel Wassersprenkel über alle Köpfe. Mit gesenktem Haupt zogen die Gläubigen vorbei an Alessia zum Ausgang, legten Münzen und Scheine in die Schalen neben der Tür. Keiner nahm etwas heraus, auch wenn nicht alle was hineinlegten.

Erst am Dorfplatz wagte sie, ihre Stimme wieder zu benutzen. »Gottesdienst habe ich mir anders vorgestellt.« Sie sah die Ratlosigkeit im Gesicht des Jesus-Darstellers. »Alle machen Gymnastikübungen – aufstehen, setzen, auf die Knie, wieder hoch –, und dann zahlen sie dafür? Wie Eintritt, nur halt zum Schluss. Aber nicht alle.«

»Eine Spende fürs Seelenheil«, murmelte der Schauspieler. Alessia suchte Ironie in seinem Gesicht. Vergeblich.

»Sie kaufen sich also Seelenheil? Stellt die Kirche Quittungen aus dafür?« Die Leute, die in Grüppchen zusammenstanden und tratschten, das Gebetsbüchlein in der Hand, die Kirche hinter ihnen, all das umschloss Alessias Geste.

Er zuckte mit den Schultern. »Wenn man Geld für einen guten Zweck spendet, dann gleicht das die Sünden aus, und die Seele kommt leichter in den Himmel, wenn man stirbt«, erklärte er. »So der Glaube jedenfalls.«

»Der Glaube? Ist der zur Erde gefahren und hat sich vor alle hingestellt und das erzählt?« Sie kniff die Augen zusammen. »Da wäre ich auch gern dabei gewesen. Wenn man etwas bezahlt, ist der Mist vergessen, den man angestellt hat.«

»Gottes Vergebung halt«, wich er aus. Er steckte die Hände in die Hosentaschen, zwinkerte ihr zu. »Na ja, die Kirche und die Priester überliefern das seit Jahrhunderten. Mir hat das schon meine Oma so erzählt. Und wenn man betet und regelmäßig in die Kirche geht, dann hilft das auch, dass man in den Himmel kommt. Das war schon immer so.«

Sie musterte sein Gesicht. »Das ist nicht dein Ernst, oder?«

Er zuckte mit den Schultern. »Na, geschadet hat es jedenfalls noch keinem.«

Alessia blickte zur Kirche zurück. »Und jemandem zu helfen, der umkippt, schon?«

Der Schauspieler deutete nach links. »Da lang!«

Sie zog ihr Handy und knipste den fein angelegten Garten und die Lüftlmalerei am nächsten Haus.

»Das Pilatushaus«, kommentierte er. »Das ist eines der berühmtesten hier. Und das …« Sein Finger deutete auf die Malerei. »… ist die Szene, in der Jesus vor Pilatus geführt wird. Er wurde von den Hohepriestern gefangen genommen und soll verurteilt werden.«

»Weswegen?«

»Die Priester wollen seinen Tod«, antwortete er.

Alessia fotografierte weiter. »Aber warum? Was hat er getan? Ich dachte, er war einer, der Blinde sehend machte und Leuten Essen gab, Fische und Brote und so, bei dieser Bergpredigt. Und die Leute haben ihm zugehört. Das hat der Priester eben vorgelesen. Das ist doch was Gutes?«

»Ähm«, sagte er, räusperte sich, sah sich um. »Er hat Dinge erzählt, die ihnen nicht gepasst haben, ihre Autorität infrage gestellt.«

Ganz langsam senkte sich Alessias Hand mit dem Fotoapparat. »Er war also ein Rebell, keiner von diesen elitären Hohepriestern. Stattdessen war er beliebt bei den einfachen Menschen und kritisch und nicht profitgeil? Und dafür wollten sie ihn verurteilen? Interessant …«

»Hm.« Der Passions-Jesus runzelte die Stirn, er legte den Kopf schief. »Na ja, also so gesehen …«

Sie starrte ihn an. »Das ist schon eine ziemlich traurige Geschichte.« In der Tasche an ihrer Seite verstaute sie den Fotoapparat. »Wieso tut ihr euch das alle immer wieder an? Weil man das immer schon so gemacht hat? Tradition? Geld, das die Touristen bringen?«

Er trat ein wenig von ihr zurück. »Moment, nein! So ist das nicht«, räusperte er sich. »Natürlich zieht das viele an. Aber der Profit steht nicht im Vordergrund dabei.«

»Was dann?«

»Hast du schon mal verglichen, wie viele aus aller Welt da kommen – von überall her? Klar, manche bleiben für sich, aber manche kommen auch ins Gespräch – so wie wir.« Seine Geste sprang zwischen ihr und ihm hin und her. »Du aus Hamburg, ich hier.«

Alessia runzelte die Stirn. »Ohne Passion also auch kein Gespräch?« Misstrauisch. »Gutes Verkaufsargument …«

Er seufzte, zuckte mit den Schultern. »Weißt du, zur Vorbereitung organisiert der Spielleiter eine Reise, dorthin, wo Jesus gelebt hat.«

»Nach Jerusalem?«

»Wir waren dort, letzten Herbst. Nicht alle, aber die meisten von uns«, erzählte er.

»Und?«

Auf seinem Gesicht lag ein Lächeln, sein Blick ging irgendwohin, vorbei an ihr, quer durch die Zeit, durch die Welt. »Wenn ich jetzt vor den anderen stehe, sehe ich nicht einfach nur Nasri, der den Petrus mit unglaublicher Leidenschaft spielt. Ich schau ihn an, ich sehe zwei Jahre Flucht und Hunger, Kälte, die Brandspuren auf seine Füße gefressen hat, und wie er wieder heilt. Und ich sehe Marie.« Alessia horchte auf. »Sie strahlt auf der Bühne, auf den Bildern, überall, wo ich ihr begegne, zieht sie dieses unglaubliche Lächeln vor ihr Gesicht und diesen Schmerz, all die Heimlichkeit, das Schweigen, das sie irgendwo ganz tief drinnen vergräbt.«

»Marie?«

Er nickte. »Für niemanden ist immer alles leicht, aber ihr Jahr war sicher hart, ihre letzten Jahre. Und …« Er biss sich auf die Lippen. »… Liebeskummer ist schlimmer als tausend Messer.«

Ein kleines Stück trat Alessia näher, schluckte. Sie erinnerte sich an die Party im November. »Aber warum? War Marie auch verliebt? Etwa in Chris?«

»Nein.« Kopfschüttelnd blinzelte er, er sah sie an und dann zur Seite. »Nein. In Chris war sie ganz sicher nicht verliebt.« Dann lachte er verlegen. »Jedenfalls: Na ja – so was lernt man halt einfach auch durch die Passion.« Er winkte ab. »Was machst du eigentlich hier? Seit November hast du dich gar nicht mehr blicken lassen, oder? War das nicht anders geplant?«

Alessia winkte ab. »Du weißt, wie das ist: Das Leben hält sich nicht an Pläne. Ich bin hier, um über die Passionsspiele auf Instagram und YouTube zu berichten.«

»Da wird Konrad happy sein, wenn wir unsere eigene Influencerin haben«, lachte er. »Hast du Marie schon getroffen?«

»Das steht noch auf meiner Liste«, antwortete sie. »Ziemlich weit oben.«

»Ziemlich, hm?« Er nickte und knuffte ihren Arm. »Gute Idee.«

24. Marie / Gottes mysteriöse Wege

Passionstheater

»Marie?« Die Tür knallte zu und fegte ihren Schlaf beiseite wie Spinnweben im Frühlingswind. Marie schreckte auf, ihr Blick sprang durch den Raum – über Kleiderstangen, Kostüme, den Koffer mit dem BühnenMake-up.

Chris trabte herein. »Na, Dornröschen! Du kannst mir nicht ewig ausweichen, und ich weiß, du hast versucht, die Agentur zu erreichen.«

»Deine Mutter!« Sie wischte sich übers Gesicht. Er stand zwischen ihr und der Tür. Sie seufzte. »Hau einfach ab!«

»Komm schon, Marie. Ich weiß, es ist viel schiefgegangen, besonders in letzter Zeit. Gib dir einen Ruck, ich geb mir auch einen! Tut mir leid, was war. Aber wir haben nun mal einen Vertrag, und der ist noch eine Zeit lang gültig. Lass uns das als Geschäftspartner regeln, o.k.? Objektiv, ohne Anschuldigungen.«

Sie lachte auf. »Jetzt auf einmal? Hast du dir den Kopf zu hart gestoßen? Alles, was ich bislang vorgeschlagen habe, war euch nicht gut genug.« Sie verschränkte die Arme vor der Brust. »Seit Januar!« Sie musterte ihn. »Eigentlich schon davor. Alles war immer nur für die Thallers.«

»Sorry, Marie! Da ist wirklich vieles schiefgelaufen.«

»Das fällt dir jetzt ein? Jetzt?«

Er hielt die Handflächen vor sich, klappte sie auf. »Besser spät als nie, oder? Wir stecken da beide drin.« Dann drehte er die Hände, hob sie an. »Wir können es auch lassen. Dann steckst du fest – du und deine Karriere. Wie gesagt: Unser Vertrag gilt nach wie vor, und du kannst ihn nutzen.«

»Fi…« Sie schluckte die Worte, dachte *Fick dich!* in Dauerschleife. Für einen Moment schloss Marie die Augen. Sie suchte nach Gleichgewicht in sich, atmete bewusst. »Also: Was soll's denn sein, Chris? Ich bin gleich auf der Bühne dran. Die Kirche ist aus, oder?«

Er nickte, setzte sich ihr gegenüber auf den Stuhl. »Wegen der Thallers wollt ich noch mal mit dir reden, Marie.«

Sie setzte sich auf, spürte ihren Herzschlag beschleunigen.

»Das mit den Online-Themen für die Kampagne lief schief. Als du das alles im Januar beendet hast, ist auch zwischen uns vieles falsch gelaufen. Unsere Agentur hat sich das einfach anders vorgestellt. Wir haben uns auf dich verlassen. Noch mal: Das tut mir echt leid, Marie.« Er räusperte sich. »Aber, sag mal: die Thallers – hast du noch mal mit ihnen gesprochen? Am Montag warst du doch noch bei ihnen?«

»Woher …« Marie krächzte, räusperte sich, straffte ihre Schultern. »Was willst du eigentlich von mir?«

Nach vorne gelehnt stützte er seine Ellbogen auf die Knie. »Bis zur Premiere sind es noch zwei Tage.« Seine Hände klappten nach außen. »Klar, wir sind ausverkauft, aber in Sachen Presse passiert außerhalb der regionalen Medien kaum was.«

»Die Süddeutsche ist wohl kaum nur regional«, warf sie ein.

Er winkte ab. »Jedenfalls: Ein wenig mehr Aufmerksamkeit in den Medien hat noch keinem geschadet. Das muss ich dir doch nicht erzählen, Marie!« Chris kratzte sich am Kiefer.

»Du musst mich nicht daran erinnern, weshalb ich euch engagiert habe. Vielleicht hilft es, wenn du dir das selbst in Erinnerung rufst.« Marie zog die Augenbrauen hoch.

»Hatten wir das Thema nicht schon?« Er gähnte.

»Dass du deine Versprechen nicht hältst, wenn sich Pläne ändern oder Herausforderungen ergeben?« Sie verengte die Augen. »Du kannst gerne gehen, wenn dich nicht interessiert, was mir wichtig ist. Deiner Kundin. Ich will mehr als Aufmerksamkeit. Mir sind bestimmte Werte wichtig, und das vertrete ich auch in der Öffentlichkeit – nicht einfach irgendwas. Ich dachte, wir hätten uns da verstanden? Deine Mutter wenigstens.« An ihrem Hals begann es zu kribbeln, Marie schluckte. »Dachte ich.«

Chris erhob sich, drehte die Hand in der Luft. »Marie, du hast bereits viele Follower in den sozialen Netzwerken, und die Thallers hast du auch gekannt«, zählte er auf, als ob er sie nicht gehört hätte. »Das lässt sich perfekt nutzen. Sieh mal: Du hast dich Anfang des Jahres gegen die Arbeit mit ihnen entschieden, dann passiert das Unglück auf dem Thaller-Hof. Und du bleibst dabei verschont.« Er lächelte und zwinkerte ihr zu.

Marie blickte auf, er redete weiter, ohne sie anzusehen. »Sie brennen Alkohol, du entscheidest dich für einen cleanen Lifestyle. Sie geben die Landwirtschaft auf – ihre Tradition quasi –, du bist die Hauptdarstellerin in einem der traditionsreichsten Schauspiele, das seit 1634 aufgeführt wird von einem Dorf, das seine Versprechen hält.«

»Ouh, Chris! Hörst du dir eigentlich selbst zu, wenn du sprichst?« In ihrem Kopf hämmerte ihr Puls. Marie verschränkte die Arme. »Bitte nicht! Ihr habt euch doch jetzt nicht ausgedacht, den Tod der Thallers als Strafe Gottes zu inszenieren?« Marie schüttelte den Kopf. »Jetzt auf einmal, wo euch die Einnahmen für die Kampagne mit dem Alkohol wegbrechen.«

In ihrer Garderobe wanderte Chris auf und ab. »Vielleicht mit einem Augenzwinkern?«

»Bei Mord?« Sie trat zurück. »Bist du noch ganz dicht?«

Er legte den Finger an die Nase. »Sieh es mal so: Dir bringt es Aufmerksamkeit, am Ende auch für deine Themen. Und es tut keinem weh – win-win! Wir füttern nur ein wenig die Neugier der Menschen.«

»Die Sensationsgier vielleicht.« Sie schüttelte den Kopf. »Wer etwas veröffentlicht, ist auch verantwortlich für die Auswirkungen. Was macht das mit den Leuten hier – mit den Oberammergauern, mit den Besuchern? Was ist, wenn das nach hinten losgeht?« In ihrer Brust schlug ihr Herz schneller. »Hast du dein Gehirn ernsthaft benutzt für diese Gedankengänge? Was ist, wenn dadurch der Fokus komplett verrutscht auf den Mord statt auf die Passion? Was soll das überhaupt für eine Botschaft sein: Wer sich an Traditionen kettet, überlebt? Wer Neues wagt, geht unter? Ernsthaft? Habt ihr sie noch alle? Außerdem werde ich nach der Passion von hier verschwinden und das Traditionsgeschäft meiner Eltern nicht weiterführen. Erwischt es mich dann als Nächste?«

Chris winkte ab. »Man muss es ja nicht gleich übertreiben. Werbung hat noch keinem geschadet! Also, was meinst, Marie? Komm schon! Nach all dem Ärger, den du verursacht hast, wäre das eine faire Revanche. Wird auch Zeit, dass wir online wieder aktiver sind.«

»Mithilfe eines Mordes?«

»Überleg dir das noch mal. Das wäre ein Anfang.«

Marie schluckte, die Übelkeit blieb. »Da gibt es nichts zu überlegen.«

Mit einem Fluch verschwand er aus ihrem Raum. Marie goss sich Tee aus ihrer Thermoskanne ein. Den Ärger brannte das Heißgetränk nicht weg. Sie schlüpfte in ihr Kostüm, ging nochmals durch ihren Text.

Die Türangeln quietschten, rissen sie aus ihren Gedanken, Marie schreckte auf. »Ich mach das nicht«, rief sie über die Schulter zur Tür. »Hast du nicht gehört? Hau ab!«

Einen Spaltbreit öffnete sich die Tür. Dann noch ein wenig weiter. »Marie? Sorry?«

Einen Moment grübelte sie, schließlich erkannte sie die Stimme. Erst die Haare, dann das Gesicht schoben sich herein, halb verdeckte das Türblatt die Figur.

Keine Zeit. Marie schluckte, strich über das Gehäuse ihres Smartphones und legte es neben sich auf den Tisch. Auf diesem Handy in einem der Chats warteten einige Fragen noch immer auf Antwort. Zeit – mangelnde Zeit – war ihre liebste Ausrede.

Marie verlor sich im Blick, der in den Augen ihres Gegenübers lag. Sie wusste, wie Freude aussah und Trauer, Wut und Enttäuschung auf dem Gesicht von Alessia. Sie hatte es nicht vergessen, gleichgültig, wie viel Zeit vergangen war, gleichgültig, ob sie sie im Stich gelassen hatte.

Marie holte Luft, und als Alessias Blick sie traf, passierte es wieder. Wie beim ersten Mal, wie immer danach. Sie trat auf die andere zu und wunderte sich selbst darüber. Sie fasste Alessias Hand. Sie überlegte ganz kurz, doch ihre Freude, sie zu sehen, überwog.

»Ich war gerade noch in der Kirche«, erklärte Alessia.

»Und deine Sünden sind jetzt vergeben?«

25. Anton/Dezente Ermittlungen

Polizeistation

Daran liegt es. Anton entschied, das Knurren im Bauch ebenso zu ignorieren wie seine Unruhe. *Hunger.* Gegessen hatte er seit dem Frühstück nichts mehr. Er rieb über seine Unterarme. Das Gefühl in seinem Bauch missachtete er, drückte die Tür zur Polizeistation auf. *Bestimmt liegt es nur am Hunger.*

Hinter ihm schepperte die Tür ins Schloss, und er wischte sich die Regentropfen von der Stirn. Baurieder nickte er einen Gruß zu und registrierte das Brummen als Antwort, bevor seine Gedanken abschweiften zum Gottesdienst und den Aussagen, die er danach gesammelt hatte.

In seinem Büro starrte er in die Luft. *Marie ist Montagnachmittag früher weg von den Proben.* Das Ziehen in seiner Mitte breitete sich aus. Anton zog sein Notizbuch, klappte den Laptop auf, öffnete einen Ordner vom gemeinsamen Laufwerk und ein neues Dokument. Tippte. Die Buchstaben weigerten sich, Worte, Sätze, Sinn zu formen. Irgendwann schmerzten seine Augen, sein Kopf hallte wider von der Leere. Den Rest der Aussagen würden die Aufzeichnungen vom Aufnahmegerät vervollständigen. Er sah auf. »Flo?«

Sein Fenster verschmolz die Seiten – draußen, drinnen. Die Bürolichter und das verregnete Grüngrau der hügeligen Kanten im schwindenden Nachmittag spiegelten sich im Glas. Den leeren Parkplatz des Dienstfahrzeugs färbte mittlerweile das Nass so dunkel wie den übrigen Boden. Sein Blick glitt weiter hinaus zur Straße.

Leer. Keine Scheinwerfer, kein Streifenwagen, kein Heranbrausen. Er schluckte. Stand auf.

»Baurieder?« Anton überblickte den Raum. Florianes Platz war leer. Kurz wanderte sein Blick zur Toilette.

»Ich hab noch was.« Baurieder unterbrach Antons Gedanken, stand im nächsten Moment vor ihm unterhalb des Podests, Furchen in der Stirn. »Ich bin die ganzen E-Mails jetzt noch mal durchgegangen.« Er deutete auf seinen Platz und einen Stapel Papier. »Was die Flo wegen der Kampagne gesagt hat …«

»Hast du zwischendurch mal auf dein Handy geschaut?« Anton deutete auf den leeren Platz. »Die Flo …«

»Genau, die Dinklmeier hatte mit der Kampagne den richtigen Riecher. Anfang des Jahres wollte Marie raus, und sie hat wohl sogar einen Ersatz für sich organisiert. Eigentlich also alles rosa!«, erklärte Baurieder.

»Ja, scheinbar nicht. Auf dem Laufwerk ist kein Ordner mit anderen Bildern als denen von Marie. Gäbe es andere Fotos, hätten wir die auf jeden Fall gefunden. Wer sollte denn der Ersatz sein?« Anton sah das Kopfschütteln seines Kollegen. »Keine Notiz, kein Name? Ernsthaft?«

»In den E-Mails ist nichts, Marie ist der einzige Kontakt. Vielleicht haben sie das nur mündlich oder am Telefon besprochen.«

»Das ist ein schlechter Witz, oder? Wir haben sämtliche WhatsApp-Nachrichten, die letzten Sicherungen der Festplatte, E-Mails, alle Verträge. Und das einzige Puzzleteil, das querliegt, ist Marie? Und dieser ominöse Ersatz?« Anton schüttelte den Kopf. »Das macht ja … Und von den Telefonaten gibt es keine Aufzeichnungen?« Er sortierte die Ausführungen in Gedanken, runzelte die Stirn.

Baurieder hob den Finger. »Die Kollegen im Polizeipräsidium in Rosenheim sind dran, die Verbindungsdaten seit Januar zu kriegen und die Anschlüsse auszuwerten.« Er fuhr sich durchs Haar. »Jedenfalls: Erst mal war anscheinend alles fein, aber dann muss da wieder was gehörig schiefgegangen sein. Und vergangene Woche gab es wieder massenweise eher nicht besonders freundliche E-Mails von den Thallers, sogar Drohungen.«

»Drohungen?«

Baurieder zuckte die Schultern, brummte. »Ja. Die Thallers wollten die Kampagne nicht länger aufschieben und irgendein Bild veröffentlichen. Angeblich eines, das Marie schaden würde. Keine Ahnung. Marie hat das dann mit einer Antwort quittiert, die siebenundzwanzigmal ›Haha‹ enthält, und ihnen viel Freude und Erfolg damit gewünscht. Beeindruckt scheint sie diese Drohung nicht gerade zu haben.«

»Das ergibt doch keinen Sinn.« Anton lehnte sich gegen den Türstock, knetete seine Schläfe.

»Na ja«, ergänzte Baurieder. »In derselben E-Mail schrieb sie, das mit der Alternative würde doch klappen. Am Montag käme sie bei den Thallers vorbei für die Details, am Dienstag könnte dann das Shooting sein.«

»Am Montag?« Anton tat einen Schritt nach vorn. »Am …«

»Keine Sorge! Das haben wir schon auf dem Radar«, unterbrach ihn Baurieder. »Ich hab der Flo bereits geschrieben, dass wir hierzu noch mal bei Marie nachhaken müssen!«

Anton nickte. »Gut! Und was war das für ein Bild, um das es ging? Ein Nacktfoto, oder was?«

»Ich warte, bis Fotos mit Bekleidung einen Skandal auslösen.« Baurieder zuckte die Schultern. »Keine Ahnung. In der E-Mail-Sicherung war das ziemlich verpixelt, fast nur Haare zu erkennen. Die Thallers schreiben, es sei eine Szene, die sie sehr intim auf der Party zeigt. Und Maries Antwort darauf war einfach nur, ihr sei vollkommen egal, ob sie es veröffentlichen.« Er hob die Hand. »Und bevor du wieder anfängst: Auch das steht längst auf der Liste an Fragen für Marie, um welches Foto es hier ging.«

»Nackt ist ohnehin überall, damit hatte sie dann wohl kein Problem.« Anton zuckte die Schultern.

Baurieder schüttelte den Kopf. »Nein, und außerdem hat sie ihnen ja eine Lösung versprochen.«

»Wie auch immer diese Lösung aussieht.« Anton verschränkte die Arme. »Aber dazu wissen wir ja bald mehr dank ...« Dann fiel ihm plötzlich wieder ein, was er eigentlich von seinem Kollegen gewollt hatte. »Baurieder?« Er nickte mit dem Kopf Richtung Handy. »Sag, die Dinklmeier ...?«

Toni stutzte. »Shit!«

»Schon so spät, genau! Sie hat dir doch direkt nach dem Gottesdienst geschrieben, um dich am Theater zu treffen.«

»Shit!« Baurieder fasste sich an die Stirn. »Ich hab's total vergessen.«

Antons Blick glitt zur Uhr, er zog sein Handy aus der Tasche. Kein Nachrichteneingang.

Baurieder stiefelte zu seinem Platz und griff seine Jacke. »Die ackert sich doch da jetzt nicht alleine durch die ganzen Verhöre wie eine Gestörte, oder? Die muss doch nichts beweisen.«

»Kein Ton von Flo, seit wir uns getrennt haben.«
Durch Antons Bauch arbeitete sich ein ungutes Gefühl
wie ein Mähdrescher. »Die Arbeitsteilung ist nicht der
einzige Grund, weswegen bei Einsätzen immer zwei
ausrücken. Muss ich dir nicht wirklich erklären, oder?«

»Ist ja gut, Mama!« Baurieder schlüpfte in seine Jacke. »Chill mal, Chef! Wir sind in Oberammergau.«

»Und da gibt's keine Sünde und kein Verbrechen,
oder wie?« Anton musterte seinen Mitarbeiter. »Du erinnerst dich, in welchem Fall wir aktuell ermitteln? An
den Zustand der Thallers?«

»Floriane ist nicht deine fünfjährige Tochter, und
Marie wird nicht ihre Kettensäge aus dem Handtäschchen
ziehen und sich den Fluchtweg freifräsen. Sicher nicht
vor Publikum, selbst wenn sie Schauspielerin ist.«

»Den Zimmermannshammer, meinst wohl?« Vom
Podest aus beobachtete Anton den Kollegen. »Und wir
wissen längst nicht, ob es die zierliche Marie war. Das ist
reine Spekulation!«

»Den Hammer haben wir jedenfalls sichergestellt.«

Anton zog die Augenbrauen hoch. »Den einzigen
Zimmermannshammer auf der ganzen Welt?«

»Die wird schon nicht gleich mit dem nächsten
Hammer um sich werfen.« Baurieder winkte ab. »Die
Dinklmeier ist alt genug, die hat das schon im Griff.«

Anton nickte zur Tür. »Dann schaust du dir an, wie!
Als Beispiel fürs nächste Mal.«

Metzgerei & Tages-Bar Hack

»Kannst schon gehen, Babba. Heute passiert hier nicht mehr viel.« Am Wandvorsprung zur Tages-Bar zeigte die Bahnhofsuhr auf fünf – ein Fundstück aus der vorletzten Jahrhundertwende von einem Wiener Flohmarkt. »Die letzten zwei Stunden mach ich allein.« Theres öffnete die hintere Glasscheibe der Wursttheke und ordnete die Auslage.

Vom anderen Ende der Theke folgte ein Zungenklicken, wie es nur ihr Vater zustande brachte. »Willst Ruhe, wenn deine Antons vorbeischauen?«

Tief – bis in den Bauch hinein – atmete Theres. *Einundzwanzig, zweiundzwanzig* … zählte sie ab und suchte nach ihrer inneren Ruhe. Erinnerungen aus ihrer Zeit in Wien platzten nach vorn. Theres verfrachtete sie umgehend zurück in eine der hinteren Kammern ihres Oberstübchens. *Vorgesetzte und Kollegen gehen, Familie bleibt.* »Passt schon, Babba. Bleib oder geh. Morgen früh bist du bis Mittag allein«, erinnerte sie ihn. »Ich will nur nicht, dass es dir zu viel wird.«

»Zu viel?« Josef Hack kniff seine Augen zusammen und seinen Mund. »Zu viel Arbeit? Von wem, glaubst du, hast du all des gelernt? Die Jagd, das Autofahren, alles rund ums Geschäft?«

»Ach, Babba. Bleib einfach da.« Sie seufzte. »Dann packst du deinen ganzen Grant aus, und wir haben's hinter uns. Egal was ich sag oder mach, es ist eh alles falsch, seit ich zurück bin aus Wien.« Die Glasscheibe knallte fester als erforderlich in ihre Thekenhalterung.

»Keiner hat gesagt, dass du weglaufen sollst nach Wien!«

Hinten bei der Tages-Bar bimmelte die Glocke. Alessia lächelte in den Raum. »Stör ich?«

Theres winkte Alessia herein, dann drehte sie sich zu ihrem Vater. »Wechselst du bitte mal den Kanal? Ich dachte, damit sind wir durch. Ich bin nicht weggelaufen. Ja, ich war in Wien, und jetzt bin ich wieder hier! Ich kann die Zeit in Wien nicht löschen, und ich will es auch nicht«, zischte sie.

»So ein Schmarrn!« Er fluchte. Dann kroch er aus der Schürze wie ein eingerosteter Tanzbär und faltete sie über seinen Arm. »Wie, glaubst du, hab ich die Metzgerei geführt in deiner Abwesenheit? Wie, glaubst du wohl, hab ich überlebt – allein? Du meinst auch, du weißt immer alles besser.« Er stampfte durch die Tür ins Hintergebäude. Sie hörte das Rascheln von Stoff, Schuhe auf Fliesen. Die Türangeln quietschten, und mit einem Knall fiel die Hintertür ins Schloss.

»Kreizkruzefix.« Theres seufzte. Für einen Moment sanken ihre Lider, die Jazzmusik aus ihrer Bar schwappte heran. *Die Erinnerung an verunglückte Haarschnitte, die ersten Eingeweide mit dem Babba, die Zeit ohne Mama – bleibt ein Leben lang. Und der Graben zwischen uns wird nur tiefer statt flacher.*

Schritte überlagerten die Musik und die Gedanken. Alessia dekorierte ihr Equipment auf einer Sitzbank in der Tages-Bar. »Wien, also?«

Theres runzelte die Stirn. »Ja.«

»Einfach so raus aus Oberammergau? Wie alt warst du?« Perfekte Augenbrauen hoben sich im perfekten Gesicht. »Und hier haben sie dich einfach so wieder zurückgenommen?« Ein Mundwinkel zog sich nach oben. »Verrückt!«

»Ja. Da hab ich wohl Glück gehabt!« Theres nickte, ein Gähnen überfiel sie, sie entschuldigte sich. »Ich war neunzehn, glaub ich, zum Studium.«

»Das zählt ja fast noch als Jugendsünde. Aber stell dir vor, du wärst nach Hamburg gegangen statt nach Wien. In den Norden ...«

»Oje!« Theres nickte ihr zu, konnte sich das Grinsen nicht verkneifen. »Du hast Glück: Dank der Passion darf jeder zu uns, Hamburger, Berliner, Japaner, selbst die Murnauer und die Garmischer. Ansonsten geht ohne Einreisegenehmigung nichts. Wo kämen wir denn hin, wenn wir uns mit denen vom Nachbarort einfach so unterhalten würden, oder solchen gar aus Käffern wie Ettal? Das geht ja mit den Nachbarn vom nächsten Zaun schon schief.«

Alessia zwinkerte. »Keine Sorge! Eure Geheimsprache versteht ohnehin niemand. Und dann nennt ihr das auch noch Heimatpflege.«

»Den Dialekt? Als ob Sprache jemals dazu gedient hätte, einander zu verstehen!« Theres hielt die Hände abwehrend vor die Brust, dann über die Ohren. »Du hast Ideen!« Sie nickte ihr zu. »Warst du so lange beim Gottesdienst?«

Alessia schüttelte den Kopf. »Ich bin weiter zu den Proben für die Passionsspiele.« Ihr Daumen zeigte über die Schulter. »Ich setz mich ins Deli und arbeite hier noch ein wenig. Passt das? Hast du WLAN, das ich nutzen kann?«

»Klar.« Theres lud sie mit einer Geste ein. »Hinten an der Wand steht der Code. Woran arbeitest du?«

»Kürzlich war ein Shooting. Ich suche die Bilder aus, die brauchbar sind und die ich auf Instagram verwenden will und die auch der Auftraggeber verwenden kann«, erklärte Alessia.

Theres beobachtete, wie sie ihren Laptop aufklappte. »Wie läuft das normalerweise ab? Und kannst du von so was leben – also wie?«

Die Hamburgerin zuckte die Schultern. »Jemand kontaktiert mich oder meine Agentur, per E-Mail, per Instagram, telefonisch. Meistens geht es darum, ein Produkt in meinem Feed auf Instagram zu zeigen.«

»Du hältst irgendwas in die Kamera und dafür zahlen Menschen?«

»Davon versprechen sich die Auftraggeber so viel Aufmerksamkeit, dass Kunden auf deren Internetseite oder Webshop gehen und das Produkt bestellen. Wir besprechen, wie er oder sie sich das vorstellt und natürlich den Preis.«

»Und dafür kriegst du Geld?«

»Klar. Und mein Auftraggeber mehr Käufer, mehr Bekanntheit.« Alessia nickte. »Manchmal machen wir auch ein Shooting. Das organisiert dann die Firma oder der Auftraggeber, und ich checke, ob der Fotograf für mich passt. Von solchen Shootings werden dann mehr Bilder verwendet. Da kommt es darauf an, wie der Deal ausgehandelt ist.«

»Verrückt!«, bemerkte Theres. »Was zu trinken?« Dann räusperte sie sich. »Also, solange ich nichts dafür zahlen muss, falls das auch auf dein Instagram kommt.«

»Keine Sorge! Das wäre das mindeste, mich für deine Hilfe zu revanchieren.« Rau kratzte Alessias Lachen, ein wenig, wie eine Entschuldigung. »Jedenfalls ...«, sagte sie, »... noch mal danke, dass du mich trotzdem in dein Haus gelassen hast. Trotz Hamburg.« Sie legte den Kopf schief. »Ich glaube, ich brauche heute ein Glas Wein. Und so eine Bowl mit dem Rind und Quinoa und Beetroot.« Daumen und Zeigefinger formten einen Rahmen, und mit dem Finger knipste sie. »Natürlich kommt das auch auf Instagram.«

Theres lachte und zog eine Schale für die Zubereitung aus dem Sideboard. »Aber du isst das auch, oder gibt's nur Foodporn – hübsche Bilder auf Instagram zum Beeindrucken, nicht zum Essen?«

»Ich opfere mich«, schmunzelte Alessia.

»Grauburgunder?« Aus dem Augenwinkel sah Theres ihr weiter zu, der Konzentration, der Schnelligkeit, mit der Alessias Augen über den Bildschirm zu fliegen schienen, ihre Finger auf den Tasten klickten. *Sie ist ... Sie ist nicht unrecht. Nicht dass ich so weit gehen würde, zu sagen, sie zu mögen, aber ...*

»Gern!« Die Hamburgerin räusperte sich und riss Theres aus ihren Gedanken. »Und vielleicht noch einen Milchkaffee. Merci.«

Neben Alessias Laptop setzte Theres das Glas auf den Tisch und die Tasse, dann fiel es ihr wieder ein. Für einen Moment starrte sie in den Schaum auf dem Kaffee. Auf dem Tisch klirrte das Porzellan. »Weshalb warst bei den Thallers?«

Alessia hob den Blick vom Bildschirm. »Was?«

214

»Vorhin, im Dorf, ich hab das schon verstanden: Du kennst ein paar Leute hier, die Schauspieler. Und du warst schon mal da, zu einer Party. Weshalb bist du nicht bei denen zu Gast?« Theres stemmte den Arm in die Hüfte, und eine ganze Weile blickte die Hamburgerin sie an – und sie zurück. »Du hast das ein bisschen anders erzählt, als du hier reingeschneit bist.«

Für einen Moment krauste Alessia die Lippen, ihre Schultern sanken. Sie nickte. »Am Sonntag hatte ich noch mit Sonja und Franz telefoniert, am Montag: nichts. Keine Antwort, und gestern Morgen waren sie nicht am Bahnhof, wie zuletzt.« Daumen und Zeigefinger presste sie gegen die Nasenwurzel. »Ich war dort: Mit dem Taxi auf dem Hof.«

»Und dann dachtest du, du ziehst eine kleine Show auf nachmittags. Weshalb bist du nicht gleich in ein Hotel?«

Alessias Hand stürzte ab. Sie schüttelte den Kopf. »Ich habe das Absperrband gesehen. Und ich …« Sie hob die Arme und erfasste die Tages-Bar, die Metzgerei mit Blick und Gesten. »Du bist mitten im Dorf mit deinem Deli. Ich hatte gehofft, du weißt was. Oder jemand weiß vielleicht was. Der Dorftalk, der sich hier sammelt.« Zu einem kaum sichtbaren Strich presste sie ihre Lippen, ihr Blick verlor sich im Boden.

Theres schnaubte, füllte ihre Lungen mit Atem gegen den Stich in ihrer Brust. »Ich öffne dir meine Tür, mach dir Platz, arrangiere mich mit dir im Haus, und du lügst. Kreizkruzefix!« Mit beiden Armen stützte sie sich auf den Tisch. »Ich leb gern allein, weißt du!«

Alessia schüttelte den Kopf, hielt ihre Handflächen vor sich. »In den Hotels war nicht mal mehr das Gästeklo frei. Ich habe es ja versucht, auch bei Marie – zumindest. Ich habe sie nicht erreicht, auf keine meiner Nachrichten hat sie geantwortet. Und ja, ich habe auch andere kennengelernt, aber ich kenne sie nicht gut.«

»Mich kennst du gar nicht.«

Alessia sah zu ihr. »Stimmt.« Sie senkte die Stimme. »Deswegen ist es …« Zögerte.

»Leichter?« Das Wort fiel in den Raum, Theres ahnte das Nicken ihres Gastes. »Fremd sein ist wie ein weißes Blatt«, murmelte sie.

»Manchmal ein fleckiges, verkrumpeltes, das keiner will. Aber wenn man Glück hat, ein weißes, reines, frisches. Keine Erwartungen, keine Fragen.« Immer noch hielt Alessia den Blick. »Ein neuer Anfang.«

Theres runzelte die Stirn. »Und mit Marie?«

»Marie ist auch auf Instagram, weiß, was das heißt, dieses Leben halb in der Öffentlichkeit. Von Anfang an war es, als ob wir uns eine Ewigkeit kennen.« Nach einem Schluck Kaffee wischte sie sich den Milchschaum von den Lippen. »Ich hab's so oft versucht bei ihr, und ich … Am Dienstagabend konnte ich einfach nicht mehr.« Ihre Schultern, ihr Kopf sank.

Theres kaute auf ihrer Unterlippe, sog sie gegen die Zähne und schabte und schabte und schabte daran. »Ach?«, sagte sie. Sie drehte sich um, und selbst von der Theke aus hörte sie Alessia schlucken. »Woher kennst du Marie überhaupt?«

Aus der Miene bröckelte der letzte Rest des Instagram-Lächelns. Theres kehrte zurück an den Tisch, schnappte sich die Weinflasche und ein zweites Glas.

Passionstheater

Er legte auf. Zum fünften Mal. »Wo zur Hölle …« Dreimal tippte Toni im Vorbeigehen auf den Kopf des knallroten Hydranten und versuchte zu beantworten, ob ihm die Rückseite des Passionstheaters gefiel. Die Rutschen rechts und links, irgendwie schon, das Glasdach, das sich über die Metallstreben wölbte auch, irgendwie auch.

»O Mann, Dinklmeier!« Die ersten silbrigen Kugeln zwischen dem sonnengelben Löwenzahn knickten unter seinen Schuhen. Für die Schirmchen, die sich lösten und an seine Hosenbeine klebten, hatte er keine Augen. Er hielt weiter zu auf die Rückseite des Passionstheaters. *Wie ein riesiger Kartoffelchip mit Rutschbahn.* Er schnaubte. *Das gibt's doch nicht. Wieso komm ich nicht durch? Kann ja nicht am Empfang im Gebäude liegen.* Noch einmal probierte er es. Erfolglos. *Oder ist ernsthaft ihr Akku leer?*

Unter dem Vordach rüttelte er an der Hintertür und klingelte schließlich. *Weshalb ist heute zugesperrt?* Er klingelte erneut, sah sich um, roch den nassen Asphalt. Jedes bisschen freie Fläche nutzten die Fahrräder und Autos rundum. Der Wind fuhr ihm in den Nacken. Vögel hörte er, die Stechmücke an seinem Ohr. Er schlug sie weg. Dann hörte er irgendwo die Sirenen.

Toni runzelte die Stirn, sah auf die Uhr. Aus dem Theater drang kein Geräusch, kein Singen, keine Stimmen, die Texte rezitierten. Er drückte wieder die Klingel, lauschte. Nach einer Weile schwang die Tür auf.

»Gut.« Aus einem kreidebleichen Gesicht starrten ihn riesige Augen an.

»Die Dinklmeier ist schon bei euch, oder?«

Nasri zuckte zusammen, kratzte an dem dunklen Flaum um sein Kinn, als wollte er ihn abschaben, und seine Miene verzerrte sich seltsam. »Ja«, nickte er.

Toni schätzte Nasri auf Anfang zwanzig. Bislang hatte er ihn mit den anderen Schauspielern ab und an in der Bar gesehen. Soweit Toni beurteilen konnte, hatte Nasri sich gut integriert in Oberammergau. Seinen Ausdruck konnte er nicht deuten.

Der Bursche winkte ihn herein. »Wir wollten gerade uns aufstellen. Gerade meine Szene. Aber dann ...«

Toni drückte nochmals auf Wahlwiederholung, hörte Nasris Bericht zu den Proben nur mit halbem Ohr. »Sag mal, habt ihr hier im Theater kein Netz?«

»Keine Ahnung. Ich nehm kein Handy auf die Bühne.« In den Gang, in die Schatten schlurfte Nasri voraus, eilte. »Hier.« Drehte sich über die Schulter. »Besser zur Bühne.« Drehte sich wieder nach vorn. »Gut, Polizeistation ist so nah.«

Die Stimme des jungen Schauspielers spulte weiter an ihm vorbei, er hackte auf sein Handy ein, bis ... Toni stoppte. »Was sagst du: Sanitäter?«

»Ja«, murmelte der andere. Seine Schultern sanken, seine ganze Statur schrumpfte in sich zusammen. »Kommt der Chef-Polizist auch noch?«

Gleichzeitig kam ein Anruf rein. Toni nahm ihn an, in seinem Magen verdichtete sich ein Gebirge. »Sollinger?« Doch der Hauptkommissar hatte schon wieder aufgelegt.

Der Bursche zuckte mit den Schultern. »Ich denke nur, wenn so was ...« Sein Blick schoss in den Boden, und er rieb seine Arme, schlurfte weiter.

»Und die Flo?«, rief er ihm hinterher. »Die junge Polizistin? Dinklmeier? Wo ist die?«

Der Junge riss die Tür auf und schlüpfte hindurch. »Krankenwagen ist unterwegs.«

»Stopp, Nasri! Wo ist meine Kollegin?« Toni griff nach dem Arm des jungen Schauspielers, griff daneben. Nasri lief weiter, Toni hinterher. »Was ist hier los? Wofür denn der Krankenwagen?« In seinem Magen wurde das Gebirge schwerer, die Ahnung schwärzer. Irgendwas war passiert, und es würde ihm im Zweifel nicht gefallen.

Aus den Katakomben trat er auf die Bühne, blieb an einem der Tore im Bühnenbild stehen. Er blinzelte, bis seine Augen sich an die Helligkeit gewöhnt hatten. Mit einem Blick erfasste er die Szene und wünschte, er hätte es nicht, schnappte nach Luft. Er zwang sich, wegzusehen von dem, was vor ihm lag, von der Gruppe neben ihm, von dem, was in der Mitte der Bühne war. Nur aus dem Augenwinkel beobachtete er den Regisseur sich aus der Hocke aufrichten, andere drängten sich um ihn herum.

Im Orchestergraben, zwischen den Zuschauerreihen, hinten im Saal standen einzelne, selten mehr als drei zusammen. Wispernde Stimmen spannten ein Netz. Toni atmete durch den Mund und ballte die Hand. Das Gebirge in seinem Bauch scheuerte sich nach oben an seinen Rippen vorbei in die Luftröhre, rieselte in die Blutbahn ein. Er wollte weg.

»Kommissar.« Von der Mitte der Bühne zu ihm schleifte die Stimme des Regisseurs und ein Vorgeschmack dessen, was ihn erwartete. »Hierher.«

Wie Toni es gelang, sich zu bewegen, wusste er nicht. Er hielt seinen Blick auf Konrad, ausschließlich. Alles andere blendete er aus, alles unterhalb der Kniehöhe.

Neben Konrad neigte eine den Kopf, hinter einem Vorhang aus Haaren verschwand ihr Gesicht, der Arm einer anderen lag um ihre Schultern. Weiter hinten … Toni kniff die Augen zusammen. Die dunklen Haare, die Haltung der Zweitbesetzung ähnelte Marie, aber Marie war es nicht. Drüben an der Wand saß Chris, der Co-Regisseur, richtete seinen Kopf gegen die Wand und den Blick nach oben. Der Jesus stand neben ihm, rieb wieder und wieder die Hand über Mund und Bart und redete auf ihn ein, einer der Bühnentechniker im Blaumann war da, schüttelte den Kopf.

Konrad rieb sich den Nacken. »Kommissar Baurieder! Keiner weiß, wie das vor sich gegangen ist. Eben noch waren wir mitten in der Probe für eine Szene.« Er sah Toni an. »Dann war da nicht mal ein Schrei. Nur dieses Schnalzen, ein Knall, wie wenn ein Stahlseil reißt. Und dann …« Er biss sich auf die Lippen. »Ich weiß es nicht«, murmelte er.

Durch den tauben Nebel in seinem Kopf erkannte Toni den Rhythmus von Schritten, das Räuspern. Er drehte sich um. Sollinger kam gerade durch dasselbe Tor wie er auf die Bühne, er musste kurz nach ihm von der Station los sein. Im Gesicht des Hauptkommissars bewegten sich nur die Augen, sprangen von einem Punkt zum nächsten. Die Miene erinnerte an eine Eisskulptur.

Draußen heulten die Sirenen lauter, näher. Die Frage nach dem Warum war schneller in seinem Kopf, als er verhindern konnte.

»Es tut mir so unglaublich leid.« Jemand räusperte sich hinter ihm.

Toni schreckte zusammen, er hatte keine Schritte gehört, drehte sich um, schauderte.

Konrads Assistent drückte die Hand an die Stirn. »Es war meine Schuld. Ich dachte, was soll schon passieren? Ihr vor allem. Da ist noch nie einem was passiert. Aber ...« Er drehte sich zu den anderen, zum weißen Tuch, unter dem sich ein Körper abzeichnete. »Ich ... Ich hätte sie nicht allein lassen dürfen, nicht mal für *nur kurz schauen.*«

Dass sich die Lippen des Co-Regisseurs bewegten, nahm Toni wahr, er hörte Worte, er sah Kummer auf dem Gesicht.

»Chris ...« begann Konrad.

»Sie wollte einfach diesen Blick. Einfach nur, wie der Blick von oben ist.«

Ohne ein Wort bückte sich Sollinger nach dem Tuch. Toni wagte nicht, zu atmen, die Muskeln seiner Schultern, der Oberarme hinunter zu den Händen spannten sich wie Bogensehnen. Die Lippen zu einem schmalen Strich gepresst, in den Augen jener Blick, der erzählte, wie viel zu oft in ihrer Dienstzeit die Hoffnungen schneller platzten als eine Seifenblase, riss Anton am Tuch. Und Toni schloss die Augen, kämpfte gegen den Kloß in seinem Hals. Vergeblich.

28. Andere Augen

Passionstheater

Ich weiß, was sich darunter verbirgt. Das Tuch auf dem zerkratzten Holzboden oberhalb der Stuhlreihen auf der Bühne.

Bleich, blass, beinahe wie schlafend. Ihr Haar liegt wie ein Fächer um ihren Kopf.

Eben haben wir uns noch unterhalten. Gut verstanden haben wir uns nie, nicht wirklich. Ihr Bruder war mit mir in der Klasse, ständig klebte sie dabei, wollte zu uns gehören. Verknallt war sie, gestanden hat sie's nie. Nicht, als ich sie geküsst hab. Sie wollte das nicht, hat sie gesagt. Ich dachte immer, sie stand auf Mädchen. Sie hat mich weggeschubst. Nach dem Maifest, nach vier Bier, wollte sie dann doch.

Dann, nach ein paar Jahren, war es besser zwischen uns. Drei Bier, ein wenig Wein, ab und an eine nette Zeit miteinander. Seit sie einen Freund hatte, wieder schlecht. Keinen Respekt vor mir, keine Lust, kein Zeitvertreib. Zu viel Stolz. Aber sie war schon immer anders gewesen. Ehrgeizig.

Ihr Lächeln war schön. Süß, ihr Geschmack. Eine Zeit lang wollte sie mich. Wie viele andere auch. Viele, viel weniger stur.

Gerade noch rechtzeitig erwische ich mein Lächeln, verbanne es, verbanne die Gedanken an ihre Art. Stur, forsch. Anders als die vielen anderen.

Eben haben wir uns noch unterhalten.

Nicht das Geringste bisschen Furcht hatte sie an sich, in sich. Obwohl sie zuletzt ahnte, wer ich bin, was ich bin. Getan habe.

Sie vertraute mir. Sie dachte, ich ließe sie in Ruhe.

Vielleicht weil sie so war, weil wir gelacht hatten zusammen.

Sie ist hierhergekommen und gemeinsam mit mir hier nach oben. Ich habe aufgepasst. Niemand sollte mich sehen mit ihr, und wie wir nach oben stiegen. Vertraut hat sie mir. Und ihre Fragen gestellt. Viele Fragen. Und die eine.

Und dann haben wir gestritten.

Und jetzt Panik, Chaos, Tod.

Ich starre auf meine Hände. Wer hat so viel Kraft, das Geländer auszuhebeln? Ich starre auf das Tuch am Boden, auf die Falten, die es nun wirft, auf die, die es umringen, runzle die Stirn.

Der Anblick setzt allen zu.

Aber das ist meine Sorge nicht. Und es sind nur noch wenige Tage zur Premiere.

Der Polizeichef richtet sich auf. Sollinger. Räuspert sich. »Keiner verlässt den Raum.«

Nur ein wenig, kaum merklich, kaum mehr als die anderen, über die mein Blick gleitet, zucke ich zusammen. Aber: Was habe ich zu befürchten?

29. Alessia / Brotkrumen

Metzgerei & Tages-Bar Hack

Vor dem Schaufenster der Tages-Bar klebte das Nachmittagsgrau eines unentschlossenen Tages. *Shit.* Das Glas war leer, ihre Gedanken liefen über. Die Metzgerin wirkte nüchtern, sie begleitete die ältere Kundin zum Ausgang und hielt die Tür auf.

Durch die Kondensperlen schimmerte noch etwa ein Fingerhut Flüssigkeit, der Rest dieses und des Glases davor klebte um ihre Zunge und an jeder Silbe, die Alessias Mund verließ. In Theres' Glas ... Theres' Glas war fast unberührt.

»Und Marie und du, ihr kennt euch aus Hamburg?« Rittlings setzte sich Theres wieder auf den Stuhl gegenüber und nippte an ihrem Glas. Alessias füllte sie nach.

Und Alessia trank gegen unstillbaren Durst, als würde die Flüssigkeit sofort in ihrem Mund verdunsten. »In Hamburg war letzten September ein Gin-Festival, ich war für einen Auftraggeber dort unterwegs. Dort habe ich Sonja und Franz Thaller und Marie kennengelernt. Marie und ich kamen ins Gespräch rund um Instagram, und sie hat nach ein paar Tipps gefragt, wir haben ein bisschen geplaudert. Wir haben überlegt, gemeinsam was zu machen.«

»Eine Kampagne?«

Alessia winkte ab. »Erst mal einfach ein Gedankenspiel. Bevor ich mit jemandem arbeite, sehe ich mir auch das Umfeld genauer an. Das war dann im November. Da habe ich bei ...« Alessia verschluckte sich.

224

»… Sonja und Franz übernachtet, und auf der Party habe ich Nayla kennengelernt. Ihre Fotos von Marie sind der Hammer.«

»Aber auf Instagram sind sie nicht.« Theres suchte ihren Blick. »Wenn die so gut waren, wieso haben die Thallers und Marie diese nicht veröffentlicht? Seltsam, oder nicht?« Theres senkte den Kopf, doch Alessia spürte weiter ihren Blick auf sich.

Sie fasste nach ihrem Smartphone. Der Holztisch mit seiner Maserung, der dickwandige Wasserkrug, Glas, Schokolade und Oliven – sie nahm sie ins Visier. Ein Fingerklick konservierte das Momentkunstwerk für Instagram. Erneut führte sie das Glas zum Mund, trank, zögerte, trank wieder. »Nayla hat ein richtig gutes Auge. Darauf hatte ich mich auch schon gefreut …«, sagte sie. Dann nickte sie. »Jedenfalls: Marie wollte nicht mehr Teil der Kampagne für *KöniGin* sein. Anfang des Jahres haben wir viel deswegen telefoniert.«

»Warum?« In einem bestimmten Winkel schimmerte das Licht in einem spinnenfeinen Netz an Linien um Theres' Augenpartie. Der Jägerblick war nicht der einer einfachen Katze. Ihre Reaktionen waren nicht das Echo fremder Aktionen. Dieser Blick lauerte auf die kleinste Veränderung, und im richtigen Moment kam der Stoß.

Alessia zuckte die Schultern.

»Warum wollte Marie nicht mehr?«

Alessia holte Luft. »Ich versteh das sehr gut. Marie steht am Anfang ihrer Karriere als Schauspielerin. Sie hat sich für einen anderen Lifestyle entschieden – mehr Gesundheit, Öko, Vorbildfunktion, authentisch, weiblicher. Sie will in einer anderen Rolle wahrgenommen werden in der Öffentlichkeit. Das Gesicht einer Gin-Kampagne zu sein passt nicht dazu. Statt sie zu unterstützen, hat die Agentur sie hängen lassen.«

»Aha.« Theres schälte sich vom Stuhl, tigerte zur Kaffeemaschine oder zur Theke oder irgendwo nach dort, kehrte mit Brot zurück. »Hat sie dir erzählt. Einfach so?«

Alessia blinzelte, nickte. »Ja, klar. Macht doch Sinn.« Im Schaufenster brach sich ein Scheinwerfer, blendete. *Golden.* Sie schlug die Augen nieder. Das Bild in ihrem Kopf ploppte auf – vom Herbst, von Hamburg, von jenem Abend. *Schwarz. Gold. Gin.* Alessia fröstelte, schob die Erinnerung weg.

Theres schob das Brot zu Alessia hin. »Marie hat also den Sinneswandel des Jahres, ändert sich quasi um hundertachtzig Grad. Die halbe Million Bilder, die Nayla von ihr so wunderschön gemacht hat, sind ab jetzt für die Tonne, weil sie nicht mehr für Gin stehen will. Sie bekommt Ärger mit den Thallers, die Agentur kümmert sich nicht, stattdessen ruft Marie bei dir in Hamburg an, nachdem ihr euch das letzte Mal bei einer Gin-Party gemeinsam weggekippt habt, und heult sich bei dir aus?«, fasste sie zusammen. »Und das ergibt Sinn?«

Alessia lachte. »Wenn du das so sagst …« Sie schüttelte den Kopf. »Sie hat das natürlich mit Sonja und Franz besprochen. Die waren nicht gerade happy über ihren Rückzieher. Aber Marie hatte einen Plan und eine Lösung, und ich wollte helfen. Alles wieder gut. Das hätte sie nicht machen müssen. Wofür haben Thallers denn die Marketingagentur?«

Theres richtete sich auf, drückte die Hand an die Stirn. »Moment! Sagst du, sie schmeißt alles hin, und die Marketingagentur soll die Scherben wegräumen?«

»Nein, so war das nicht gemeint.« Alessia krauste die Lippen, runzelte die Stirn. »Ich sag nur: Normalerweise kümmert sich die Agentur darum, wenn die Zusammenarbeit nicht mehr passt. Das hab ich auch Marie gesagt. Aber sie wollte das unbedingt selbst regeln. Deswegen haben wir dann auch so oft telefoniert dazu ab Januar. Fand ich schon süß von ihr, und ich glaube, Sonja und Franz haben das auch gut gefunden.«

»Na ja …« Theres legte den Kopf schief, zog die Brauen hoch. »Die Kündigung war ja wohl endgültig.«

Alessia musterte Theres. Sie verstand nicht, was sie meinte. Aber nachfragen wollte sie nicht. Ihre Verlegenheit überspielte sie mit einem Nicken. »Weshalb bist du eigentlich wieder zurück aus Wien? Hierher? In ein Dorf, das seine Traditionen seit Jahrhunderten reanimiert?«

Ein wenig ruckte die Metzgerin hoch. »Puh. Dezenter Themenwechsel.«

»Warum bist du denn nach Wien?« Alessia hob die Schultern.

»Großstadtpuls, Musik, volle U-Bahnen, schöne Gebäude, jede Nacht wird zum Tag.« Theres nickte. »Wenn man will.«

»Und weshalb kommt man zurück? Für eine Metzgerei? Die Menschen?«

Theres richtete sich auf. »Metzgerin wollte ich nie werden.« Diesmal griff sie nach dem Weinglas, diesmal war ihr Schluck mehr als ein Nippen. »Und zurück auch nicht. Du warst doch heute in der Kirche. Du hast erlebt, wie das ist, wenn jeder jeden kennt …«

»Aber es ist jemand da, wenn man fällt«, murmelte Alessia. »Immerhin, eine.«

»Und Hunderte schauen zu, wie man sich am Boden windet.« Theres schüttelte den Kopf, die Schärfe in ihren Augen franste aus. Einen weiteren Schluck trank sie. Dann wurde ihre Miene weicher. »Nein«, sagte sie. »Wenn man fragt, ist jemand da. Man kennt sich. Man muss nur …«

»Fragen?« Alessia krauste die Lippen. »Wenn dich keiner kennt, gibt es keine Erwartungen, du musst keinem Bild entsprechen. In Wien kennt keiner deine Familie. Keiner erzählt ihnen, wen du küsst, mit wem du aufwachst oder mit wie vielen. In Wien konntest du alles sein. Frei, oder nicht?«

»Interessante Theorie, Hamburgerin!«, kommentierte Theres. »Dich und dein Bild kennen online eine Menge Menschen. Wovon wärst du gern frei?«

Alessia runzelte die Stirn. »Meine Follower sind weit weg.« Mit ihrem Finger stupste sie das Handy auf dem Tisch an. »Nähe zieht nur die Gefängnismauern enger.« Sie lehnte sich vor. »Aber mit all den Traditionen hier …« Die Miene der Jägerin ließ sie nicht aus den Augen. »Wenn du dich dagegenstellst oder nicht mitmachst, schließen sie dich aus.«

Theres blieb still. Nach einer Weile räusperte sie sich. »Das denkst du? Ist das nicht überall so?«

Alessia runzelte die Stirn.

Mehr Wasser plätscherte in die Gläser, und Theres leerte ihres in einem Zug. »Das ist so, und das weißt du, Instagram-Prinzessin.« Das Glas setzte sie auf den Tisch, seufzte. »Hier – und besonders jetzt – steht das Kreuz der Kirche über allem. Die Menschen gehen in die Kirche. Sie …«

»Du nicht.«

»Sie halten die Traditionen aufrecht. Und die Traditionen halten so manchen von ihnen aufrecht. Ob man das sehen will oder nicht.« Theres atmete aus, runzelte die Stirn. »Vor beinah vierhundert Jahren haben ein paar von ihnen ein Versprechen gegeben. Ein Tauschhandel für das Leben anderer.« Theres zuckte die Schultern. »Heute haben wir Ärzte und Medizin, Internet, Wissenschaft. Damals gab es Sagen, Geistergeschichten und Aberglauben. Damals waren die Menschen Bäuerinnen und Bauern, Mütter, Väter, Mägde, Knechte. Sie hatten ihr Handwerk und ihren Handel. Die Pest hat ihre Freunde gerissen, ihre Lieben, Eltern, Kinder. Ein Monster, gegen das sie so wenig tun konnten wie gegen Unwetter. Beten, hoffen.«

»Also haben sie einen Preis geboten, um die Pest zu besiegen«, fasste Alessia zusammen.

»Gewissermaßen.« Theres nickte. »Sie haben mit Gott gefeilscht. Ihr Deal war, an die Leiden Jesu zu erinnern – die Passion aufzuführen und zu wiederholen, wenn die Pest endet.«

Alessia legte den Kopf schief. »Ein bisschen Spektakel auf der Bühne ist kein besonders schmerzhaftes Opfer – und die Preise für die Eintrittskarten sind ordentlich. Trotzdem ist es ausverkauft. Und Gäste kommen aus der ganzen Welt – auch in die Hotels. Das ist kein so schlechter Deal für ein wenig Schauspiel, oder?«

»Klingelnde Kassen?« Die Metzgerin sah ihr in die Augen. »Hat dich die Aussicht auf Geld von Hamburg nach Oberammergau gebracht?«

»Ich …« Aus dem Fenster in den grauen Nachmittag glitt Alessias Blick, sie schüttelte den Kopf. »Das war nicht der Grund.« Alessia biss sich auf die Zunge, hielt den Atem in ihren Lungen fest.

Aber Theres fragte nicht nach. Sie rückte den Stuhl nach vorn, legte den Kopf auf die Arme, auf die Lehne. »Zur Passion machen gut zweitausenddreihundert Leute mit. Die Männer lassen sich die Haare wachsen und die Bärte, alle unterbrechen ihren Arbeitstag für Proben und für die Aufführungen, ihre Freizeit sowieso. Jeder – vom Schüler zum Buchhändler zum Wirt, gleichgültig, welcher Konfession«, sagte Theres. »Sie halten ein Versprechen. Sie geben etwas für andere. Das wurde zur Tradition. Und die Tradition wurde etwas, das die Menschen aus aller Welt zusammenbringt.«

»Während ansonsten nur andere für die eigenen Interessen geopfert werden.« Alessia biss sich auf die Lippen, doch die Worte waren schon im Raum. Sie spürte den Stich, sie spürte den Blick, der auf ihr lag.

Theres verengte die Augen. »Wie meinst du das?«

Alessia schüttelte den Kopf. Diesmal schenkte sie nach, pickte sich eine Olive, kaute und rieb ihre Zunge an dem Salz, dem leicht öligen, dicken Samt der Frucht. Noch eine. Der Wein in ihrem Mund war nicht mehr so kühl, er legte sich schwerer um das Aroma, zitroniger. Sie spülte die Oliven weg und schnappte sich Brot und brach es. Sie spürte Theres' Blick weiter auf sich, wie schon zuvor, und wünschte, sie hätte nicht damit angefangen.

Ein wenig brummte und vibrierte der Stuhl, auf dem Theres saß. Statt die neue Nachricht zu lesen, ließ die Metzgerin das Handy, wo es war.

Vom Eingang der Tages-Bar bis zu ihrem Platz bebte Wolfins Knurren. Zwischen Theres' Brauen grub sich eine Furche, sie hielt den Blick auf die Tür. Zuerst ruckte der Kopf der Hündin hoch, dann der Körper. Wie auf der Jagd reckte sie die Schnauze, ihr Schwanz touchierte das Fenster zwischen Metzgerei und Tages-Bar.

Die Glocke. In einem letzten Aufbäumen zündelte einer der Sonnenstrahlen an den Rändern der Regenwolke. Als einziger, der es durch das Grau geschafft hatte, kämpfte er sich daran vorbei und setzte für einen Moment einen Leuchtkranz um alles, woran er sich brach, und er stach durch die Glastür und blendete sie. Unter dem nervösen Bimmeln an der Eingangstür trat jemand ein.

Und als sie ihn vorbei an Theres' Umriss erkannte, schluckte Alessia. In diesem Moment wünschte sie sich ans andere Ende der Welt.

Unter dem Laken war ihr Gesicht. Er wusste es, er hatte es gesehen. Gestürzt, sagten sie. Ihre Miene erstarrt. Anton wusste, was er gesehen hatte, doch sein Verstand verweigerte sich dem Fakt. Sein Verstand sagte, sie träfe gleich bei ihnen hier ein. Lachend. Lebend. Ihr Telefon in der Hand.

Antons Blick klebte am Laken, und er zwang sich, die Hand nicht noch mal auszustrecken, um es fortzuziehen. Nichts würde sich ändern, sagte er sich in einer Endlosschleife, die andere Schleife lief dagegen: Wenn sie nicht allein gewesen wäre … Wenn er Toni früher geschickt hätte …

Die Schauspieler standen in Grüppchen zusammen, die Hauptdarsteller – Jesusse, Petrusse, Kaiphasse, die Veronikas und Marias. Keiner sprach.

Anton legte den Kopf in den Nacken, versuchte zig Meter unterhalb der Stelle auszumachen, wie das alles möglich war. Dass sie Halt verlor, in den Tod stürzte. Kurz vor der Premiere der Passionsspiele, kurz vor einem wichtigen Schritt bei den Ermittlungen. Einer zu viel. Unter seiner Verantwortung.

Anton musterte die Techniker, die Regisseure, bei Baurieder hielt er inne. Sein Kollege stand immer noch am selben Fleck wie bei seiner Ankunft. *Hat er überhaupt geblinzelt seither?* Anton ging auf ihn zu, räusperte sich, und Baurieder schreckte zusammen.

»Flo.« Baurieder ballte die Hand. »Es ist …« Seine Stimme brach. Auf seinem Gesicht war Schatten, und die Falten waren tief. »Es waren nur ein paar Minuten. Nicht viel.«

»Genug.« Anton nickte, straffte sich. »Machen wir weiter.« Wieder wanderte sein Blick nach oben. »Du mit den Verhören.«

Baurieders Blick folgte. »Das Aufnahmegerät ist Schrott, genau wie Dinklmeiers Handy.«

»Vielleicht kann die SpuSi noch was retten. Mach weiter mit Marie. Flo wollte zu ihr.« Er deutete nach oben, winkte einen der Techniker zu sich. »Ich muss mir das ansehen.« Baurieder steuerte auf die Gruppe mit den Schauspielern zu.

Über die Gerüstkonstruktion folgte Anton dem Techniker die Stufen am Gewölbe über dem Zuschauerraum hinauf nach oben. Die Metallbalkone waren auf zwei Ebenen. Von dort loteten die Techniker Akustik und Beleuchtung aus. Von den Gerüsten auf dieser Seite des Saals bis zur anderen spannte sich eine Art Bogen mit den Scheinwerfern. Mit jedem Schritt vibrierten die Metallelemente und übertrugen das Beben über die Quer- und Längsholme bis in die Handläufe.

Endlose Kilometer an Kabeln und Technik waren hier verbaut, von den Pulten weiter unten wurden sie gesteuert. Anton folgte dem Techniker, der irgendwas sagte. Die Worte – Erklärungen vermutlich – rieselten von rechts nach links aus Antons Ohren. Er zog sein Handy und notierte sich, Chris zu fragen, von wo nach wo Flo hier oben genau unterwegs war.

Beinahe krachte er in den Techniker, der stoppte und den Weg blockierte. Nach dessen Haltung urteilte Anton, dass etwas da war, was nicht sein sollte. Stoff raschelte, und eine Sohle kratzte über die Metallnoppen des Gerüsts. Dann drehte der Mann sich zur Seite und gab das Sichtfeld frei. Anton schickte den Mann fort.

Nach hinten gegen das Gitter geschoben kauerte sie auf dem Gerüstboden, die Arme klammerten sich um ihre Knie. Ein Vorhang aus Haar über blasser Haut. Anton entdeckte keine Tränenspuren. »Warum bist du hier?«, fragte er Marie. Ihr Blick klebte an einem Punkt weit hinter den Gerüsten.

»Marie?« Kein bisschen reagierte sie. »Marie!« Wie tief sich die Finger in ihre Haut furchten, fiel ihm erst jetzt auf, wie laut ihr Atem war, wie schnell. Er trat näher, streckte die Hand nach ihr. »Marie!« Er schauderte, als er ihre Hand touchierte.

Und sie schreckte auf. Schoss ihren Blick auf ihn voller Wut, dann blinzelte sie. »Herr Hauptkommissar?« Rau war ihre Stimme, kaum ein Wispern. Ihre Hände glitten zu Boden.

»Was machst du hier oben?« Anton ließ sie nicht aus den Augen.

Ein Bein nach dem anderen stellte sie auf, hievte sich hoch und kam zum Stehen. Ihre Oberarme schlang sie um sich, als müsse sie sich zusammenhalten, ihr Blick jagte von einem Punkt zum nächsten.

Marie klappte nach vorn zur Brüstung, klammerte sich ans Metall. An ihren Händen spannte sich die Haut, an ihren Armen die Muskeln. Antons Körper spannte sich, bereit, sie zu packen. Ihr Atmen wurde leiser, gleichmäßiger. »Seltsam ist das, oder nicht?«, sagte sie.

»Marie, was hast du getan?« An ihr vorbei erkannte er am Ende des Gerüstgangs eine Lücke. An der Ecke war der Winkel der Holme verzerrt. Etwas stimmte nicht. Anton musterte Maries Statur, die Arme, die er ohne

Weiteres mit Daumen und Zeigefinger umfassen konnte. Er ging vorbei an ihr. Der Handlauf weiter hinten steckte nicht in seinem Gegenstück.

»Wenn jemand stürzt, hab ich mir das anders vorgestellt.« Er hörte ihre Worte hinter sich, betrachtete den losen Holm und schauderte. Knarzend quittierte das Metall eine Bewegung. Bis unter seinen Fußsohlen spürte er es. Marie näherte sich.

Anton wandte sich um, trat weg von der Lücke im Geländer. »Wie meinst du das, Marie? Warst du bei ihr?«

»Ich hab sie gesehen«, sagte Marie. »Sie fiel. Fiel einfach nur. Nichts hat sich bewegt. Weder ihre Arme, noch ein Teil ihres Körpers. Fällt man einfach nur?«

»O Gott«, flüsterte er. »Hast du sie gestoßen?«

»Sie fiel.« Marie rieb auf und ab an ihren Armen. »Ganz still. So still, bis ...« Im nächsten Moment leerte sich ihre Miene, dann sah sie ihn an, blinzelnd. »Was ...?«

»Hast du sie gestoßen?« Anton blieb vor ihr stehen, roch den leicht säuerlichen Geruch von Schweiß.

Marie ruckte hoch, wie aus dem Schlaf. »Wie soll das gehen?« Ihre Augenbrauen rutschten zusammen, sie sah verwirrt aus. »Nasri hat mich gerade aus der Garderobe geholt. Wir waren im Gang. Da kam von oben ein dumpfer Schlag durch den Saal.« Über die Brüstung gelehnt zeigte sie auf den Gang. »Da. Von dort hab ich nach oben gesehen. Ich ...« Sie verschluckte sich.

Anton ließ sie nicht aus den Augen, und wieder glitt ihr Blick fort.

Sie biss sich auf die Lippen. »Ich dachte, man rudert, versucht was zu greifen, schreit. Aber alles war still.« Sah ihn an, als sähe sie ihn zum ersten Mal. »Sie hat vorhin noch mit mir gesprochen.« Marie schüttelte den

Kopf. »Auf einmal wollte sie weg, sagte, sie hätte eine Idee. Dann ist sie los.« Eine Haarsträhne strich sie aus ihrem Gesicht. »Sie hat noch überlegt zu telefonieren, aber ihr Akku war leer.«

»Mit wem? Was hast du gesagt?«

Marie guckte ihn an, zuckte mit den Achseln. »Das war … Ich kam aus dem Gang, und im nächsten Moment war der Aufprall. Jeder war geschockt. Nur Konrad hat reagiert. Er war bei ihr, dann mit dem Laken, die Techniker und die anderen sollten auf der Bühne bleiben, bis die Polizei kam.«

»Was hast du der Flo erzählt, Marie?«

Marie zog ihre Schultern nach hinten, richtete sich auf. Anton musterte ihre Miene, sie wirkte gefasster. Aber etwas war anders darin, die Augen hielten den Fokus auf ihn, ihren Körper drehte sie leicht ab, seitlich, verringerte die Angriffsfläche. Er fühlte sich erinnert an eine Maske.

Sie fuhr sich übers Gesicht, kratzte sich an der Schläfe. »Über die Zusammenarbeit mit meiner Marketingagentur hatte sie Fragen, und wer die Gin-Aufträge statt mir übernehmen sollte. Flo wollte wissen, wie es dazu kam, woher wir uns kennen, wie das geplant war und so was«, erklärte sie. »Glaub ich«, fügte sie hinzu. »Und dann ging sie«, wiederholte sie, zuckte mit den Schultern.

Über das Geländer blickte Anton reihum in die Gesichter unten auf der Bühne, Einzelheiten schluckte die Entfernung. Baurieder hielt mit seinem Smartphone die Gespräche fest. Und Antons Blick verfing sich wieder beim Laken, wanderte zu Flo. *Eine Idee, Dinklmeier? Zu wem wolltest du und warum?* Hielt bei Marie. *Oder weg von jemandem?*

31. Theres / Offene Beziehungen
Metzgerei & Tages-Bar Hack

Die Türglocke hallte nach in der Tages-Bar. Wieder knurrte Wolfin. Der Sonnenstrahl erwischte genau die Eingangstür. Theres sah nichts mehr, hörte nur, erkannte mit Verzögerung die Stimme.

»Servus!« Sie schwang sich von ihrem Stuhl, schirmte ihre Augen ab. »Für Grillfleisch bist du heut zu spät! Hat's denn gepasst am Samstag?«, setzte sie nach.

Chris runzelte die Stirn. Dann beeilte er sich zu nicken, und bevor er sie ansah, schwenkte sein Kopf zu den Weinregalen. »Ja, klar. Wie immer genial. So was gibt's normal nur in München. Ich darf gar keinem verraten, wo ich mein Fleisch bezieh.« Sein Lachen und die Betonung der Worte klangen wie verrutscht. Sein Blick zuckte zur Seite, Richtung Metzgerei.

»Weiterempfehlung? Klingt ja verrückt.« Sie zog die Augenbrauen hoch. »Ist ja nicht so, dass ich davon lebe, meine Waren zu verkaufen. Schick möglichst wenig Kundschaft zu mir.« Das Lächeln spannte Ironie von Ohr zu Ohr, durchkreuzte die Bitterkeit in ihrer Stimme.

»Haha, ja genau …« Chris überhörte den Kommentar, musterte das Weinregal. Sein Blick schwenkte durch den Raum, stoppte kurz und schnellte zurück zu den Weinen.

Theres erinnerte sich in dem Moment: *Alessia war heute bei den Proben.* Sie deutete hinter sich. »Ihr kennt euch?«

Sie hörte die Hamburgerin Luft einsaugen. Und über sein Gesicht lief eine Welle, sein Blick sprang von Alessia zu ihr, zurück und innerhalb eines Wimpernschlags von Flasche zu Flasche im Weinregal.

Ein wenig blass, fand sie. *Aber wer ist das nicht, kurz vor der Premiere.* Theres räusperte sich und präsentierte mit einer Geste die Auswahl. »Was kann...«

»Chardonnay?«, kam er ihr zuvor. Wieder zuckte sein Blick zu Alessia. Dann fuhr er sich übers Gesicht und stieß im nächsten Moment die Hand in die Hosentasche. Ein wenig zitterte sein Arm. Theres blinzelte, verengte die Augen. Die Schatten in der Tages-Bar zeichneten dunkle Striemen über seine Haut. »Ich nehm den.« Mit der Linken packte er einen Weißwein. Mit der anderen Hand kramte er in seiner Hosentasche, zupfte einen Zwanziger heraus. »Passt das?« Der Schein raschelte, trudelte in ihre Hand.

»Zwölf.« Sie zerrte an ihrem Geldbeutel fürs Wechselgeld. Münzen klimperten. Den Fünfer erwischte sie gerade noch.

»Stimmt so!« Und er war wieder raus zur Tür.

Theres sah ihm hinterher, bis er um die Kurve war.

Alessia versteckte ihr halbes Gesicht hinter dem Wasserglas, und erst als der letzte Tropfen aus dem Glas verschwunden war, setzte sie es ab.

»Das war ...« Theres runzelte die Stirn, richtete die Flaschen im Weinregal neu. »War das Einkaufen oder war das Flucht?« Sie schüttelte den Kopf. »Seltsam.«

Theres drehte sich noch mal um, und ihr Blick glitt in die Richtung, in die er verschwunden war. »Hast du seinen Hund umgebracht?«

»Chris hat einen Hund?«

Theres zuckte mit den Schultern. »Was weiß ich! Seine Mutter?«

Alessia rutschte auf ihrem Stuhl, zupfte sich am Ohrläppchen. Das Lächeln in ihrem Gesicht reichte kaum über die Mundwinkel. »Ich dachte, ich hole mir erst mal Tipps und ein Messer bei dir«, wich sie aus, und ihr Daumen wippte zur Metzgereitheke.

Theres lachte auf. »Sehr gut. Aber warte noch ein wenig. Kurz vor der Hochzeit wäre das echt mies. Dafür hat sie hart genug gearbeitet.«

»Seine Mutter heiratet?« Etwas in Alessias Haltung veränderte sich. Die Stimme klang höher, kühl, wie unter Spannung.

»Nicht die Mutter, Chris.« Theres lachte und versuchte sich zu erinnern. »Nach den Passionsspielen. Die Tochter von einem irgendwie ganz Wichtigen aus München. Wohl auch ein großer Kunde der Agentur.«

Das Glas flutschte aus Alessias Hand, knallte auf die Tischplatte, zu Boden. Splitternde Scherben.

»Okay.« Theres dehnte das Wort. »Scherben bringen Glück, aber deswegen fällt dir das Glas aus der Hand?«

Alessia bemühte sich um eine unbewegte Miene. »Sorry, wegen dem Glas.«

»Des Glases«, korrigierte Theres, dann winkte sie ab. »Ich hab mehr als eins.« Hinter der Tür zum Hintergebäude holte sie den Besen. »Ich bin aber gespannt, wie lang die Ehe hält und was seine Mutter dann mit Chris macht«, grinste sie.

»Wie meinst du das?« Alessias Stimme klang leiser als zuvor, ein wenig angeschlagen.

»Chris lässt nichts anbrennen.« Theres kehrte die Scherben zusammen. »Vielleicht hat seine Zukünftige kein Problem damit. Im Moment lebt sie jedenfalls in München und kriegt nicht so viel mit. Aber ich bin mir sicher, falls sich das negativ auf die Marketingagentur auswirkt, röstet seine Mutter Chris dafür. Lebendig und schön langsam über dem Feuer.«

Die Glocke über der Eingangstür störte erneut. Den Fluch dafür verbiss Theres hinter ihren Zähnen. *Was ist denn heut los, ausgerechnet? Kreizkruzefix!* Sie drehte sich um. Ihr Versuch, sich das Standard-Begrüßungslächeln ins Gesicht zu setzen, scheiterte an ihrer Überraschung. *Ausgerechnet.*

An der Türklinke hing Marie. Mit Augen so groß wie Friedhofsgräber lugte sie in den Raum. Die Knochen ihrer Schultern stachen fast durch das Shirt, ganz anders als auf den Bildern, den Plakaten oder in den letzten Wochen, wenn man sie sah. Mehr Knochen als Muskeln zeichneten sich ab unter ihrer Haut.

»Marie?« Theres musterte sie. Von draußen drang Rauschen, ein Auto über den nassen Asphalt. Die Schauspielerin fuhr zusammen und ihr Blick durch den Raum. Prüfend. *Wie ertappt.* »Welch seltener Gast. Noch einer. Was ist denn heute los?«

Die Tür glitt hinter Marie zu. Von einem Moment auf den nächsten fasste sie sich, richtete sich auf und trat ein. Selbst ihre Miene wurde ruhiger. »Hier war Licht.« Marie sog ihre Unterlippe ein, und ihre Hand drängte hoch zum Gesicht, hielt, barg, ihre Finger furchten über die Haut. Die letzten Töne des Jazzsongs klangen aus. Das Schweigen wurde laut vor dem nächsten Stück.

Von Theres' Hosentasche drang ein Brummen durch den Raum, sie ignorierte den Anruf, setzte ein Lächeln auf, lud Marie ein. Der Anrufer gab auf.

»War heute irgendwas Besonderes bei den Proben? Solltet ihr nicht noch mittendrin sein?« Theres kehrte mit dem Besen die Scherben auf.

»Keine Proben heute mehr.« Ohne Stimme fielen die Worte aus Marie heraus. »Flo ist tot. Die Polizistin.«

Theres erstarrte, Kälte schoss durch ihre Glieder. Sie fixierte die Schauspielerin, sammelte sich einen Moment. »Was?«

»Gefallen.« Marie sank auf die Bank.

Alessia schüttelte den Kopf. »Sie war doch vorher noch bei dir, als ich gegangen bin«, sagte sie.

»Ich musste weg. Ich hab sie da liegen sehen. Die anderen sind in die Bar oder in die Kirche. Und … Ich wollte allein sein.« Sie schluckte. »Nicht mit den anderen.«

»Chris war auch gerade hier.« Theres beobachtete beide. Marie sah auf, Alessia zuckte leicht, wie vorhin, als er die Tages-Bar betreten hatte. »Er hat nichts davon erwähnt. War er nicht im Theater, als es passiert ist? Und dann ist er gleich wieder fort, wie der Teufel mit einer frischen Seele. Nur mit einer Flasche Wein.«

»Natürlich war er da.« Marie stockte. Sie zog ein Weinglas zu sich, füllte es fast komplett und trank es in einem Zug. »Und wie er da war.«

Theres starrte sie an, runzelte die Stirn, füllte ein Wasserglas an der Spüle und stellte es vor Marie hin. Aus ihrer Tasche fischte sie ihr Handy, sah auf dem Display Antons Anrufe, dann seine Nachricht, die Maries Worte bestätigte.

»Dieser Arsch.« Marie leerte das Wasserglas. Sie knallte es auf den Tisch, langte wieder nach dem Wein.

»Marie?« Auf das Glas deutend beugte sich Alessia zu ihr. »Was war denn?«

Kein Blinzeln, kein Zeichen auf Maries Gesicht, dass sie die Worte gehört hatte. »Wahrscheinlich bastelt er grad an einer Instagram-Kampagne, wie er die Tote im Passionstheater am wirksamsten öffentlich ausschlachten kann.«

»Marie?« Theres stellte sich neben sie, zog das Weinglas von ihr weg. »Was ist denn los, Kreizkruzefix? Du fällst hier rein, knallst ein paar wirre Brocken von Flo und Chris auf den Tisch und dich voll mit Alkohol. Alkohol ist keine Lösung!«

Die Schauspielerin stierte in den Raum, dann schluckte sie, hob den Kopf. Ihre Augen wurden schmal, der Zug um die Lippen hart. Sie vergrub den Kopf in ihren Händen, Theres nickte auch, legte ihr die Hand auf die Schulter. »Das ist ein Schock. Lass es los!« Von der Theke holte sie einen Korb Brot, Butter, füllte die große Karaffe mit Wasser und dann erneut Maries Glas. Sie setzte sich auf den Stuhl am Kopf des Tisches zwischen Alessia und die Schauspielerin.

Krachend brach die Kruste, Brösel krümelten auf den Tisch, auf Maries Kleid. Die Ellbogen auf dem Tisch, die Lider halb gesenkt, die Haare wie ein Schild vor dem Gesicht, kaute sie, kauerte auf ihrem Platz. »Chris kam heute Nachmittag mit einem Vorschlag an: Er wollte, dass ich mich auf Instagram zum Mord an den Thallers positioniere.«

»Chris?«, hakte Alessia nach. Theres empfand ihr Gesicht wesentlich blasser als zuvor.

Vom Brot brach Marie ein weiteres Stückchen, nickte. »Inszenieren, meinte er, nutzen. Profit schlagen aus einem Mord, damit ich und die Passionsspiele mehr Aufmerksamkeit erhalten. Oder die Passionsspiele und ich.« Sie seufzte, hob den Kopf, sah zu Alessia. »Und dann passiert das mit Flo, und er schleicht die ganze Zeit um die Bühne rum, und dann ist er plötzlich hier.« Marie deutete auf die Hamburgerin. »Und du bist auch hier. Will er dich jetzt dafür einspannen?«

»Chris wusste nicht, dass ich hier war.« Alessia schüttelte den Kopf.

Theres beobachtete den Austausch zwischen den beiden. »Er war auch schneller wieder draußen, als eine Klinge einen Schnitt setzt.«

Marie kippelte ihr Trinkglas auf der Tischplatte. »Ich hätt es ihm zugetraut, ehrlich, diesem Arsch!«

»Grenzwertig in jedem Fall«, kommentierte Theres, deutete auf den Ausgang, als wäre Chris noch da, und auf Marie. »Aber …« Sie räusperte sich. »… dass dich das so aufbringt?«

»Mh.« Marie schnaubte, ihr Blick schwenkte zu Theres, musterte sie ein wenig länger. Sie fiel in sich zusammen, zupfte an der Roggenkruste in ihrer Hand, als analysiere sie Verträglichkeit, Kalorien und enthaltene Allergene. Dann zuckte sie die Schultern. »Ach, verdammt! Es ist einfach alles …« Sie wedelte ihre Hand in einer unbestimmten, umfassenden Geste. »Die Summe von allem. Der ganze Ärger noch vom letzten Jahr, dann schien alles gut, nur um schließlich in einer Katastrophe zu enden.« Sie schreckte kurz auf, wie über ihre eigenen Worte. »Also für die Thallers. Ich … ich mochte sie. Und zwischen uns war alles geklärt am Ende. Das hab ich auch Flo gesagt.«

Theres schob das Wasserglas in ihre Richtung, Marie trank einen großen Schluck, richtete sich auf. »Flo ...« Marie schüttelte den Kopf. »Die war doch eben noch bei mir.« Sie seufzte. »Flo wollte alles wissen über meine Verbindung zu den Thallers, über die Vertragsverhältnisse und wie das geplant war mit der Kampagne. Ich hab ihr erzählt, wie alles angefangen hat: dass ich im Juli zu *Zhoch2* kam und dann die Thallers rübergezogen hab – auch durch die ganze Überzeugungsarbeit von Chris. Von Hamburg und von dir ...« Marie sah Alessia an, schob ihre Hand auf dem Tisch ein wenig in ihre Richtung. »... wie wir uns begegnet sind, unsere Pläne ... Jedenfalls meinte Flo dann zu mir, ich hätte sie auf einen Gedanken gebracht, und wollte direkt weiter.« Auf Maries Miene spiegelte sich Trauer, Schock, Verlust. »Das klang, als hätte sie eine Ahnung, wer die Thallers auf dem Gewissen hat. Ich dachte, jetzt klärt sich das und ... keine Ahnung: Alles wird gut?«

Alessia langte über den Tisch und fasste nach Maries Hand. »Ich hab der Metzgerin das auch gerade erzählt: dass wir das gemeinsam machen wollten«, lächelte Alessia.

Das erste Mal an diesem Abend entdeckte Theres so etwas wie ein Lächeln auf Maries Gesicht, ihre Wangen röteten sich. Theres verengte die Augen und lehnte sich ein wenig zurück.

»Wir sind ja dabei, jetzt«, antwortete Marie, nahm Alessias Hand.

Theres räusperte sich. »Ihr fangt jetzt nicht an, zu singen und euch die Haare gegenseitig zu flechten, oder?« Die Blicke der beiden brachten sie zum Schweigen. »Also, ihr habt euch auf dem Gin-Festival in Hamburg kennengelernt, und im November habt ihr euch dann hier wiedergesehen, weil du Alessia eingeladen hast.«

»Chris ...«, korrigierte Marie. Alessias Blick schoss zur Seite. »... hat sie eingeladen.«

»Wieso macht Chris das als Co-Regisseur?«

Marie schüttelte den Kopf. »Nein, das macht er doch für die Agentur!«

Theres fasste sich an die Stirn. »Ja, stimmt. Und ihr zwei?«

»Anfangs, wie gesagt, haben wir uns viel ausgetauscht, über Instagram, über unsere Pläne.« Alessia trank einen Schluck Wein. »Dann hielten wir online Kontakt – aber ... na ja.« Sie kratzte sich am Haaransatz. »Ein paar Worte über Instagram oder E-Mail – da entsteht auch mal schnell ein Missverständnis. Statt drüber zu reden, hat sich jede von uns über die andere geärgert. Bis heute«, sagte sie. »Und heute haben wir endlich geredet. Ein gutes Gespräch.«

»Ein wichtiges«, ergänzte Marie. »Wir hätten das schon viel früher tun sollen.«

Theres blickte von einer zur anderen, sie verstand kein Wort. »Reden hilft für gewöhnlich bei Missverständnissen unter Freunden«, orakelte sie. »Oder worum ging's?«

Alessias Blick zuckte zu Marie, ganz leicht nickte sie. »Eigentlich ging es nur um einen geplatzten Termin – ein Shooting in Hamburg. Ein blödes Missverständnis. Total albern. Als würde dadurch die Welt untergehen.«

Theres verdrehte bei dem Wort Shooting innerlich die Augen, setzte stattdessen ein verständnisvolles Lächeln ins Gesicht. Marie nickte. »Aber du musst zugeben: Es hätte einiges erleichtert, hättest du mir gleich erklärt, was los ist.«

32. Toni / Karma

Im Eck ganz hinten gegenüber der Bar drängte er sich stärker gegen die lederne Rückenlehne, ein wenig drückte der Gurt der Aufhängung, nicht genug, um seinen Schmerz zu verdrängen. *Hier. In Oberammergau.* Von seinem Wein trank er einen Schluck gegen den Kloß in seinem Hals. *Warum sie?* Den Bierdeckel fuzelte er weiter in Kleinstteile. *Flo.*

Von seinem Hochtisch überblickte er den Raum. Die Bar nahm die eine Hälfte ein und war halb belegt, Freunde trafen sich, Kollegen.

Die verrauschte Kopie einer Kopie einer schlechten Folge *Sex and the City* störte seine Sicht. Verschnürt in Stretch und Pailletten gackerte sie über ihr Cocktailglas eine Unterhaltung in Richtung ihrer Begleiterin – und durch den Raum und seinen Gehörgang.

Der Gedanke an Flo sprang ihn wieder an, und wieder blickte er aufs Handy, als würde dort eine Antwort aufleuchten, als würde sie sich jeden Moment melden, und wieder verschwamm sein Blick. Dann rummste etwas gegen seinen Tisch. Theres.

»Neues Versteck?«

»Ruhe«, sagte er. »Keine Fragen, keiner, der sich hierher wagt.«

Sie blickte sich um, hing für einen Moment zu lang fest an den Pailletten, zog die Augenbraue hoch. »Oder dich noch nicht entdeckt hat. Kommt Anton auch?«

»Später. Ist noch bei den Eltern, beim Freund«, antwortete Toni. »Und Bericht erstatten bei der Kripo.«

Sie rutschte neben ihn auf die Bank, tippte auf den Tisch, die Lider halb gesenkt. »Ich hab's vorhin bei mir im Laden gehört, dann kam deine Nachricht.«

»Von wem …?«

»Marie«, sagte sie. »Total durch, komplett unter Schock. Und so was von wutig auf den jungen Zentmayr. Schließlich haben der Wein und Alessia sie beruhigt.«

»Hat sie Stress mit ihm bei den Proben? Als Co-Regisseur hat er aber doch nicht so viel zu sagen«, rätselte Toni.

»Wegen einer Marketingaktion«, erklärte sie ihm. »Chris ist doch Teilhaber von *Zhoch2,* und er hat ihr jetzt vorgeschlagen, sie sollte den Thaller-Mord marketingtechnisch nutzen.« Schüttelte den Kopf. »Selten … taktlos.«

Sein Blick wanderte hoch. »Verrückt«, stimmte er zu. »Respektlos irgendwie, oder? Also gegenüber den Thallers.«

»Ja, seh ich auch wie du, wie Marie.« Sie neigte sich zu ihm. »Sie hat sogar Alessia deswegen angefahren. Sie dachte, Chris hat Alessia nach ihrer Absage eingespannt. War recht emotional. Eine hohe Meinung hat sie nicht gerade von ihm.«

»Alessia?«, hakte er nach.

Theres' Braue wanderte nach oben. »Hast du als Einziger in Oberammergau noch nichts von der Social-Media-Prinzessin aus Hamburg gehört?« Ihre Hand zielte in Richtung der Wohngebäude. »Sie ist mein Gast, nachdem die Unterkunft bei den Thallers … ausgefallen ist. Die Thallers kannte sie seit dem letzten Herbst von einem Gin-Festival in Hamburg, Marie und Chris auch. Und Chris hatte sie nach Oberammergau eingeladen zur

Allerheili-Gin-Party.« Sie runzelte die Stirn. »Sie war mir nicht aufgefallen, damals.«

Toni richtete sich auf. »Bei den Thallers?«

Toni sah Theres nicken, sah das Glimmen in ihren Augen, ihre bebenden Mundwinkel, ihren Oberkörper, den Atemzug um Atemzug bewegte.

Sie musterte ihn. »Wie geht's dir, Toni?« Einen Moment später war ihre Hand auf seiner, sie nahm sie. Wärme. »Nach ...«

Er senkte den Kopf. Ihren Blick spürte er weiter auf sich, erwiderte ihn nicht, konnte nicht. Er spürte die Atemzüge, die ihr Körper übertrug, hörte sie ganz leise. Ihre Finger in seiner Handfläche. Sie hielt, verstärkte kurz den Druck. Toni schluckte, blinzelte den Dunst aus den Augen, drückte den Kloß zurück in seinen Hals. Seine Hand fuhr hoch, kratzte sich im Augenwinkel, und seine Fingerkuppen waren feucht.

»Es ist ...« Am Rande seines Gesichtsfeldes nahm er eine Bewegung wahr, einen Schatten, der kurz stoppte.

»Falsch«, sagte sie, und er nickte und sah sie endlich an und war froh. Kein Mitleid entdeckte er. Zorn und Kummer. Sie verstand, glaubte ... hoffte er.

»Die Flo war vorher noch bei Marie.« Theres blinzelte und fuhr fort. Der Name versetzte ihm einen Stich. »Als Flo ging, meinte sie zu Marie, sie hätte eine Idee. Mehr wusste Marie aber nicht.«

»Was ...?« Tonis Augenbrauen furchten eine Falte in seine Stirn.

Im nächsten Moment stand Theres' Schorle vor ihr, die Wirtin neben dem Tisch.

»Merci dir!« Theres deutete zur Bar. »Alles gut bei dir zu den Spielen?«

Die Wirtin nickte. »Paar meiner Leut sind dabei, im Volk.« Sie nickte in Richtung ihres Bartenders. »Aber wir kommen gut rum mit dem Personal. Alles gut bei dir, Res?«

»'s ist, wie's ist, kennst ja.« Sie winkte ab, lächelte, die Wirtin lächelte auch, ging wieder.

Toni sah sie an. »Wahnsinns-Unterhaltung! Respekt!« Die Worte von der Bar tönten herüber. Sektgläser standen neben den Cocktails vor der Mahagonifarbenen mit dem Paillettenpanzer und ihrer Freundin. »Jeder kriegt, was er verdient. Oder wen er verdient. Karma!«

Die andere nickte. Sie musste aus Ettal sein, in Oberammergau hatte er sie noch nie gesehen, im Gegensatz zu der Mahagonifarbenen. »Ja, da geb ich dir recht. Buddhistisch zwar, aber wahr.«

Toni stierte ins Tischholz. *Schwachsinn.* Theres nahm er kopfschüttelnd neben sich wahr.

»Jetzt hast du's wieder gesehen, Melanie.« Die Freundin drückte die Hand der Mahagonifarbenen, Toni schüttelte sich. »Das mit dem Franzl und dir hatte alles seinen Grund. Und der Schreiner wird auch noch sein blaues Wunder erleben, wenn er sich an eine Fremde bindet. Statt mit deiner Schwester ...«

»Die Thallers mit ihrem neumodischen Zeug und diesem ganzen sozialen Medienkrampf mit den Halbnackigen und dem Alkohol. Die haben sich weder an den Passionsspielen beteiligt, noch sonst irgendwas im Dorf. Als ginge sie hier gar nichts was an – die Traditionen, die Leut von hier. Immer nur die Fremden.« Sie lehnte sich näher zu ihrer Freundin, die Stimme senkte sie nur ein wenig. »Und diese Nayla, die haben sie auch beschäftigt. Strafe ist doch da kein Wunder.«

»Die Huberin«, zischte Theres. »Selten so einen Blödsinn gehört.«

Toni fuhr sich durchs Haar, dann stand er auf. Er richtete sein Hemd. Drei Schritte, dann stand er an der Bar. Hob die Stimme. »Das war keine Strafe, sondern Mord.« Melanie schnappte nach Luft. Mit aufgerissenen Augen drehten sich die beiden zu ihm.

»Alkohol und nackte Haut sind das Ticket zur Hölle?« Theres hob ihre Rhabarberschorle in Melanies Richtung. »Gilt das nur in Kombi, oder auch einzeln? Heißt: Über jeden Kerl in Oberammergau drüberzusteigen ist erlaubt, sofern vollständig bekleidet und nüchtern?« Ein Zwinkern schickte sie in Tonis Richtung, grinsend forderte sie ihr Gegenüber heraus. »Na dann: prost, Huberin!«

»Fräulein Siebengscheid!« Melanies Lächeln glich einem Zähnefletschen. »Wären die Thallers bei dem geblieben, was sie waren – Bauern –, dann hätten sie mehr getan für uns hier und in der Region.«

»Zum Beispiel was?« Toni hakte nach.

»Landwirtschaft halt«, schnappte die Huberin. Mit einem großen Schluck leerte sie das Glas Sekt. »Das ist ein traditioneller, ehrenwerter Beruf. Nicht irgendein Mist, nur weil er im Moment Trend ist und alles Mögliche an Gesindel anlockt und jeden auf blöde Ideen bringt. Die wollten nichts mehr wissen von den Traditionen und den Gebräuchen in unserem Dorf.«

Theres lachte auf, schob ihre Schorle zur Seite. »Und wie hast du heut Ausgang gekriegt und nicht dein Mann? Männer auf der Piste, Frauen am Herd – ist das nicht die Tradition?« Theres schob ihre Schorle zur Seite.

Zuerst klappte Melanie ihren Mund auf, dann wieder zu.

Theres lehnte sich nach vorn. »Der Hof der Thallers war in etwa so profitabel, dass sie bald den Kies im Hof und den Kitt aus den Fenstern hätten fressen müssen. So wenig hat er abgeworfen. Entweder hätten sie sich mehr verschulden und investieren müssen oder Bankrott anmelden. Weißt ja, was das heißt?«

»Faul waren's! Ich hätt das mit dem Franzl schon gemacht.« In Melanies Stirn und um die Mundwinkel gruben sich die Furchen tiefer. »Hätten sie halt investiert. Milchvieh.« Ihr Blick glitt irgendwo nach ganz hinten durch den Raum. »Die Glocken, die Weiden. Das ist doch wichtig, dass das nicht verschwindet.«

Toni spürte den Puls an seiner Schläfe. Er zwang sich, seine Stimme zu senken. »Hunderte von Viechern, eingepfercht, abgemolken, schnell wieder befruchtet, ihrer Kälber beraubt. Und die Milch steht dann in den Regalen unserer Supermärkte für weniger als einen Euro. Und wir können gemütlich den Arm danach ausstrecken und unsere Vorratskammern damit füllen – oder die Mülltonnen, wenn das Haltbarkeitsdatum überschritten ist. Das meinst? Damit du deine Nostalgie hast und die Glocken?«

»Ach, Herrgott noch mal. Dann hätten's halt den Hof verkauft ...« Melanie funkelte ihn an. Ihre Kieferknochen spannten sich.

Theres lachte. »Und sich nirgends hier mehr blicken lassen brauchen. Als Pleitegeier.« Sie schüttelte den Kopf. »Mei, wie sich die anderen alle das Maul zerrissen hätten, was meinst, Huberin? Man hat's ja gesehen bei unserer Metzgerei. Da war's kurz vor knapp. Und der Babba ist allein gesessen in seiner Kirchenbank, weil er kurz vorm Aus stand.«

Ein Seitenblick der Huberin schnellte zu Theres und wieder weg. »Ihr macht ja wenigstens was Anständiges – wenigstens mit dem Geschäft«, biss sie zurück.

Theres räusperte sich. »Und die Thallers waren mit ihrer Gin-Brennerei sogar schon so weit, dass sie Leute gesucht haben – Arbeiter. Die hätten zwei Stellen gehabt, um Gehalt zu zahlen für Leute von hier.«

Melanie schnappte nach Luft, knallte ihr leeres Glas aufs Holz. »Profitgeier waren die Thallers! Mit ihrem Hipster-Schmarrn!« Von Toni und Theres wanderte ihr Blick zum Wirt und wieder zurück. »Von wegen Arbeit für Leute von hier. Die Nayla sind sie ja schnell wieder losgeworden. Kein Job, alleinerziehend, da schwimmt man ja im Geld. Das hat die Thallers aber auch nicht interessiert, als sie sie rausgeschmissen haben.« Am Ende fixierte sie Toni. »Hat ihr Alibi eigentlich jemand überprüft?«

Bis unter die Schädeldecke spürte er seinen Puls. Aus dem Augenwinkel ahnte er Theres' mahnenden Blick. Er atmete ein, bis in die Zehennägel, und wieder aus. »Zerbrich du dir nicht unseren Kopf, Melanie. Immerhin wissen wir, dass du nicht infrage kommst als Täterin.«

Die Huberin richtete sich auf. Wie die verrauschte Kopie eines Boxers setzte sie sich den Triumph ins Gesicht, der nicht von einem K. o. rührte, sondern von einem Formfehler, den alle durchschauten. Dann zog sie in ihrem Siegesmarsch zur Tür hinaus.

Toni ging zum Tisch zurück. »Die Dummheit ist so überwältigend, dass selbst der Boandlkramer machtlos ist.«

Durch die Fenster beobachtete er mit Theres die Huberin davonstampfen, ihre Jacke wehte hinter ihr her.

Theres beugte sich näher an Tonis Ohr. »Sag mir bitte, ihr habt das mit Nayla schon längst überprüft und könnt bestätigen, wie absurd Melanies Theorie ist. Nayla hat mit der Sache doch nichts zu tun!« Dann schluckte sie und starrte ihn an, ohne zu blinzeln.

Toni trank aus. Dann sagte er: »Ich glaube, wir hätten uns besser bei dir getroffen.«

33. Andere Augen

Nein, es geht mir nicht gut. Ich hebe mein Glas und trinke den Wein leer. Auf den Tisch lege ich das Geld.

Heute war es verdammt knapp gewesen. Die Dinklmeier hab ich erwischt, aber beinahe sie mich. Und ich habe noch lange genug bleiben müssen und zeigen, wie tief der Schock sitzt, wie ich trauere, wie schockiert ich bin über ihren Fall.

Was für ein Spiel.

Und dann war der Hauptkommissar da, hat Fragen gestellt, genervt. Dabei sollte es einfach ein Unfall sein. Jemand stürzt. Unachtsamkeit. Das geschieht immer wieder. Und wieso musste ausgerechnet sie dort herumschnüffeln.

Mir ist nicht mehr genug Zeit geblieben, das Geländer wieder einzuhängen. Aber vielleicht hat es niemand bemerkt.

Ich starre vorbei an der Bar aus den großen Fenstern. Das schummrige Licht macht es leichter, den Raum zu vergessen, die Laternen machen das Draußen hell. Bühnenbild, Dekoration, Szene.

Schön sind sie. Zart.

Ich beobachte sie durchs Fenster. Sie stehen immer noch da. Tuscheln. Zwei Blüten.

Es ist Frühling.

Ich erinnere mich an den Kuss im November, und er lässt mich einfach nicht los.

Heute will ich ihr nicht mehr begegnen. Niemandem. Für heute habe ich genug.

In den Straßen

Die Umrisse der Linden spiegelten sich – Äste, Zweig-
lein, schwankende Blätter und zwei schattendunkle
Körper im bodentiefen Fenster vor der Bar. Südstern,
Nordlicht. Spiegelbilder im Glas. *Wünsche auf Leinwän-
den.* Der Gedanke kreiselte durch Maries Kopf. Am Bar-
schild über ihnen zerrte der Wind, wirbelte Wortfetzen
und Geräusche davon, die sich aus der Bar nach draußen tasteten. Marie versuchte, durch die Fensterscheibe
zu erkennen, was dahinter geschah. »Ich will nicht,
Alessia. Ich …« Die Worte fielen wie Kiesel. »Ich mag da
nicht rein.«

Feine Wellen überliefen Alessias Gesicht, sie drehte
den Kopf ab. Marie bedauerte kurz, dann beobachtete
sie weiter im Spiegel, versuchte, die andere zu lesen. Sie
kaute auf ihrer Unterlippe. »Ich bin echt erschlagen, und
dann noch Chris' dämlicher Vorschlag.« Sie starrte
weiter aufs Fenster. Schemen von Menschen, die ihre
Lebenszeit teilten. Wenn sie sich konzentrierte, konnte
sie das hinter dem Spiegel erkennen. »So taktlos, idio-
tisch.« Sie musterte Alessia, die zuckte die Schultern,
ihre Gedanken schienen weit weg.

»Wieso wundert mich das nicht?«, sagte die Hamburgerin.

»Was?« Marie verstand nicht.

Alessia drehte sich ab, schlich am Oldtimer-Bier-
mobil vorbei um den Mauervorsprung und zurück
Richtung Kirche. »Marie, mir war nicht klar, wie das
für dich mit Sonja und Franz war, bis du heute davon

erzählt hast. Dass sie dich beinah gelyncht hätten, bis du eine Lösung hattest für das Dilemma mit der Kampagne.«

»Na ja, es ...« Marie winkte ab. »Es ist, wie's ist: verschüttete Milch. Lassen wir's dabei.«

Die Hamburgerin stoppte, sah ihr ins Gesicht. »Ich kann gut verstehen, dass du den ein oder anderen zwischendurch am liebsten umbringen wolltest. Wir haben dich alle hängen lassen.« Sie räusperte sich, beugte sich ein wenig nach vorn. »Aber die Thallers ... du warst es nicht, richtig?«

Marie trat zurück. »Wie kommst du denn darauf?«

»Egal.« Alessia ging weiter.

Kurz fragte sich Marie, ob auch nur ein Mensch existierte, der eine Frage wie diese stellte und die Antwort wirklich würde hören wollen. Im Takt der klackernden Schuhe marschierte sie weiter. Ein Windstoß jagte unter Maries Shirt über ihre Haut, blähte Alessias nachtblauen Rock mit den Blumenkelchen, von einem der Bäume stoben Blütenblätter zwischen sie.

Vor dem alten Forstamt mit seinem kniehohen Mäuerchen und den verwitterten Treppen blieb sie stehen. Die Nacht verzerrte die Malereien zu fünf dunklen Säulen. Wie Portale in eine Anderswelt spiegelten die Fenster die Dunkelheit und verbargen, was dahinter lag. Man bräuchte nur den richtigen Schlüssel in die Eichenholztür zu stecken. Und: fort.

Im Mondlicht schimmerten Alessias Lippen wie dunkle Blütenblätter. »Alessia, da ist noch was. Ich hab das vorhin nicht gefragt. Aber warum hast du dich die ganze Zeit nicht mehr gemeldet? Ich meine ...« Sie blinzelte. »Ich hab mich auf dich verlassen, und du bist abgetaucht. Und am Ende ging es ja jetzt doch mit dem Shooting.« Eine Haarsträhne wehte Alessia ins Gesicht, ganz sanft strich Marie sie zur Seite, streifte beiläufig Alessias Lippen. »Ein wenig früher, und du hättest mir wirklich viel Ärger erspart.«

Nach einem Moment schlug Alessia die Augen nieder. »Schuldig.«

Marie stutzte. »Was?«

»Auf Verträge muss man sich doch verlassen können«, murmelte Alessia. »Auf Versprechen.«

»Echt jetzt? Das sagst ausgerechnet du?« Ein Funken Wut zündete in Maries Mitte. Sie starrte Alessia an, die zur Seite sah. »Wir hatten eine Vereinbarung, alles war geklärt. Auch mit den Thallers! Und dann – nichts mehr! Du hast nicht nur mich, sondern auch die Thallers im Stich gelassen!«

Alessia verschränkte die Arme vor der Brust. »Hör mal, ich mochte Sonja und Franz sehr gerne, und sie mich auch.« Sie schüttelte den Kopf. »Aber das meinte ich nicht.«

»Sondern?«

Alessia legte den Kopf in den Nacken, als versuchte sie, die gemalten Szenen an der Fassade zu erkennen. »Sie wussten davon. Sonja und Franz wussten, dass ich doch nicht dabei sein würde ...«

»Was? Nicht dein Ernst! Ihr habt mich ins Messer laufen lassen?«

»Warte mal, nein!« Alessia fasste ihre Hand. »Hör mir zu.«

Marie zerrte ihre Hand frei, trat einen Schritt zurück. Sie stellte ihren Fuß auf die Stufe vor dem alten Forsthaus, verlagerte ihr Gewicht. »Worauf zum Teufel willst du eigentlich hinaus?« Marie schüttelte den Kopf. »Wir hatten was ausgemacht, du hast zugestimmt.«

Alessia verdrehte die Augen. »Ja, nein! Das meinte ich nicht.« Sie schnaubte. »Du hast mit den Leuten geredet, als sich deine Situation geändert hat.« Sie biss sich auf die Lippen, senkte den Blick. »Ich aber nicht.«

Marie lehnte sich zurück. »Es ist mein Leben, ich mache mir meine Gedanken dazu. Und ich glaube: Es ist mein Recht zu entscheiden… wenn es sein muss, neu zu entscheiden. Schau dir die Metzgerin an, die hat auch erkannt, dass man abstirbt, wenn man immer alles beim Alten lässt.« Sie fuhr sich durchs Haar. »Du bist erfolgreich in der digitalen Welt, du verstehst doch, wie das ist: Das Leben ist Veränderung. Dachte ich zumindest. Gerade du.«

»Genau«, bestätigte Alessia. »Aber glaubst du, du bist die Einzige, der das passiert? Dass sich Dinge verändern? Du kannst nicht erwarten, dass alle anderen alles stehen und liegen lassen, nur weil sich bei dir was verändert.«

»Hab ich doch gar nicht.« Maries Blick sprang über die Stufen hoch zum Türchen, zum Friedhof, zu den Kreuzen, die über die Mauer ragten. Sie senkte die Stimme. »Gespräche vor dem Friedhof …«

»Es ist nicht deine Schuld.« Alessias Lippen bewegten sich kaum. »Können wir weiter, woandershin?« Sie zeigte auf den Friedhof. Die Schritte der beiden hallten durch die Nacht. Der Mond verzog sich hinter einen Wolkenvorhang, verwandelte die Konturen des Kofel in düstere Schatten. Schritte, Atemzüge, raschelnde Stoffe.

»Weißt du …« Alessia wisperte. »Ich bin im November nach der Party nicht alleine heim.« Marie schnappte nach Luft, spürte einen Stich, die Hamburgerin redete weiter. »Ich bin mit zu Chris.«

»Ernsthaft? Hat dir das mit ihm auf der Party nicht gereicht? Musstest du dich zu all den anderen in seine Liste reihen?« Aus dem Augenwinkel bemerkte Marie Alessias Zaudern. »Es gibt Fotos von euch. Eines davon wollten die Thallers sogar für die Kampagne verwenden«, erklärte sie, verspürte wieder den Stich. »Hast du dich seinetwegen nicht mehr gemeldet? Ich check's nicht.«

Alessia senkte den Kopf, immer wieder setzte sie an, holte Luft, doch die Worte blieben ungesagt.

»Komm schon, Alessia! Sag's einfach!« Kurz vor dem Dorfplatz wandte Marie ihre Schritte nach links an der kleinen Bühne vorbei. Kopfsteinpflaster, Kirschblütenbäume, Kunst. Am Torbogen mit dem Eisengittertürchen blieben sie stehen, Buchsbäumchen fassten Blumen ein, Wege, wie ein flauschiger Scherenschnitt lagen die Wege im Garten vor dem Pilatushaus. Die Nacht fraß das Leben aus den Malereien auf der Fassade, zeigte nur Dunkel und Dunkleres. In Maries Kopf schmolzen Alessias Worte und Chris' Verhalten zu einem Bild. Sie fasste sich an den Kopf. »Deswegen wollte Chris die Zusammenarbeit nicht, von Anfang an nicht! Deswegen hat die Agentur sich so quergestellt, dich als meinen Ersatz zu akzeptieren. Er wollte dich nicht hier haben.«

Alessia legte den Kopf in den Nacken. »Theres hat mir vorhin von seiner Verlobten erzählt und dass Chris' Mutter ihn grillt, falls die Verbindung scheitert und sie dann einen großen Werbekunden verliert. Ich wusste nicht mal, dass er nicht Single ist«, fuhr Alessia fort. »Ich dachte, wenn wir uns wiedersehen, wird alles gut.«

Marie spürte Wärme an ihrer Hand. »Dann hast du auf einmal alles seinetwegen gecancelt. Oder weswegen?«

Wolken glitten über den Mond, und der Kofel stand nur noch als ein wachender Schatten über ihnen. In Maries Ohren rauschte die Stille, die Luft roch nach Regen.

Alessia seufzte. »Denkt nicht jeder, so was passiert nur anderen, nicht einem selbst ...« Über die Miene der Hamburgerin legte sich Schmerz. »Er hat sich nicht mehr gemeldet.« Kein Funkeln mehr in ihrem Blick. Die Worte schoben sich wie durch eine dicke Schicht in die Nachtluft. »Ich war schwanger.«

Marie schnappte nach Luft.

»Sonja und Franz wussten das, und ich bat sie, nichts zu verraten. Ich hätte die Kampagne trotzdem gemacht.« In Alessias Stimme ahnte Marie die Veränderung. »Aber dann habe ich das Kind verloren.«

»Schwanger?« Zuerst nahm Marie den Schmerz wahr, dann die eigenen Fingernägel in ihrem Unterarm, die Kratzer. Sie fröstelte, schluckte. »Ich dachte, er kann dir nichts anhaben. Ich dachte, du und ich, wir haben Pläne. Aber er hat sich auf dich gestürzt und dich fortgerissen. Chris und du, du und die Thallers.« Sie starrte in den Himmel. »Und irgendwo steh ich«, wisperte sie, »allein. Du hast mich im Stich gelassen, genau wie alle anderen.«

»Es tut mir so leid, Marie!« Alessia packte ihr Handgelenk. »Du warst mutig und hast eine Entscheidung getroffen, eine wichtige. Und statt für dich da zu sein, wenn es schwierig wird, war ich verschwunden. Die Agentur hat dich ignoriert, für Sonja und Franz warst du der Sündenbock.« Sie schob ihr Kinn vor, verengte die

Augen. »Nur für Chris bleibt alles easy und ohne weitere Konsequenzen: die Kampagne, die Affäre mit mir, meine Fehlgeburt. Die Agentur läuft gut, er heiratet in sein Bilderbuchleben, tut, was er will, auf Kosten derer, die blöd genug sind, sich auf ihn einzulassen. Und seine Mutter ist stolz auf ihren Prachtburschen, der macht, was er will, mit wem er will, ohne Rücksicht auf irgendwen.«

Marie schüttelte Alessias Hand ab.

»Aber deswegen bin ich jetzt hier. Ich wollte das gemeinsam mit dir wieder geraderücken.« Alessia senkte den Kopf. »Ich will dir nur sagen...« Sie trat einen Schritt näher. »Ich verstehe dich. Was du getan hast.« Sie presste ihre Hand auf die Brust, auf Höhe ihres Herzens.

Marie drehte sich herum, musterte die andere. Nach einer Weile fasste sie Alessia an den Oberarmen, atmete den Duft von Jasmin und Rose, lächelte. »Vertraust du mir?« Ein wenig fühlte sie das Lächeln, wie jedes Lächeln auf der Bühne. Ein Lächeln, das ihr gehörte, über das sie verfügte, allein, das ihr keiner nehmen konnte.

Alessia lächelte zurück, bis hoch zu den Augen, Erleichterung lag darin. Marie spürte den Stich in ihrer Brust, doch sie ignorierte ihn. In ihrem Magen rumpelte ein riesiger Klotz, hart und schwer, vollgesogen mit dem neuen Wissen. Sie strampelte und versuchte, sich über Wasser zu halten, und andere banden sie mit Steinen und verweigerten, was ihr zustand. Doch nicht länger. Marie nahm Alessias Hand und zog sie mit. *Leicht wird es nicht. Aber was ist schon leicht?*

»Nayla«, wisperte sie. Theres lehnte sich gegen den Tisch und näher zu Toni. »Sie sollte am Dienstag ein Shooting bei den Thallers haben, für die Kampagne. Und Alessia ist am Dienstag früh angereist.«

»Meister Zufall war hier aber nicht gerade unauffällig am Werk.« Tonis Blick hing noch an dem verlassenen Platz fest. »Dann könnte also diese Alessia der Ersatz für Marie sein?«

Theres zog die Augenbraue hoch, nickte.

»Nayla hatte seit November keinen Auftrag mehr von den Thallers«, erklärte er, suchte ihren Blick. »Und seitdem gab es nur noch einen E-Mail-Austausch zwischen ihr und Sonja: Als Marie die Zusammenarbeit beenden wollte, hatte Sonja nochmals um die Abzüge von der Allerheili-Gin-Party vom November gebeten. Und die machen so ziemlich den Großteil davon aus, was in dem Ordner ist, den wir auf der Festplatte gefunden haben. ›Kampagne Passion KöniGin: Marie‹.«

»Im Januar?«

Toni nickte. »Das war der letzte Kontakt zwischen den Thallers und Nayla, den wir gefunden haben.«

Theres winkte ab. »Nayla hat am Dienstagvormittag in der Metzgerei etwas von dem neuen Shootingauftrag bei den Thallers erwähnt, der ziemlich kurzfristig angesetzt war. Vorhin hat Alessia von Marie erzählt und dass sie zu Jahresbeginn ziemlichen Stress hatte, weil sie aussteigen wollte aus der Gin-Kampagne. Die Idee zum neuen Shooting mit Alessia als Ersatz muss da entstanden sein. Und Alessia meinte, Marie hatte das mit den Thallers geregelt gekriegt. Das passt zusammen.«

Toni fuhr sich über das Gesicht. »Sie hatten so viel Zeit, all die Monate. Warum ist das Shooting erst jetzt?«

»Wie ich Alessia verstanden habe, gab es wohl irgendein Missverständnis zwischen den beiden, wenn nicht sogar Streit. Vielleicht gab's dadurch die Verzögerung?«

Er knetete seine Schläfen. »Und mit einem Mal, kurz vor Torschluss, sind plötzlich doch alle happy? Die Thallers kriegen neue Bilder, und ihre Kampagne läuft, Nayla hat einen Auftrag, Alessia wird fotografiert, Marie ist aus dem Schneider. Nur, dass die Thallers ermordet werden. Wo ist der Haken?« Toni sah auf, hob die Hand. »Moment: Die Thallers hatten Marie noch gedroht mit der Veröffentlichung eines anderen Fotos.«

»Die Thallers haben Marie gedroht?«

Dann tippte er sich an die Stirn. »Ja, also nein … sorry, vergiss es wieder. Marie ist auf die Drohung gar nicht eingegangen, wegen irrelevant oder so. Außerdem gab es ja wohl das neue Shooting, das Marie am Montag noch genauer mit den Thallers besprechen wollte. Hatte ich vergessen!«

»Am Montag?« Theres seufzte, schüttelte den Kopf. »Wie hängt das alles zusammen?« Sie packte seine Hand. »Vielleicht weiß Nayla noch mehr – oder irgendwas von der Vorgeschichte. Sie sollte das Shooting ja übernehmen.«

»Gute Idee.« Er langte nach seiner Jacke. »Hast du ihre Adresse?

»Nicht genau, ich weiß nur, sie wohnt irgendwo auf der anderen Seite der Ammer. Aber auf einer ihrer Rechnungen müsste ihre Adresse stehen. Ich hab die im Büro.«

Theres tippte ihm auf den Arm und machte sich auf. Sie schlüpfte aus der Tür in die Frühlingsnacht. Den Stein vor ihrem Fuß kickte sie weg und schreckte zusammen, als er gegen den Metallzaun prallte. »Zefix.« Sie hastete weiter, zog ihr Smartphone aus der Tasche und checkte Instagram, Naylas Account, schrieb eine Nachricht an die Fotografin.

An der Metzgerei wartete Wolfin hinter dem Gartentor, bellte zum Wohnhaus hin, kurz, schnell, als wollte sie sie treiben. *Was ist denn los?* Unruhe kroch über Theres' Haut. Sie sah auf ihrem Handy nach der Uhr. Nebenan, bei ihrem Vater, war Licht statt Dunkel um diese Zeit. *Ganz, ganz falsch.* Kaum öffnete sie die Gartenpforte, schoss die Hündin die Stufen hoch zur Haustür ihres Vaters, stupste dagegen und bellte wieder.

Shit. Toni wartet dringend auf die Adresse. Sie drehte sich ab, drehte sich um und wieder zurück, drückte die Klingel. Ein Vogel krächzte in die Nacht und weckte spontane Mordgedanken in ihr. In ihrer Brust hämmerte noch ein anderes Gefühl, das sie nicht mochte.

Theres klingelte erneut, zweimal schnell hintereinander. Ihre andere Hand glitt in die Tasche, fand ihren Schlüsselbund, daran aber nicht den Schlüssel für das Haus ihres Vaters. »Wär auch zu einfach, Kreizkruzefix!« Ihr ganzes Gewicht drückte und schob sie gegen die Tür. Weder der Dreifach-Sicherheitsmechanismus im Inneren noch die rustikal wirkende Retro-Holzverkleidung gaben nach – nicht aus Zufall und auch nicht aus Mitleid. Ihre Faust hämmerte sie dagegen. Mindestens gleichermaßen effizient.

Die Stufen sprang sie beinahe aus dem Stand wieder hinab. Das Pflaster traf auf ihre Sohle, der Schmerz kickte bis in ihr Schienbein unters Knie. Sie schluckte den Schrei, humpelte weiter zu ihrem Hauseingang um die Ecke. Ihr Hausschlüssel rutschte erst ab, sperrte schließlich auf.

Babba. Vom Haken an der Garderobe fischte sie den Ersatzschlüssel und ... zögerte. Zehn Schritte von hier zu Naylas Adresse. Zwei Minuten. Dann hätte Toni die Adresse, könnte Nayla erreichen. Sie schnappte sich den Schlüssel. Ihre Füße verhedderten sich über Wolfin, und nur um einen Millimeter verrutschten ihre Finger – genau so, dass der Schlüsselring durchflutschte.

Metall schepperte auf Stein auf Stein auf Stein. Die Dunkelheit schluckte den Boden, die Stufen und alles rundum. Der Lichtstrahl ihres Smartphones löste die Umrisse der Kanten, Blattwerk, Pflastersteine voneinander. Ihre Finger fuhren über die Kerben des Bodens, die Schrunden, ertasteten nichts. Sie lenkte den Lichtkegel weiter, ihr Atmen wurde schneller, flacher, sie wählte aus der Telefonliste eine Nummer.

Ein wenig schrak sie auf, als er abhob. »Paul.« Sie krächzte. »Kommst? Zum Babba.« Sie schluckte gegen die Angst in ihrem Kopf, räusperte sich. »Die Nummer von Nayla, hast du die? Oder ihre Adresse?« Dem Lichtstrahl folgten ihre Augen weiter über den Boden. »Schick sie dem Baurieder.«

»Noch was?«, fragte er.

Ihr Blick klebte an der Haushälfte ihres Vaters. »Schnell.« Sie legte auf. Licht fiel auf Metall, ihre Finger fanden den Schlüssel. Ein paar Schritte später stand sie schließlich vor, dann in der Tür, dann im Flur, im Dunklen. Hell war die Küche, aber leer. Theres hörte Geräusche, eilte weiter. Die Türklinke knallte gegen die Wohnzimmerwand. »Babba!«

Die Doku im Abendprogramm schaltete sie ab. Rasselte sein Atem? Oder ihre Angst? Die Hand ihres Vaters presste sich gegen seine rechte Seite. Er hing halb über der Lehne seines Sessels. Des Sessels, den er gegen die olivoder-was-auch-immer-grün-gestreifte Couchgarnitur getauscht hatte für den einen Moment Stil, einen legendären Holz-Leder-Magazin-Design-Klassiker für … ja, wofür? Für wen eigentlich, nachdem Mama gegangen war? Und die Bogenlampe. Warm verströmte sie ihr Licht. Schöner wurde sein Teint dadurch nicht. Falsch war sein Gesicht – verrutscht, grün verfärbt wie in einer anderen Dimension.

Neben dem Sessel war ein Buch in die Knie gegangen. »Babba!«

Er schnappte nach Luft und zuckte zusammen, als sein Brustkorb sich wieder senkte. »Geht schon …«

Theres packte ihn an den Schultern, zog ihn aufrecht in seinem Sessel, und wieder schnappte er gleichzeitig nach Luft und zuckte zusammen. »Hast Schmerzen?«

»Mh«, knurrte er.

Die Türangel im Flur, Theres wandte sich kurz um, hörte Schritte. Wolfin hatte nicht gebellt.

»Theres?« Paul stand in der Tür. Im nächsten Moment spürte sie seine Hand auf ihrer Schulter.

»Wir fahren sofort los«, sagte sie, und er nickte.

»Hast die Sanitäter schon gerufen, Res?«

»Nein!«, ächzte ihr Vater. »Kein Sani!«

»Kennst ihn doch!« Von ihrer Brust hämmerte ihr Herzschlag bis in die Ohren. Sie wich Pauls Blick aus. »Kein Sani, Paul.«

»Oh, Shit, ja!« Paul fasste sich an die Stirn. »Ist das für dich okay? Mit Krankenhaus? Oder soll ich ihn allein fahren?«

»Was glaubst du denn?« Theres sah ihn nicht an. »Das ist jetzt zwanzig Jahre her. Länger noch. Zeit …«

»… heilt aufgeschürfte Knie«, endete Paul für sie. »Erzähl mir was Neues, was ich dir glauben kann. Zeit heilt nicht alle Wunden, schon gar nicht bei den Hacks.«

Theres starrte auf ihren Vater. »… vergeht, kreizkruzefix! Zeit vergeht«, knurrte sie. Dann war sie auf der anderen Seite des Sessels, legte sich den muskelschweren Arm um die Schulter. »Babba: Du musst bis zum Auto. Sonst brauchen wir doch die Sanitäter.«

Er stöhnte. Paul schnaubte, hob den Kopf mit dem anderen Arm ihres Vaters im Nacken, runzelte die Stirn. Er ging ein wenig mehr in die Knie. »Auf drei?«

»Drei!« Theres spannte sämtliche Muskeln, und beide stemmten sich und ihren Vater hoch.

Der Schatten machte ihn zu einem Baumtroll, als würde er schon seit Anbeginn der Zeit die Wälder am Kofel bewachen, hegen und pflegen. Naylas Verlobter füllte den Türstock aus, riss die Pranke vor den Mund, gähnte. »Das ist ja heut was …«, brummte er. Noch einen Blick voller Fragen und Misstrauen gönnte er ihm und Baurieder, dann ließ er sie mit Nayla und drei Tassen Kaffee am Esstisch allein.

»Mh«, murmelte sie. »Das wird ja bald wie am Bahnhof hier.« Nayla stützte die Ellbogen auf den Küchentisch, kauernd, das Bein gegen die Kante gelehnt. Ein wenig wippte ihr Stuhl vor, zurück. Sie nippte an ihrem Kaffee, die Augen hob sie nicht.

Mit angespanntem Kiefer unterdrückte Anton sein Gähnen. »Warum? Wie meinst du das?« Neben der Spüle standen zwei Kaffeebecher, drei Wassergläser. Baurieder lehnte sich auf der Eckbank zurück, inhalierte seinen Kaffee und ließ Nayla nicht aus den Augen.

Sie streckte sich, zog ihren Laptop zu sich her, sah von Baurieder zu ihm. »Mein Alibi also für Montagabend?« Dann drehte sie ihnen den Bildschirm zu. »Hier ist die Foto-/Videoproduktion, die am Montag in München entstanden ist. Der Zeitstempel ist in der Datei. Den Namen der Kunden gebe ich euch gerne.« Nach ein paar Klicks öffnete sich eine weitere Datei, einen Bewirtungsbeleg von einem Münchner Lokal.

»Ziemlich ganz nett da«, kam von Baurieder, »kann man sich gönnen.« Kurz blickte er auf, nickte anerkennend. »Vorbildlich abgelegt.« Er fotografierte den Bildschirm ab, notierte die Daten und Namen.

Naylas Brauen zuckten wie zur Bestätigung. »Entweder ich mach es gleich, oder ich vergesse es. Dann ärgere ich mich am Monatsende über den Aufwand, die Belege zu finden für die Steuer.« Sie seufzte.

Einen Mundwinkel hochgezogen, deutete Anton auf den Laptop, dann auf Baurieder. »Kann ich dir den Kollegen da lassen? Wenn ich daran denke, was er auf dem Laufwerk bei uns in puncto Ordnerstrukturen fabriziert, könnte er noch was lernen.«

Baurieder verdrehte die Augen, knurrte irgendwas, das Anton ignorierte, versenkte sein halbes Gesicht hinter der Tasse. Nayla grinste. »Das Restaurant bestätigt sicher gerne, dass wir das alles nicht innerhalb von zehn Minuten verschlungen haben.«

Anton räusperte sich. »Okay, Nayla. Das nehmen wir so auf. Was war das vorhin? Was hast du gemeint?«

Nayla richtete sich auf. »Ich hatte heute Abend schon Besuch. Ungefähr fünfzehn Minuten, bevor ihr geklingelt habt, sind Marie und Alessia zur Tür raus.« Kopfschüttelnd hob sie ihren Becher, trank. »Wer um die Zeit klingelt ... das kann nichts Gutes bedeuten, hab ich mir gedacht.«

Anton checkte auf seinem Handy die Uhrzeit: kurz vor 23 Uhr. Nayla lächelte. »Ganz so schlimm war es dann nicht.« An der Spüle tauschte sie die Kaffeetasse gegen ein Glas Wasser aus und lehnte sich an den frei stehenden Küchenblock in der Mitte des Raums. »Ein ganz nettes Gespräch mit den beiden, auch wenn Marie sehr angespannt wirkte.«

Baurieder warf Anton einen Blick zu.

»Alessia hat sehr bedauert, dass es gestern doch kein Shooting gab, und wir haben direkt einen Termin für einen Tag Social-Media-Shooting ausgemacht.«

»Ein ganzer Tag, einfach so? Ohne Kundenauftrag?« Mit beiden Händen fuhr sich Anton übers Gesicht. Er konnte nicht länger sitzen, wanderte durch den Raum, stoppte, kehrte zurück zum Tisch. Sein Kiefer schmerzte von den Worten, die er zurückhielt, sein Kopf bei dem Gedanken, der ständig darin kreiste. *Dinklmeier.*

Nayla räusperte sich. »Das ist bei den Instagrammern so. Alessia postet viel und hat ein bestimmtes Basis-Foto- und Farbkonzept. Das kenne ich von einigen meiner Kunden, die dafür gern unterschiedliche, aber neutrale Motive verwenden. Die können sie vielfältig einsetzen und posten.«

»Und was wollte Marie?«

»Sie hat kaum was gesagt, nur etwas eigenartig geguckt. Vielleicht liegt das daran, dass sie erst mal hauptsächlich die Passion als Inhalt auf Instagram haben wird.«

Anton runzelte die Stirn. »Muss ich jetzt nicht verstehen.« Er räusperte sich. »Und dafür sind die beiden spätabends bei dir reingeschneit? Für ein kleines Schwätzchen und einen Termin? Ist E-Mail zu altmodisch?«

»Oder Höflichkeit?« Baurieders Augenbraue wanderte nach oben. »Fingerspitzengefühl für angemessene Besuchszeiten beweisen die beiden nicht.«

Nayla hob die Augenbraue und blickte von ihm zu Anton und wieder zu ihm. »Ach?« Mit ihrem Wasserglas kam sie zurück zum Tisch.

»Ausnahme.« Baurieder hob die Hände. »Wir ermitteln.«

Nayla tippte sich an die Stirn. »Ach ja, stimmt. wie konnte ich das vergessen, bei dem netten Plausch über das Model und die Schauspielerin.«

Anton nickte. »Gut. Also dann: noch ein Grund für den Besuch, der dir einfällt?«

Sie beugte sich über ihren Laptop und klickte wieder ein paarmal. »Sie wollten unbedingt noch mal die Fotos vom Shooting im November sehen.«

»Was wollten sie mit den Fotos?« Baurieder gähnte und inspizierte die Fotos an Naylas Wand in den Holzrahmen.

»Puh, keine Ahnung«, sagte Nayla. »Ich hab auch gesagt, das kann doch bis morgen warten, dann schicke ich ihnen die Fotos über die Cloud. Aber sie wollten sie unbedingt heute sehen, und auch nur ein paar. Sie haben sie dann erst mal rausgesucht. Ich habe zwischendurch den Kleinen gefüttert.«

»Weißt du, welche Fotos?« Mit einem Zug leerte Anton seine Kaffeetasse.

Nayla nickte. »Eigenartigerweise welche, die anfangs gar nicht für die Kampagne vorgesehen waren. Ich schicke dir den Link zum Download weiter. Und sie wollten unbedingt mein Equipment für eine Videoinstallation. Anscheinend planen sie was für die Schauspieler morgen.« Sie zuckte mit den Schultern. »Haben sie gesagt. Vielleicht eine Überraschung für die Schauspieler oder so. Was das genau wird, weiß ich nicht.«

Baurieder schob Nayla seine Visitenkarte hin mit der E-Mail-Adresse darauf. »Eine Überraschung also. Fragt sich nur, ob wir noch mehr Überraschungen brauchen in Oberammergau …« In seinem Magen brodelte ein ganz mieses Gefühl.

1 TAG · 5 STUNDEN
27 MINUTEN
BIS ZUR PREMIERE

DONNERSTAG

Blut roch Theres am intensivsten. Desinfektionsmittel vermischte sich mit gedämpft-verkochtem Gemüse, einem Hauch Erbrochenem und dem sterilen Geruch von Plastikhandschuhen. Die Mischung belegte jeden ihrer Geruchsnerven.

Ihre Augen brannten. Die Glasschiebetür zur Notaufnahme hatte sich seit einer Stunde nicht bewegt oder auch seit drei. Durch ihre Adern, gegen ihre Schläfen und ihre Stirn schlug ihr Puls, als wollte er durch ihre Haut nach draußen. Paul schlief, verschraubt in den Plastikwartesessel neben ihr, auf ihrem Handy stapelten sich Tonis Anrufe. Zwölf. Dann hatte er ihr geschrieben. Sie schaltete das Display wieder schwarz. Okay, dachte sie. Nicht viel Neues, wenigstens nicht Nayla unter Verdacht.

Sie drehte den Kopf, und kurz steckte der Atem fest in ihrer Lunge und sie selbst in einer Erinnerung. Das Schild über der Notaufnahme war anders, doch heute wie damals blendete das Licht in ihren Augen, die wenigen Geräusche, die Schuhe, die über den Krankenhausflur quietschten, zerrten an ihr, an tief vergrabenen, ungeliebten Erinnerungen. Sie zwang sie weg. »Ich kann nicht für immer nicht in kein Krankenhaus. So ein Schmarrn.« Sie knüllte das Taschentuch in ihrer Faust fester, murmelte.

Am Empfang der Notaufnahme beendete der Krankenpfleger seine Schicht. Kurz stoppte er bei ihr, gähnte, lächelte entschuldigend. »Das wird schon! Ihr wart noch rechtzeitig.« Paul schreckte hoch, stocherte seinen Blick durch den Raum, hielt bei dem Pfleger. Der drückte Theres einen Zettel in die Hand. »Das ist sein Zimmer, er wacht bald auf. Die Nachtschwester weiß Bescheid.«

Im zweiten Stock schaffte es ein graues Lächeln ins Gesicht der Nachtschwester, machte die rot geäderten Augen, die schwarzen Ringe freundlicher. »Nicht lang!«, erinnerte sie. Paul erwiderte das Lächeln, zeichnete ein Kreuz in die Luft und drückte die Hand der Schwester. »Vergelt's Gott.« Und sie lächelte ein wenig leichter.

Theres steuerte durch den Gang, am Türgriff rutschte sie ab. Ihr Herz raste und trommelte jeden Gedanken aus ihrem Kopf, aber nicht das flaue Gefühl aus ihrem Magen. Paul war hinter ihr, seine Hand war in ihrem Rücken. Er schob sie hinein.

Noch mehr Desinfektionsmittel. Das wenige Licht über dem Bett brannte in ihren Augen. Kabel hingen aus ihrem Vater, seine Augenlider flatterten.

»Babba.« Sie war sich nicht sicher, ob sie das ausgesprochen hatte. Dann drehte er leicht den Kopf. An ihrem Ellbogen spürte sie Wärme. Pauls Hand.

»Res!« Josef Hack klappte die Lider kurz auf, sie rutschten wieder zu. »Müd«, kroch über seine Lippen. Ihr Vater stemmte den Blick wieder frei, nickte.

Sie umfasste seine Hand, vorsichtig wie die Flamme der Kerze in der Osternacht, wenn man das Leuchten nach Hause zu tragen hofft.

»Da«, rasselte er. »Wenn's schlimm wird, ist er da, Res.« Sein Brustkorb hob, senkte sich. »Der da droben.« Speichel sammelte sich in seinem Mundwinkel. »Gell, Paul, er ist da.« Sein Kopf fiel zur Seite.

Theres erschrak, merkte dann, er atmete, er schlief. Paul zog sie an ihrer Schulter nach hinten.

»Komm«, sagte er.

»Ja.« Sie legte die Hand auf seine, drehte sich zu ihm und folgte ihm aus dem Raum. »Danke, Paul.« Er nahm sie in den Arm, und für einen Moment schloss sie die Augen, die Müdigkeit kratzte in ihren Knochen.

»Du bist da. Wenn's wirklich schlimm ist, läufst du nicht davon«, murmelte Paul an ihren Hals und strich über ihren Rücken. »Du bist für ihn da.«

Unendlich müde, unendlich schwer, unfassbar leer sogen sich ihre Glieder voll an seiner Wärme. Sie schloss die Augen.

Dann vibrierte ihr Handy erneut. Theres las die Nachricht, schreckte auf, starrte ihn an, in eine Miene voller Fragen.

»Was?« Paul löste sich von ihr.

»Ich muss los, Paul!« Mit beiden Händen rubbelte sie über ihr Gesicht.

»Jetzt?«

»Dem Babba geht's gut.«

Paul streckte seinen Arm nach vorn, die Handfläche geöffnet. »Gibst du mir mal den Autoschlüssel. Ich fahr dich jetzt heim. Seit fast vierundzwanzig Stunden hast du kein Bett gesehen.«

Theres schüttelte den Kopf. »Ja, vielleicht, aber das macht nichts.« Sie sog Luft in ihre Lunge. Noch mal und noch mal, sah ihm in die Augen. »Paul, ich hab …« Sie kaute auf ihrer Lippe. »Das war Alessia, und ich denke, ich muss da hin.« Sie stand auf, ging los. »Ich hab Alessia allein gelassen mit Marie. Vielleicht war das doch keine so gute Idee.« Wie Rauch stahlen sich die Worte aus ihrem Mund, zurück blieb der Geschmack von Asche, Verbranntem, von der Herdplatte, die man vergisst, wenn man das Haus verlässt.

Theres war mit einem Mal hellwach. Sie wandte sich um, ging, spürte Pauls Blick im Rücken, auch noch, als sie durch die Drehtür aus der Klinik schlüpfte. Erst draußen wagte sie einen tiefen, vollen Atemzug. Die Morgensonne zupfte am Kofel, das Grau floss hinter den Berg. Über den Gebirgskanten faltete sich der neue Tag auf.

Paul, wieder neben ihr, streckte ihr den Arm hin. »Du musst dringend ins Bett.«

Theres stieß ihn weg. »Schlaf ist ...« Sie gähnte. »... überbewertet. Außerdem ist das jetzt dringend.« Ihr Finger hämmerte gegen das Display. In ihrem Mund fühlte sich ihre Zunge dick an und verklebte die Silben. Dann stolperte sie gegen seine Schulter.

Paul nahm sie am Arm und lenkte sie zum Wagen. »Schlüssel.« Er setzte sie auf den Beifahrersitz. »Erinnerst du dich an deinen aktuellen Job: Metzgerin. Die Tonis kommen sicher auch noch ein paar Stunden ohne dich klar.«

»Du nervst, Paul!«

»Wozu sind Freunde da?«

Dreizehn Prozent Akku blieben ihr noch, sie tippte auf den Bildschirm, wählte eine Nummer aus den Kontakten.

Er schlug die Fahrertür hinter sich zu, drehte den Schlüssel. »Dein einziger Call ist für dich der Ruf deines Bettes.« Und schnappte ihr das Handy aus der Hand.

»Depp.« Der Schlafmangel und die Anspannung scheuerten wie Sand in ihrem Kopf, zwischen ihrer Haut und den Knochen, brannten unter ihren Augen. Theres blinzelte, drückte das Gähnen weg. »Gib's zurück, Paul.« Ihre Stimme kratzte in ihrem Hals.

Pling, eine neue Nachricht. Sie nutzte den Moment und holte sich ihr Telefon zurück, seine Hände krallten sich ums Lenkrad.

»Du bist so ein sturer Bock.« Er schüttelte den Kopf.

»Ziege«, sagte sie, lehnte sich zurück.

Der Motor startete, die Beschleunigung drückte sie zurück in den Sitz. Ächzend unterwarf sich das Getriebe dem zweiten Gang. Paul fluchte.

»Komm schon, Paul!«

Seine Knöchel traten weiß hervor, er starrte auf die Straße. »Was glaubst du denn, wer du bist? Du kannst kaum geradeaus laufen, so übernächtigt, wie du bist.«

»Ich sag dir, wie du fahren musst, Pfarrer!«

Passionstheater, in den Kulissen

Wie – zur Hölle – ist das passiert?
Sie konnte sich fast nicht bewegen. Sollte sie auch nicht, wenn es nach Marie ging. *Shit.* Unter der stahlverstrebten Wölbung der Glaskuppel machte sich der viel zu frühe Frühlingsmorgen auf der Freilichtbühne breit. Den Luftzug hielten die Säulen und Torbögen kaum ab, nicht mal die Tür, hinter der Alessia dank Marie festsaß. Die Bergluft kroch zwischen Haut und Knochen, versuchte ihr ein Schaudern abzuringen. Sie wehrte sich, bewegte sich so wenig wie möglich.

Sie sagte, die Zeit wäre reif dafür, erinnerte sich Alessia. *O Gott, und ich hab nicht gecheckt, was sie meint! Nicht mal, als sie sagte, dass ich mich nach Allerheili-Gin vielleicht besser für ihre Wohnung hätte entscheiden sollen statt für Chris' Bett.* Alessias Blick ging nach oben, doch viel konnte sie in diesem engen Spalt nicht erkennen. *Wie konnte ich nur so blind sein?*

Gegen die Wand des Torbogens drückte sie sich, atmete flach. *Nur keine unnötige Aufmerksamkeit auf mich ziehen.* Holz roch sie, Gips und Leim und Farbe. Die knarzenden Angeln, das knirschende Holz der Bühne und der Aufbauten hatten sich in ihrem Gedächtnis festgebissen, mehr noch: Maries Worte. »Wehe, du regst dich!« Maries Augen waren riesig gewesen, und fast komplett nahmen die Pupillen die Iris ein.

Dämlichste Idee, ever! Und ich vertrau ihr auch noch. Blind ... Gegen die Gipskonstruktion des Bühnenbilds lehnte sie ihren Kopf. *So eine Schnapsidee, nach dieser Dis-*

kussion, nach dieser Nacht. Ich fass es nicht! Ich dachte, wir ziehen an einem Strang. Und ich bin so blöd und komme auch noch mit ihr hierher. Alessia verfluchte sich, ihre Dummheit. *Noch zehn Minuten in diesem Loch, und mir stirbt was ab.* Sie schnaubte durch die Nase. *Auch schon egal.*

Durch den schmalen Spalt der Seitentür saugte sie auf, was draußen geschah, was sie hörte. Nichts. Noch nicht.

Für einen Moment schloss Alessia die Lider, dachte an das Outfit, das sie zur Premiere hatte anziehen wollen. *Alles hätte so entspannt werden können. Stattdessen bin ich hier, in aller Herrgottsfrüh, eingesperrt in einem Verschlag.*

Alessia linste weiter durch den Spalt, seufzte. Durch den halbdunklen Raum hinter ihr sprang ihr Blick. *Wieso habe ich mich da mit hineinziehen lassen?*

»Und du bist sicher ...?« Anton flüsterte kaum hörbar, runzelte die Stirn.

»Alessia ist gestern Abend mit Marie noch los. Heut Morgen gegen sechs hat sie mir das letzte Mal geschrieben. Immerhin war sie so geistesgegenwärtig. Ihre Nachricht klang ... beunruhigend. Sie ist außerdem mein Gast. Ich fühl mich verantwortlich für sie.« Theres sog die Unterlippe ein. So leise wie möglich schob sie die Kabel im Orchestergraben zur Seite und die Stühle und Notenständer, schuf einen kleinen Durchgang. Sie lauschten kurz auf Schritte, die nicht zu hören waren, noch nicht zu hören waren. »Und dann plant Marie hier mitten auf der Bühne auch noch eine Videoinstallation. Wenn das nicht Wahnsinn ist?« Theres schüttelte den Kopf, schlich langsam und lautlos weiter.

Anton rieb sich am Kinn. »So ein Mist kann auch nur einem Schauspieler einfallen: Hauptsache Drama.«

»Ich glaube nicht, dass Marie für ihr großes Drama weitere Zuschauer will. Ich weiß nicht, wie sie reagieren wird, wenn sie begreift, dass wir hier sind.« Theres sah nach oben zur Bühne.

»Und wenn schon was passiert ist? Wenn wir zu spät sind.« Über seinen Rücken harkte ein kaltes Schaudern.

Sie starrte ihn an. »Ich ... ich weiß es nicht. Das ist das Einzige, was ich sagen kann. Seit der Nachricht heut früh hat Alessia nicht mehr geantwortet, weder auf Nachrichten, noch auf Anrufe.«

»Es wird schon gut gehen.« Er streckte seine Hand aus, sah ihr in die Augen.

»Jeder hat eine Schwachstelle. Und Marie ... Wir haben die richtige. Wo ist Toni?«

Mit dem Zeigefinger deutete Anton nach oben, drehte sich um, Theres nickte. Sie trat weiter nach hinten in den Schatten. Ein paar Wimpernschläge dauerte es, bis sich ihre Augen auf die dunklere Umgebung eingestellt hatten. Wolfin drückte sich, wie um ihn zu ermutigen, gegen sein Bein, und Theres musste schmunzeln.

»Ist doch glatt ein Hund im Orchester«, wisperte sie und strubbelte das Fell. Sie nickte Anton zu, er spürte Grübchen um seine Mundwinkel. Sie zuckte die Schultern. »O.k., war abgedroschen. Phrasenschweine brauchen auch Futter.«

»Fütter's lieber, wenn wir hier raus sind«, flüsterte er, deutete auf die Stufen. Vier, vielleicht fünf Schritte – dann wäre man aus dem Graben. »Ich bleib hier. Wenn es eskaliert, greif ich von unten ein, über die Stufen ist man schnell rauf. Wolfin und du – ihr seid oben schlagkräftiger über eines der Tore, also einen der kleineren Zugänge zur Bühne. Toni ist schon auf der linken Seite. Jetzt müssen wir nur noch warten.«

»Auf den richtigen Moment.« Sie verschwand im Tunnel der Musiker.

Irgendwo raschelten Stimmen. Anton vermutete, bei den Kulissen, aber er verstand noch kein Wort.

40. Marie/Falle

Die Schnürsenkel zog Marie mit den Fingerspitzen auf und schob die Chucks von den Füßen, dann die Socken. Unter ihren Fußsohlen spürte sie die Kälte, die glatten Planken. Sie stand auf und überblickte den Saal, die Bühne, die sie ganz für sich allein hatte in diesem Moment. *Kein Zurück mehr.* Heute fühlten sich die Bretter unter ihr schlüpfrig an. Ihr Pulsschlag legte noch einen Tick zu.

Hinter ihr knarzte der Boden. »Hi!«

Sie schnellte herum, linste an ihm vorbei in den Gang hinter dem Torbogen, dann zur Seitentür. *Niemand sonst zu sehen. Nur er.*

»Barfuß?« Er trug seine Lässigkeit auf die Bühne.

Marie zog das Bühnenlächeln auf ihre Miene. »Warum nicht?« Ihr Blick klebte fest an seinem, versuchte herauszulesen, was sich hinter seiner Frage verbarg. *Neugier, Kalkül?* »Das ging schnell.«

»Ich bin nicht wie du! Meine Entscheidungen fallen schnell, die Umsetzung auch.« Mit seinem Lachen schnitt er sie. »Warum jetzt die Nachricht? Warum lässt du dich doch auf meine Idee ein?«

»Es ist einiges passiert.« Marie ließ ihn nicht aus den Augen. Sie zuckte mit den Schultern, gab sich unverbindlich. »Und ...« Sie räusperte sich. »Viel Zeit zur Premiere ist nicht mehr. Sollten wir da nicht jeden Moment nutzen?«

»Klar!« Etwas wie ein Lachen rasselte den Worten hinterher und erstarb auf halbem Weg. »Und ausgerechnet hier hast du den perfekten Ort gefunden, das zu besprechen?« Sein Blick glitt hoch zum Gerüst, von dem die junge Polizistin gestürzt war.

Marie schluckte, lächelte weiter. »Der Ort ist nicht schlechter als andere, und die Cafés sind noch zu.«

»Keine Zeit zu verlieren, was? Das ist der Preis für Erfolg.« Um seine Mundpartie formte sich ein Lächeln, bis zu den Augen gelangte es nicht. »Geht's dir gut, Marie?«

Wie ein Kaninchen, das die Falle nicht bemerkt, dachte sie. »Nur ein bisschen früh«, sagte sie. »Aber ich habe eine Überraschung für dich. Vielleicht hast du schon darauf gewartet.« Und in dem Moment musste sie dieses Lächeln nicht spielen.

41. Theres / Blind

Die anderen Schritte waren schwerer als Maries, brachten die Planken der Bühne zum Beben, hielten außer Sichtweite. Theres erkannte die Stimme, wagte aber nicht, den Kopf aus ihrem Versteck zu strecken. Gerade rechtzeitig hatte sie sich hinter den Torbogen gedrängt und in die Schatten. Sie warf einen kurzen Blick über die Schulter. Mit wachen Augen hielt ihre Hündin still an ihrem Platz weiter hinten.

Dann schloss Theres die Augen, konzentrierte sich auf jedes Wort. Sie hielt den Atem an. Allein an den Füßen, an dem kleinen Beben in den Schritten, hörte die Jägerin, wie Marie sich erschrak und sich in ihren Schritten verhedderte. Beinahe stolperte.

Jetzt gibt es kein Zurück mehr, Marie. Ich hoffe, du hast dich nicht verschätzt.

Zu schnell wanderten die Schritte auf und ab, dann hielten sie an.

Jemand wurde lauter. Nicht Marie.

42. Marie/Lohn

Passionstheater, Bühne

Marie fröstelte nicht nur wegen des Luftzugs, der sich durch die Lücke zwischen Glasdach und Mauerwerk stahl. Sie verklemmte den Atem in ihrer Brust, lauschte. Abgesehen von ihm und ihrem Puls hörte sie nichts, niemanden. Sie trat weg vom Orchestergraben.

Erst über den Zuschauerraum, über die Stahlgerüste, dann über die Bühne, die Aufbauten suchte sein Blick, wie um sicherzugehen. »Eine Überraschung?« Er runzelte die Stirn. »Immer raus damit! Vielleicht können wir das auch nutzen für ein bisschen mehr Aufmerksamkeit.«

»Da bin ich mir sicher«, murmelte sie.

»Je schneller wir fertig sind, umso mehr Zeit bleibt ...« Von oben bis unten musterte er sie, zwinkerte ihr zu. »... für uns.« Sein Zeigefinger wanderte hin und her zwischen ihm und ihr. »Wir hatten nicht den besten Start, aber mir ist wichtig, dass wir für die Zukunft unsere Zusammenarbeit vertiefen.« Seine Stimme klang in dem Moment tiefer, weicher.

Ganz leicht war sie versucht zu würgen. Ihr Blick glitt zur Kulisse, zu dem Torbogen, hinter den sie Alessia verfrachtet hatte. Sie spürte die Hitze in ihrem Bauch. Wut. Marie wusste, es wäre klüger, ruhig zu bleiben. Das Lächeln auf seinen Lippen erinnerte sie an einen Surfer, der glaubt, die passende Welle gefunden zu haben. Von draußen blies der Wind den Frühling durch den schwenkbaren Glasschutz über der Freilichtbühne. Zweimal atmete Marie die Luft in ihre Lunge hinunter bis in ihren Bauch, dreimal.

Sie stellte sich ihm gegenüber, zwang ihre Stimme in den richtigen Ton. »Das ist …« Gab auf. »Weißt du was, Chris? Du kannst mich mal! Zusammenarbeit vertiefen? Wie hast du dir das vorgestellt? Bislang verdient ihr zwar an mir, nur ausgezahlt hat sich das für mich nicht. Willst du mich jetzt noch deiner persönlichen Trophäensammlung hinzufügen, oder soll es einfach Zeitvertreib sein, weil du lieber vögelst, als zu arbeiten? Hauptsache, deine Mutter zahlt dein Gehalt.«

Noch ein Schritt. Chris stand vor ihr, sein Duft stieß Erinnerungen an, sie schauderte, noch mehr von dem Ausdruck auf seinem Gesicht. Ein Lächeln blitzte darüber. *Wolfslächeln.* »Marie, komm schon! Krieg dich wieder ein! Du bist doch nur frustriert, weil du nicht geschafft hast, meine Aufmerksamkeit zu kriegen.« Er winkte ab. »Du spielst immer die Reservierte, die Kühle – und dann regst du dich auf, dass ich den anderen den Vorzug gebe.«

Sie fasste sich an die Stirn. »Sag mal, spinnst du? Glaubst du ernsthaft, alles dreht sich nur um dich? Und außerdem: Ich hab einen Vertrag mit dir und deiner pseudo-professionellen Agentur. Aber ihr habt mich komplett blockiert. Ich wollte mich verändern, und das ist mein gutes Recht.«

»Wenn du meinst.« Chris fuhr sich durchs Haar, deutete ein Gähnen an.

»Aber dir hat das nicht gepasst.« Ihre Stimme brannte in ihrer Kehle. »Weil es für dich ein paar Unannehmlichkeiten bedeutet hätte und Arbeit. Damit ist jetzt Schluss.« Sie fasste in die Tasche ihrer Jacke, fühlte den langen schmalen Gegenstand, den Griff, der sich in ihre Hand schmiegte. »Das ist so verdammt überfällig.«

Wieder lachte er, wieder und noch mehr spürte sie diesen Stich, den die Wut ihr vom Bauch bis in den Kopf jagte. Sie zog ihre Hand aus der Tasche und schloss sie fest um den Griff. So fest, dass ihre Knöchel beinahe schmerzten, drückte nur kurz. Das Licht blitzte auf. Dann war sein Lachen vorbei.

43. Theres / Licht

Theres blinzelte. Von einem Moment auf den nächsten war es furchtbar hell. Bis ihre Augen sich daran gewöhnt hatten, war alles ein Schemen, aus gleißendem Licht geschnitten. Wolfin drängte gegen ihr Bein, und Theres spürte die Unruhe der Hündin. Sie fasste das Halsband – sicherheitshalber. Noch war es zu früh.

Ihr Herzschlag füllte ihre Brust, bebte bis in ihre Fingerspitzen, sie zwang sich, ruhig zu atmen. Sie hörte ein Rascheln, und sie glaubte, es kam von links neben sich, ganz nah, vielleicht aus der Kammer oder vom Eingang nebenan, von einem der Tore, die in das Bühnenbild gebaut waren. Sie wagte nicht, ihre Aufmerksamkeit weg von der Bühnenmitte zu lenken, aber sie wagte einen Schritt nach vorn, um den Spalt ein wenig zu öffnen für eine bessere Sicht.

Die Bühne war in ein anderes Licht getaucht, bunte Farben, wie eine Projektion. Doch Theres war am falschen Ende, um richtig zu sehen. Sie war Teil der Leinwand. Wie Schatten inmitten der Projektion bewegten sich die beiden in der Mitte, Marie zielte mit etwas gegen Chris, doch er verdeckte mit seinem Körper den Gegenstand und beinah auch Marie, selbst wenn er kaum größer war als sie.

»Mach das weg! Sofort, Marie!« Chris' Stimme hallte über die ganze Bühne. »Bist du jetzt vollends durchgeknallt?«

Marie trat zurück, einen Schritt weg von ihm, und Theres erkannte die Fernbedienung. Sie zog Wolfin fester zu sich.

»Mach es weg!« Zuvor noch Charme in seiner Stimme, jetzt Frost.

Marie verengte die Augen. »Nein, Chris! Ganz sicher nicht!« Sie senkte ihren Arm, zielte auf seinen Bauch, seinen Unterleib. »Das ist, was du bist: eine schöne Hülle voll mit heißer Luft und Scheiße. Jeder soll es sehen.«

»Du glaubst, du kannst mir drohen?«

Theres zog sich schnell wieder weiter in ihr Versteck zurück. Der Spalt war nun schmaler, aber noch ausreichend, um zu sehen.

»Deswegen …« Marie schüttelte den Kopf, hob den Arm ein Stück höher, deutete auf die Kulisse hinter sich. »… hast du mich hängen lassen, deine ganze beschissene Agentur hat mich hängen lassen. Dieses Bild ist der Grund dafür. Aber jetzt ist es Zeit für das Ende.«

Chris hustete. »Mach es weg!« Theres glaubte ein Zittern in seiner Stimme zu hören. Unsicherheit. »Was bildest du dir ein? Dir kann es doch gleichgültig sein, was ich mit wem treibe.«

»Ist es mir auch.« Marie zuckte die Schultern. »Nur dir ist es nicht egal. Und für deinen Spaß soll ich zahlen.« Sie trat einen Schritt auf ihn zu, führte ihre Hand über die Kehle. »Ich habe es satt. Wir beide – oder besser: *Zhoch2*, deine Mutter und ich, wir haben einen Vertrag, um meine Karriere zum Laufen zu bringen. Aber statt euren Job zu machen, habt ihr mich im Stich gelassen.«

»Die Platte hab ich mir doch schon in der Kirche angehört!«

»Und du hast kein bisschen darauf reagiert«, schnappte sie.

Ernsthaft? Theres schluckte. *Der Streit, von dem Pauli erzählt hat? Bei dem er die zweite Person nicht erkannt hat?*

Chris zuckte mit den Schultern. »Dein Pech, wenn du dich in alles einmischen musst und dich für alles verantwortlich fühlst.«

»Was ist das denn für eine beschissene Einstellung? Soll ich einfach die Hände in den Schoß legen und warten, was passiert? Von alleine passiert nie was.« Marie tippte sich mit dem Zeigefinger an die Stirn.

»Und deswegen kommst du jetzt mit dem Bild an, um mich zu erpressen? Fängst wieder damit an? Hast du das letzte Woche nicht kapiert, dass du mich nicht einfach erpressen kannst.« Er lachte wie klirrende Eiswürfel. »Das bekommt dir so wenig wie den Thallers.«

Im Schatten der Kulisse furchte Theres die Stirn, Marie zuckte die Schultern. »Dieses Bild. Das ist dein Problem und nicht meins.«

Er deutete hinter sich. »Und du glaubst, wenn du mich bloßstellst, regelt sich alles für dich?«

Marie zog die Augenbrauen hoch. »Ich hab alles selbst für mich geregelt. Ich hatte alles organisiert: neues Shooting und den perfekten Ersatz. Kampagne safe. Friede, Freude, happy Kuchenessen für alle. Aber weil du nicht in der Hose behalten kannst, was in der Hose bleiben sollte, hast du das kaputt gemacht.« Sie schnaubte. »Vielleicht kapierst du endlich, worum es wirklich geht! Nicht um dich!« Sie hob ihren Arm wieder höher, zielte mit dem Gegenstand auf ihn. »Du hast Alessia flachgelegt, und dann hattest du Angst, deine Mutter erfährt von deiner Affäre. Dafür hast du mich und meine Karriere komplett gegen die Wand gefahren.«

»Du hast keine Ahnung! Und lass meine Mutter aus dem Spiel!«

Marie drehte sich und betrachtete wieder das Bild. »Und deine Verlobte natürlich, deine Freundin.« Sie wandte sich ihm wieder zu. »Zeit, dass du Verantwortung übernimmst. Du willst nicht, dass man sieht, wie du wirklich bist – schon klar«, sagte sie. »Vielleicht ahnen sie es. Aber ihre Scheuklappen sind ihnen lieber. Nur wenn es nicht länger ein Gerücht ist, kann selbst deine Mutter die Augen nicht länger verschließen.«

Er schnaubte. »Und du glaubst, du bringst mich jetzt zur Vernunft? Du ganz allein.«

Marie schüttelte den Kopf. Sie zeigte erneut auf die Wand. »Alle sollen es sehen! Du nimmst dir, was du willst, und andere drückst du dafür in die Jauche. Aber was du tust, hat Konsequenzen. Du allein bist schuld, wenn dir deine Verlobung um die Ohren fliegt und der Ruf deiner Marketingagentur dazu.«

Chris richtete sich auf, streckte sich, drückte die Schultern durch und gönnte sich ein Gähnen, Zufriedenheit lag jetzt in seiner Miene. »Sonja klang nur halb so hysterisch.« Er lachte, schüttelte den Kopf. »Ehrlich: Ich weiß nicht, was los ist zurzeit, vielleicht ist irgendwas bei euch Weibern im Wasser, oder es ist der Mond. Keine Ahnung. Dieses Miststück hatte genau dieselbe Platte aufgelegt, von wegen Konsequenzen, Werte und Respekt und Verantwortung. Bullshit! Sie wollte mich zwingen, mich bei Alessia zu melden und einzustehen für das, was ich getan habe.« Er trat auf Marie zu, schleuderte eine Geste in die Luft. »Fuck! Ich sag dir was: Es ist mir egal. Eure dummen Hoffnungen sind nicht mein Problem, und auch nicht diese Schwangerschaft. Was geht mich das an? Ich hab Alessia gesagt, das war eine einmalige Nummer. Weder sie noch irgendwelche Kinder passen in meinen Plan.«

Über die Planken der Bühne rollte Marie ihre Fußballen, lenkte ihre Schritte zurück, starrte an ihm vorbei in Richtung der Kulissen, als würde sie jemanden dort vermuten. Aber sie starrte nicht in Theres' Richtung. Ihr Blick ging ein wenig mehr nach links.

»Alessia wusste nichts von deiner Verlobung. Du hast ihr vorgespielt, es gäbe was zu hoffen, um sie ins Bett zu kriegen.«

Chris legte den Kopf in den Nacken. »Sie ist alt genug, jede von euch ist alt genug. Das ist nicht mein Problem. Manche erhoffen sich eine Rolle bei den Spielen, wenn ich in zehn Jahren die Regie übernehme. In der Agentur hoffen manche auf einen besseren Deal. Ist mir doch egal. Sie wissen, worauf sie sich einlassen. Wieso sollte ich nicht ein bisschen Spaß mitnehmen, wenn ich ihn haben kann?«

Maries Augen wurden riesig. Theres schluckte, eine Ahnung fraß sich in sie und grub sich in ihren Bauch.

»Keine von euch hat mir hier etwas vorzuschreiben! Weder du noch meine Mutter, noch Sonja, noch Franz. Es ist mein Recht – wenn ohnehin alle zu mir gerannt kommen. Es steht mir zu. Und ich nehme mir, was mir zusteht.«

»Fuck!« Marie drehte sich ihm zu, ihre Zehen schabten an den Planken, als könne sie sich darin eingraben. »Du? Warst du das – die Thallers? Und Flo?« Marie setzte einen Fuß zurück und lehnte gleichzeitig ihren Oberkörper vor. Wie, um Anlauf zu nehmen. »Ich erinnere mich. Ich hab nach oben gesehen, als ich mit Nasri auf die Bühne kam, da war jemand.« Marie verschluckte sich, hustete. »Du! Flo hat mich zuvor befragt, am Ende meinte sie, sie hätte einen Verdacht.«

Theres' Puls beschleunigte, ihre Ahnung jetzt Gewissheit. *Shit!* Sie wagte sich einen weiteren Schritt nach vorn, schob die Tür in der Kulisse etwas weiter auf. Sie befand sich am äußersten rechten Bogen, hinter der verdeckten Kammer. Wolfin an ihrer Seite. Sie hoffte, die beiden wären genug miteinander beschäftigt und bemerkten nichts weiter.

»Ach, Marie.« Chris näherte sich ihr. »Manchmal passieren verrückte Dinge.« Er deutete auf die Schauspielerin. »Jeder weiß das: Du stehst unter Anspannung mit deiner Hauptrolle. All der Stress wird schnell mal zu viel, und dann der Streit mit deinen Eltern, mit den Thallers, mit Alessia.«

»Du hast die Thallers umgebracht und die Flo!« Marie trat zurück. »Ist das ein Witz für dich, Chris?«

Er schüttelte den Kopf. »Schau: Es würde niemanden wundern, wenn dir was passiert. Das ist nachvollziehbar bei all dem Stress.« Er räusperte sich. »Wie bei der Flo, zum Beispiel. Oder den dummen Bauern. Sie hatten einfach nur Glück mit ihrem Gin.« Er packte Marie, seine Hände um ihren Hals, beinahe zärtlich.

Sie riss ihren Körper nach hinten, trat, schlug ihn fort, wich zurück in Richtung der Torbogen. »Fuck! Lass mich los!«

»Mach dir keine Sorgen. Es geht schnell!« Wieder schnappte er nach ihr, nochmals entwischte sie. »Die Bühne, deine Vorbildfunktion, ein gesundes Leben – alles für eine erfolgreiche Zukunft.« Seine Augen glänzten. »Das ist schwer, wenn man sich so stark verändert, jeder weiß das. Da gibt es Rückschläge, Verzweiflung«, murmelte er. »Hast du wirklich gedacht, du kannst mich ändern?«

Marie ballte die Faust, machte einen Schritt nach vorn. Theres sah, wie sie den Fuß hob, mit Wucht zutrat. Chris schrie, krümmte sich und wich zurück. Theres ließ Wolfin los, in der Kulisse neben ihr krachte etwas, das Rascheln wurde lauter. Plötzlich war noch jemand da, stürzte auf die Bühne. Alessia, sie rannte, versetzte Chris einen Stoß, der stolperte nach hinten. Schützend stellte sie sich vor Marie, griff ihre Hand.

Pfoten und Schritte polterten über die Bühne. Anton schoss aus dem Orchestergraben, Toni von der anderen Seite der Kulisse. Chris rappelte sich auf, Wolfin prallte mit ihrem ganzen Gewicht gegen ihn, er öffnete den Mund zu einem Schrei, krachte zu Boden. Die Hundeschnauze eng an seiner Kehle. Wolfin fletschte die Zähne.

44. Anton / Bericht

Anton schob sich mit dem Bürostuhl ein Stück vom Schreibtisch weg und fuhr sich übers Gesicht. Außerhalb seines Büros herrschte Leere, vor dem Fenster Dämmerung, vor der Tür grauer Mairegen. Toni hatte seinen Schreibtisch vor einer Stunde verlassen, rechts die gestapelten Akten, vor dem Bildschirm Tastatur und Maus ordentlich platziert. Davor warteten ein paar lose Blätter. Der Schreibtisch gegenüber leer. Verwaist. Flos Schreibtisch.

Anton unterdrückte das Kratzen in seinem Hals. Er nahm die paar Stufen, schnappte sich die Ausdrucke von Tonis Tisch. Er goss sich Tee auf, dann überflog er die Notizen seines Kollegen.

Notizen für Polizeibericht (Entwurf)
15. Mai 2020
Verfasser: Kommissar Anton Baurieder

Beteiligte:
Christian Zentmayr (»Täter«): Co-Regisseur Passionsspiele Oberammergau, Geschäftsführer der Marketingagentur *Zhoch2* (Inhaberin Pia Zentmayr, Mutter des Täters). Aussage und vollumfängliches Geständnis liegen vor, aufgenommen von Hauptkommissar Anton Sollinger, protokolliert von Kommissar Anton Baurieder, am 14. Mai.

Sonja und Franz Thaller (»Opfer«): Produktion und Vertrieb des alkoholischen Erzeugnisses *KöniGin*. Ermordet am 11. Mai auf dem Thaller-Hof.

Floriane Dinklmeier (»Opfer«): Oberwachtmeisterin Polizei-Oberammergau. Ermordet am 13. Mai im Passionstheater.

Marie Wengerle (»Zeugin«): Zeugenaussage liegt vor, aufgenommen und protokolliert von Kommissar Anton Baurieder, am 14. Mai.

Alessia Forster (»Zeugin«): wohnhaft in Hamburg. Zeugenaussage liegt vor, aufgenommen und protokolliert von Kommissar Anton Baurieder, am 14. Mai.

Beziehung der Beteiligten zueinander:

Seit Juli des Vorjahres besteht ein Vertrag zwischen Marie Wengerle und *Zhoch2*. Marie Wengerle vermittelte weiterhin den Kontakt und daraus folgend eine Geschäftsbeziehung zwischen *Zhoch2* und Sonja und Franz Thaller. Als Teil dieser Geschäftsbeziehung wurden groß angelegte Werbe- und Vermarktungsmaßnahmen vereinbart für *KöniGin*. Die Social-Media-/Influencer-Kampagne sollte mit Marie Wengerle durchgeführt werden.

Später sollte Alessia Forster Marie Wengerle wegen deren vorzeitigen Ausscheidens aus der Kampagne ersetzen. Sonja und Franz Thaller stimmten zu. Nicht einverstanden zeigte sich jedoch *Zhoch2*, federführend Christian Zentmayr. Richtlinien zum Datenschutz und zur Veröffentlichungserlaubnis wurden stets durch die Einholung der schriftlichen Zustimmung aller Beteiligten eingehalten.

<u>Vorgeschichte und Tathergang:</u>

Im September 2019 reisten Sonja und Franz Thaller zu einem Gin-Event in Hamburg, eingeladen von *Zhoch2*, begleitet von Marie Wengerle sowie von Christian Zentmayr. Erstmalig begegneten sie dort Alessia Forster. Nach dem Gin-Event kam es zu sexuellen Handlungen zwischen Zentmayr und Forster.

Im November, im Rahmen einer Gin-Party in Oberammergau (*Allerheili-Gin*, Veranstalter: Sonja und Franz Thaller), wurden für die *KöniGin*-Werbekampagne Fotos erstellt, hauptsächlich mit Marie Wengerle. Christian Zentmayr lud Alessia Forster zu der Party ein. Ohne das Wissen der beiden entstanden intime Bilder, die Zentmayr mit Forster zeigen – eng umschlungen, sich küssend. Die Nacht verbrachten sie gemeinsam, am nächsten Tag reiste Alessia Forster ab.

Ende vergangenen Jahres kündigte Marie Wengerle ihre Mitarbeit an der *KöniGin*-Kampagne und widersprach jeglicher Bildveröffentlichung. Alessia Forster sollte ihre Aufgabe übernehmen. Ein im Frühjahr geplantes Shooting mit Forster in Hamburg scheiterte (u. a. erlitt Alessia Forster eine Fehlgeburt und zog sich nach der anhaltenden Kontaktverweigerung und nach Interventionen durch Christian Zentmayr zurück).

Die Agentur *Zhoch2* versuchte, Marie zur Zusammenarbeit mit Sonja und Franz Thaller und zur Freigabe der vorhandenen Bilder zu zwingen, indem Marie die Leistungen des Agenturvertrags vorenthalten wurden. Marie Wengerle lenkte nicht ein.

Auch Sonja und Franz Thaller versuchten, Marie zur neuerlichen Zusammenarbeit zu bewegen. Sie drohten Marie, kompromittierende Fotos zu veröffentlichen. Aufgrund der großen äußerlichen Ähnlichkeit verwechselten sie Marie mit

Alessia auf den (oben erwähnten intimen) Fotos. Das Missverständnis klärte Wengerle auf. In der Zwischenzeit hatte sich außerdem Forster zu einem neuen Shooting für *Köni-Gin* bereit erklärt. Termin: Dienstag, 12. Mai.

Am Freitag, 8. Mai, traf sich Wengerle mit Christian Zentmayr in der Kirche St. Peter und Paul. Marie forderte nochmals die nicht erfolgten Leistungen aus ihrem Vertrag mit *Zhoch2* ein. Dabei erwähnte sie die Drohung von Sonja und Franz Thaller bezüglich der kompromittierenden Bilder, die ihn in intimen Szenen mit Forster zeigen, in der Hoffnung, ihn endlich zum Einlenken zu bewegen.

Dies wurde dem Ehepaar Thaller zum Verhängnis. Zentmayr wollte um jeden Preis eine Veröffentlichung dieser Bilder verhindern. Am Montag erfuhr er außerdem von dem Ersatz-Shooting mit Forster. Auch Alessias Rückkehr nach Oberammergau wollte er mit allen Mitteln vermeiden.

Am Montagabend gegen 17.15 Uhr (nach Ende der Theaterproben) begab sich Zentmayr mit dem Fahrrad zum Thaller-Hof. Er verabreichte dem Hofhund zwei Fleischstücke präpariert mit Beruhigungsmittel. Er gab an, konfliktreiche Gespräche zu erwarten, und wollte das instinktive Revier- und Verteidigungsverhalten des Hundes unterdrücken. Nur eines der Fleischstücke fraß der Hund. Das zweite wurde später am Tatort konfisziert.

In der Küche des Wohnhauses traf Zentmayr Sonja Thaller an und verlangte, die Fotos zu löschen, auf denen er abgebildet war. Sie ging nicht darauf ein, stattdessen warf sie ihm Verantwortungslosigkeit vor, Maßlosigkeit und eine Mitschuld an Alessias Fehlgeburt. Die Situation eskalierte, Zentmayr schlug zu. Sonja Thaller stolperte, fiel und war bewusstlos. Panisch stürzte Zentmayr ihr nach, erwürgte sie, fingierte mithilfe eines Stricks Selbstmord.

Die Wirkung des Betäubungsmittels beim Hofhund ließ nach. Er griff Zentmayr an und verletzte ihn durch einen Biss in den Unterarm. Zentmayr erschlug den Hund mit einer im Flur aufgehängten Axt – ein ausgestelltes Familienerbstück. Anschließend suchte Christian Zentmayr Franz Thaller im Stall auf und griff ihn an. Franz stürzte über mehrere Stufen zu Boden und zog sich einen offenen Oberschenkelbruch zu. Mit einem neben der Destille liegenden Zimmermannshammer zertrümmerte Zentmayr dem Verletzten mit mehreren Schlägen dessen Gesicht und Schädel, mit Todesfolge (vgl. Obduktionsbericht vom 12. Mai).

Seine verschmutzte Kleidung verbrannte Zentmayr im Grill auf dem Balkon der von ihm bewohnten Doppelhaushälfte (Eigentümerin: Pia Zentmayr, Mutter des Täters). Wenige nicht ganz verkohlte Stoffreste bestätigen die Aussage (vgl. Bericht der Spurensicherung vom 14. Mai).

Am Montagabend fand Theresa Hack Sonja und Franz Thaller tot auf und verständigte die Polizei. Am Dienstag traf Alessia Forster in Oberammergau ein und fand eine Ersatzunterkunft bei Theresa Hack.

Nach der Zeugenbefragung von Marie Wengerle im Passionstheater folgerte Oberwachtmeisterin Floriane Dinklmeier, dass zwischen den Morden und Christian Zentmayr eine Verbindung bestehen könnte. Sie stellte ihn zur Rede. Er würgte sie. Ihren bewusstlosen Körper stieß er vom Hochgerüst über den Zuschauerrängen, um seine Täterschaft zu vertuschen. Floriane Dinklmeiers Tod warf die Ermittlungen zurück. Hauptverdächtig war zu diesem Zeitpunkt Marie Wengerle. Die meisten Indizien sprachen gegen sie.

Unabhängig davon erkannten Marie Wengerle und Alessia Forster sich als geschäftlich und privat übervorteilt durch Christian Zentmayr. Sie planten, ihn im Passionstheater damit zu konfrontieren. Von Forsters kryptischer Nachricht bezüglich des Vorhabens beunruhigt, verständigte Theresa Hack die zuständige Polizei, Hauptkommissar Anton Sollinger und Kommissar Toni Baurieder.

Emotional aufgewühlt durch Maries Vorwürfe, enthüllte Zentmayr auf der Bühne des Passionstheaters, Sonja und Franz Thaller sowie Floriane Dinklmeier getötet zu haben. Daraufhin versuchte er, Marie Wengerle wegen ihrer Mitwisserschaft ebenfalls zu töten. Durch das Eingreifen von Theresa Hack und ihrer Irischen Wolfshündin konnte dies verhindert werden.

Als Motiv gab Christian Zentmayr folgende Aussage zu Protokoll:

Wichtige Geschäftsbeziehungen der Marketingagentur *Zhoch2* seien durch seine Verlobte entstanden, die sexuelle Handlungen außerhalb der Beziehung strikt ablehne.

Die Kenntnis einer Affäre hätte bedeutet, die Verlobung zu zerschlagen sowie lukrative Geschäftsverbindungen zu verlieren. Das wiederum würde das private und berufliche Verhältnis zu seiner Mutter schwer belasten. Er fürchtete, seine Position als Geschäftsführer zu verlieren und auch seine Wohnung (Eigentum seiner Mutter).

Christian Zentmayr ermordete Sonja und Franz Thaller sowie später Floriane Dinklmeier. Er beseitigte die Zeugen seines Treuebruchs und seiner Taten und vernichtete Beweise.

»Kreizkruzefix«, murmelte Anton. »Ein Feigling! Ruht sich aus auf dem, was andere für ihn geschaffen haben, und dann fällt ihm noch ständig der Schwanz aus der Hose. Nur wenn's um Verantwortung geht und darum, die Konsequenzen zu tragen, zieht er ihn ein. Da geht er lieber über Leichen.«

Krankenhaus

»Und was hat das jetzt mit der Passion zu tun gehabt?«
Josef Hack räusperte sich, in seiner Hand hielt er die
Fernsteuerung für das verstellbare Krankenbett wie ein
Schlachtermesser.

Theres hob den Kopf von ihren Händen und richtete
sich im Besucherstuhl des Krankenzimmers auf. Sie rieb
sich die Augen. Um den Oberkörper ihres Vaters schob
sich oberhalb der krumpeligen Bettdecke Falte um Falte
das gepunkteten Nachthemds nach oben, in seinem Gesicht sammelten sich die Falten auf der Stirn, um die
Augen, um den Mund.

»Mei, Babba. Dein Ernst? Jesus ist für unsere Sünden
gestorben, und wir sehen zu, dass die Sünden sterben«,
leierte sie herunter, verdrehte die Augen.

Er drückte den Knopf. Surrend fuhr das Rückenteil
mit ihm nach oben. Seine Brauen zog er zusammen, seinen Blick schwenkte er auf sie. »Herrschaftszeiten«,
grummte er.

»Was weiß denn ich! Gar nix!« Sie schüttelte den Kopf.
»Es muss doch nicht immer alles mit der Passion zu-
sammenhängen, Kreizkruzefix!« Theres stand auf. »Da ist
ein verzogener Bengel, ein rücksichtsloser Egoist, der
denkt, er kann sich alles erlauben. Aber irgendwann ho-
len uns unsere Taten immer ein.« Sie stellte sich neben
ihren Vater, schob ihm das Wägelchen mit dem Tablett
und seinem kalten Essen näher.

Die Zeitung schob sie weg. Die Titelseite zierte Maries und Alessias Bild, gemeinsam am Abend nach der

Premiere der Passionsspiele. An der Überschrift blieb sie hängen. *Passion gegen Mord – gemeinsam für Ideale.*

»Seltsam, gell: Die Marie hat noch nie einer mit einem Kerl gesehen.« Josef Hack zuckte die Schultern, deutete auf die Schlagzeile. »Siehst du: Manchmal geht's gut aus. Dinge entwickeln sich. Dank der Passion.«

»1634, ein Jahr nach dem Versprechen, sollte das Spiel einfach nur ein paar Menschen retten«, ergänzte sie trocken. »Recht lukrativ geworden ist's inzwischen, dieses große Ding. Passion. Leiden…schaft.«

»Die Passion hat immer schon alle zusammengebracht. Jeder hilft mit, alle stehen füreinander ein«, knurrte er. »Egal woher.« Er nestelte an seiner Zudecke, schüttelte den Kopf.

»Babba, das klingt ja wie im Fernsehen bei diesen Kitschsendungen!«

»Und der Paul ist sogar mitten in der Nacht mit mir ins Krankenhaus. Mit dir. Wie früher.«

»Babba, jetzt aber …«, fuhr sie dazwischen. »Ich kann's nimmer hören. Das hat doch mit der Passion nix zu tun.«

»Die Passion«, beharrte er. »Die kommt …« Er befeuchtete seine Lippen, zögerte einen Moment. »Die gibt's, weil d'Leut zusammengekommen sind. Um die Menschen zu beschützen, die man liebt. Damals haben die einen sich mit ihrem Leben verschrieben, damit die andern leben können.«

»Was willst du eigentlich sagen?« Sie zog die Augenbraue hoch und sah zu ihm hinab. »Manchmal tun wir etwas Großes, Blödes, um unsere Lieben zu schützen?«

»Gscheidmeierin.« Er zuckte mit den Schultern, starrte auf die Tür, dann gruben sich noch mehr Falten in seine Stirn.

Theres räusperte sich, biss sich in ihren Mundwinkel, um ein Grinsen zu unterdrücken. »Wir könnten sagen: Die Passion ist eine gute Gelegenheit. Man kommt zusammen, schafft gemeinsam was. Man begegnet den Menschen. Und jede Begegnung ist die Chance auf einen Blick hinter die Fassade – wenn man es will.«

Rau kratzte seine Pranke auf ihrer Haut, sie ließ ihre Hand liegen. Ihr Lächeln im Gesicht. Seine Mundwinkel zuckten nach oben. In seinen Augen entdeckte sie ein Funkeln wie früher. Dann verkrumpelte sein Gesicht, wie immer. Der Schatten kehrte zurück, auch sie spürte ihn, wie immer. Und sie fragte sich – wie immer –, ob dieser Schatten jemals verschwand.

Nachwort

Ab **1618** fraß sich der Krieg durchs Land, schleppte Hunger, Not, Zerstörung, Krankheiten mit sich.

1632 erreichte die Pest schließlich Oberammergau und brachte vielen Einwohnern den Schwarzen Tod.

1633 schworen auf dem Friedhof Pestkranke und Vertreter der Dorfgemeinschaft dem Gott ihres Glaubens, sie würden alle zehn Jahre die Geschichte vom Leiden und Sterben Christi aufführen, wenn die Pest dafür endete.

1634 fand die Aufführung zum ersten Mal statt, auf einer Bühne, die über den Gräbern der Pesttoten errichtet war.

1680 wurde ein Spielrhythmus zu »geraden Zehnerjahren« beschlossen.

Weltweit zogen die Passionsspiele Zuschauer an, darunter auch kirchliche und weltliche Würdenträger und Prominenz, z. B.: Max von Bayern; Friedrich August II., König von Sachsen; Elisabeth, »Sisi«, Herzogin in Bayern und Kaiserin von Österreich; Anna Mary Howitt (englische Schriftstellerin); Ludwig II., König von Bayern; Edward VII., König von England; Viktoria, Königin von Schweden; Thomas Cook, und viele andere mehr.

Seit **1990** leitet Christian Stückl (damals als jüngster Spielleiter in der Geschichte) die Passionsspiele. Zur Vorbereitung auf die Passion organisierte er eine Reise nach Israel mit einem Teil der Mitwirkenden.

1990 prophezeite der Dorfpfarrer den Weltuntergang, als der erste Protestant bei den Passionsspielen mitwirkte und erstmals auch verheiratete und ältere Frauen mitspielen durften – was gerichtlich erstritten wurde.

2020 übernimmt der erste Muslim eine der Hauptrollen (Judas) bei den Passionsspielen. Er wuchs in Oberammergau auf, seine Familie lebt dort in 3. Generation, und wurde vom Regisseur Christian Stückl besetzt.

Grundsätzlich gilt heute, dass man in Oberammergau geboren sein oder dort seit mindestens zwanzig Jahren leben muss, um Darsteller zu werden.

Über den Roman

»Man kommt zusammen, schafft gemeinsam etwas. Man begegnet den Menschen. Und jede Begegnung ist die Chance auf einen Blick hinter die Fassade – wenn man es will.«

Die Passionsspiele sind eine jahrhundertealte Tradition – und eine gute Gelegenheit, vor dem Hintergrund eines Doppelmordes im Roman zu fragen, was Traditionen bedeuten – für uns, für unser Zusammenleben.

Die Charaktere im Buch sind fiktiv, manche Orte auch (wie der Thaller-Hof im Kofelauweg oder die Metzgerei & Tages-Bar Hack). Ähnlichkeiten zu realen Personen sind nicht beabsichtigt, die gewählten Namen der Charaktere im Buch zufällig und ohne Bezug zu den tatsächlichen Passionsspielen Oberammergau. Das Finale habe ich mir erlaubt auf die Bühne des Festspielhauses zu verlegen und mich an Bühnenfotos orientiert. Die eine oder andere Anpassung ist der Dramaturgie geschuldet (z.B. Besuchszeiten der Kirche).

Ein Thema aus der Vorgeschichte der Passionsspiele 2020 habe ich aufgegriffen, allerdings abgewandelt: die Besetzung einer Rolle durch einen Nicht-Christen. Im Roman ein Flüchtling, erst seit zwei Jahren in Oberammergau, spielt er als Nasri den Petrus. Im Roman, vielmehr an den realen Hintergründen zeigt sich: Tradition und Traditionelles (und eng mit Religion Verbundenes) kann Grenzen überschreiten, um Menschen zusammenzubringen.

Wie weit sind Traditionen imstande, uns zusammenzuführen, uns positiv zu beeinflussen und uns durch die Herausforderungen zu helfen, die uns plagen? Wo (be-)hindern Traditionen uns und werden zu Barrieren, weil wir die Menschen vergessen, für die diese Traditionen geschaffen wurden? Weil wir uns manchmal (lieber) an leere Hüllen klammern und an ein »Das-haben-wir-immer-schon-so-gemacht«? Weil wir darauf beharren, dass uns Traditionen mehr von anderen trennen, als dass sie uns mit ihnen verbinden? Weil es manchmal bequemer ist und einfacher und wir uns keine Zeit nehmen, uns Gedanken über Gewohnheiten zu machen und etwas zum Positiven und zu einer integrativen Gemeinschaft zu verändern? Weil wir manchmal nicht auf unsere Privilegien verzichten wollen, obwohl diese anderen (und uns) schaden?

Veränderung – von Gewohnheiten, Traditionen, Privilegien, Alltag – ist Teil des Lebens. Stillstand ist (frei nach Grönemeyer) Tod. Gleichgültig wie wir unser Leben führen: Jede Entscheidung hat Konsequenzen und ihren Preis. Und dieser Preis holt uns früher oder später ein.

März 2020, Monika Pfundmeier

Danke

Danke jenen, die sich einsetzen für andere Menschen – ehrenamtlich oder hauptberuflich –, die sich für ein besseres, verständnisvolleres Miteinander engagieren, im Kleinen, im Großen. Danke, für die Geste und das Wort, das über den eigenen Stolz springt und verbindet, statt zu trennen.

Danke den Kollegen und Menschen, mit denen ich zusammenarbeiten darf und durfte, für eure Inspiration, eure Freundlichkeit, euer Engagement.

Ein großes Dankeschön an Thomas Montasser und seine Frau Mariam, Katrin Trometer – für die wohlplatzierten Denkanstöße und eine ganz besondere Verbindung und Zusammenarbeit – sowie dem kreativen Team von BENEVENTO.

Den engagierten Buchhändlerinnen und Buchhändlern, mit denen ich das Glück habe zusammenzuarbeiten, der unermüdlichen, bestärkenden Karla Paul und ihren Rat, Oliver Wenzlaff für die Stupser und Gedanken, Maria Nikolai und Marita Spang für Zuspruch, den Austausch, hier insbesondere auch meinen Seelen Alexandra Fischer und Andreas Otter, der Zugspitzregion und hier insbesondere Philipp Holz für die Unterstützung und Alexandra Thoni vom Stadtmarketing Murnau, Claudia L., Ralph M. und Susanne P. als unermüdliche Testleser*innen.

&

Meinen Freunden und deren Verständnis.

Meiner Familie für die Unterstützung, das Zuhause, das »Mehr-Tun-weniger-Reden«.

Quellenverzeichnis/
weiterführende Infos

- **Passionsspiele & Oberammergau:**
  Inspiration für Passagen zu Oberammergau, zur Historie der Passionsspiele, zum Aufbau der Bühne, zur Zusammensetzung des Ensembles, zum Engagement der Beteiligten:
- Homepage der Passionsspiele Oberammergau:
  https://www.passionsspiele-oberammergau.de

- Artikel aus der Zeit:
  https://www.zeit.de/2019/40/cengiz-goeruer-passionsspiele-oberammergau-muslime

- Beitrag Deutschlandfunk Kultur:
  https://www.deutschlandfunkkultur.de/oberammergauer-passions-darsteller-in-jerusalem-auf-den.2159.de.html?dram:article_id=458286

- Homepage Naturpark Ammergauer Alpen:
  https://www.ammergauer-alpen.de/oberammergau/entdecken/Die-Passion-und-die-Passionsspiele

- Polizeistation Oberammergau:
  https://www.polizei.bayern.de/oberbayern/wir/organisation/dienststellen/index.html/73022

- Polizeipräsidium Oberbayern Süd/Rosenheim:
  https://www.polizei.bayern.de/oberbayern/

- **Lüftlmalerei**
- Oberbayerisches Volksblatt, Artikel mit Auszug aus:
  Dirk Walter: *Bayern & seine Geschichten,*
  MünchenVerlag
  https://www.ovb-online.de/weltspiegel/bayern/
  lueftlmaler-5960293.html

- Monumente online:
  https://www.monumente-online.de/de/
  ausgaben/2016/3/Lueftlmalerei_Mittenwald_
  Oberammergau.php#.XdpG3C1oR-U